五湖四海

石钟山 著
湖南文艺出版社

目录 contents

1

第一章

喜　报

送喜报的队伍进村时，刘天左正在院子里劈柴，母亲在屋内灶台前做饭，火在灶膛内熊熊地燃烧着，刘天左在院内已经闻到了七成熟的饭香。

一队人马就在这时走近他们家，快到院门前时，队伍稍作调整，鼓乐便奏响了。刘天左惊了一下，扔下手里的斧头，直起腰向外望去。领头的是一个军人，皮鞋亮得耀眼，迈着节奏分明的步子，有节律地甩着手，向刘天左家院门前走来，鼓乐喧闹地在军人身后响起。刘天左还看见人群中有公社的干部以及大队的马主任。刘天左回头冲屋内喊了一声：妈，家里来客了。母亲惊慌失措地从屋内出来，站在儿子刘天左身后看着，饭香已弥漫整个院子。

一行人来到院门前时，马主任上前一步道：老嫂子，给你家道喜了。说完隔着院墙冲杜桂花伸出手，母亲把手在围裙上蹭了蹭，胆怯生疏地把手伸出去，马主任就说：给你道喜了。

此时，刘天左已经把院门打开了，穿皮鞋的军人，公社、大队领导都拥进院内，鼓乐班子就留在院外，喧闹声暂时停了。

马主任就上前介绍道：老嫂子，这是县人武部李副部长。

叫李副部长的军人四十出头的样子，整洁地立在那里，冲杜桂花笑一笑，这才从兜里掏出一张纸，展开是一张大红的喜报。喜报上写着刘天右的名字。李副部长就朗声地说：刘天右同志，光荣地提干了，他成了我军一名指挥员。我们前来送喜、祝贺。

李副部长话刚一说完，院外的鼓乐班子又一次喧闹起来。

邻居们早已闻风而动，齐崭崭地聚在了刘家小院周围。马主任还指挥村民放起了鞭炮，炸裂的纸屑随风飘扬，烟火气和米饭的香气弥漫在村街上。

天暗了一些，一切都安静下来了。

院内只剩下母亲杜桂花和刘天左。刘天左做梦似的手里还举着大红的喜报。杜桂花看着大红的喜报，又一次擦了脸上的泪，唏嘘地说：天左，再给妈念一遍。

刘天左哽着声音说：妈，我哥提干了，他是部队干部了，以后就是国家的人了。刘天左脸上的泪水不由自主地滴在胸前喜报上。

母亲一边擦泪，一边转着圈说：进屋说，天右出息了。话还没说完，泪水再一次涌出，母亲胡乱地抹一下，湿着脸向屋内走去。

刘天右参军，还得从三年前说起。那是二十世纪八十年代初期的一个早春。

三年前那个早春，靠山大队刘家，接连发生了两件大事。

父亲刘德旺死在了邻村人一家的婚礼上。

刘德旺是远近闻名的吹鼓手，确切地说他是个祖传的唢呐匠人。天左和天右的爷爷也是唢呐匠，到了刘德旺这一代吹唢呐的技艺已经炉火纯青了。刘家祖传的唢呐技艺是在换气上，连吹一袋烟工夫，在一连气的高音区听不到换气声，尤其是用唢呐描绘各种动物及大自然的声音，惟妙惟肖，如此逼真的模仿，这门绝艺在方圆百里吹唢呐人中无人能及。

从祖上到现在，乡邻不论红白喜事，大事小情，需要操办一下，都以能请上刘德旺的乐器班子为荣。为请刘德旺吹上一曲《百鸟朝凤》而推迟婚礼的也大有人在。

刘德旺是乐器班子的头，其他人平时都生活在附近的十里八村，只要一有活动，捎个信，众人便聚在一起，吹、拉、弹、唱，各有绝活。

刘天右和刘天左是双胞胎，天右早出生十几分钟，便为哥。两人从小就随父亲的乐器班子东南西北地闯荡。父亲刘德旺很受人尊敬，远远地见了都称呼一声：刘师傅。父亲因常年吹唢呐，胸脯永远高高地挺起，头上仰着，久了就给人一种气度不凡的感觉。不凡的父亲刘德旺经常在村街上走一走，遇见村人有的递烟，有的赔笑，一律尊称刘师傅。

父亲很满意自己的地位，经常喝过几杯酒之后教训两个儿子，每次开场时，先拍下自己的大腿，就像演奏前打的家伙点，然后才说：人呢，要有手艺，有了手艺吃不愁穿不愁。父亲抿口酒，生活就变得声色起来。

刘天右、刘天左从小对唢呐也算喜爱，父亲为把这门手艺传给兄弟俩，自然不辞劳苦。当两个孩子三岁时，已经能把唢呐吹出调调了。五岁时学会换气，七岁时学会了用唢呐学鸟叫、虫鸣、雷声雨声风声……父亲希望自己后继有人。从爷爷那辈起，一直教育他们，手艺是立命之本，不论什么年月，有手艺就饿不死人。父亲刘德旺希望两个儿子在以后的岁月中吃饱穿暖，他在两个孩子身上就没少费心，一年四季都是四更起，不论严寒酷暑，带着哥俩到后山上那棵老榆树下练唢呐。无论刮风下雨，电闪雷鸣，村人们只需抬头仰望，都能看到后山头上爷仨站在老榆树下冲着东方吹奏唢呐的景象，三支唢呐在朝阳中闪闪发光。

父亲刘德旺出事那年，刘天右和刘天左刚满十八岁，刚刚高中毕业。两个小伙子唇上已经长出了茸毛。因从小练唢呐，他们的胸脯一律鼓胀着，站在人群中，像两只小公鸡一样。父亲经常用欣慰的目光望着两个人。

父亲出事是偶然。邻村一户人家在立冬这天结婚。立冬是个好日子，天刚放亮就下了一场小雪，远山近树都被一片洁白覆盖了。在这样的日子里结婚办喜事，自然是大吉大利。父亲刘德旺一早就带着乐器班子出门了，从新娘子一上迎亲的马车开始，乐器班子便吹打起来。他们所有的乐器上都系了红绸子，红色在晨风中飘舞，远处是白色，景象很是好看。

婚礼进行一切如常，席间专门为乐器班子开了一桌。婚礼上少不了喝酒，刘德旺因受人尊敬不停地有人敬酒，他就多喝了几杯。席间大家高兴，有人就怂恿刘德旺给大家再来一曲助助酒兴。他也是好强之人，不再推辞，便来到一个空地前吹奏起来。一曲完了，众人叫好，新郎新娘又上前敬酒。众人看戏般不停地叫好，一曲又一曲之后，当吹到刘德旺拿手的《百鸟朝凤》时，声音戛然而止，刘德旺仰身向后倒去，手里的唢呐发出最后一个颤音，便不省人事了。

后来县医院的医生说：炸肺了。通俗地讲，肺子破了，装不住风了。当然一切都和喝酒过量有关。

总之，父亲刘德旺死在了别人的婚礼上。

刘家的天就塌了。

三天后父亲出殡了。这是立冬后的第三天，头夜又下了一场雪。世界素白一片。

刘天左和刘天右在后山那棵老榆树下挖了一个坑，那是下葬刘德旺的地方。下葬时，全村人都来了，黑压压站满了半个山坡，乐器班子自然要为他们的领头人刘德旺师傅来送行。可少了唢呐师傅，刘天右、刘天左自然地充当了吹手。这是父亲传给他们的手艺，哥俩要在父亲的葬礼上交出一份答卷。当父亲的棺材落土的一刹那，哥俩的唢呐响了，声音如诉如泣，他们在用生命为父亲吹奏。他们想起父亲起四更爬半夜地教他们本事的情景，以及教导他们如何学手艺的种种话语，泪伴着唢呐声一起在山间流淌。乐器班子自然也是倾尽所有的情感在演奏，那一次演奏在靠山大队可以说是一曲绝响，多年后人们还对那次送葬念念不忘。许多站在山坡上看热闹的人都流下了泪水，为了他们尊敬的刘德旺师傅，也为了这感人至深的鸣响。

父亲的坟头修好了，哥俩还没止歇的意思。他们就站在那棵老榆树下，迎着东方正在升起的太阳，他们挺胸抬头，像两名号手一样如诉如泣地用唢呐的鸣响为自己的父亲送行。他们沉浸在丧父的伤痛之中，似乎父亲仍立在他们面前，他们不是在为父亲送行，而是在接受父亲最后一次大考。他们此时还没意识到自己的命运即将发生变化。

这时，山下的小路上走来几位军人，他们轻车简行走在乡村土道上。他们是某军接新兵的领导，由武装部李副部长陪同。当走到后山脚下时，他们被山上传来的唢呐声吸引了。军文艺宣传队的郭队长率先停下脚步，众人也停下来。

郭队长问陪同的李副部长：这是什么人在吹唢呐？

李副部长引颈向山上望了一眼：这是当地人在出殡。死人了。

李副部长有些答非所问。

郭队长说：走，去看看。

碰巧路过，几个军人也没急事，在郭队长的倡议下便向后山爬去。

天右与天左的唢呐声苍劲悲凉，乐器班子已经停止了演奏，所有人都被哥俩的唢呐声吸引了。哥俩鼓胀着胸脯，站在父亲坟前，面向东方，那是父亲平时教他们练习吹奏的姿势和方向。两人沉浸在突然丧父的悲伤之中，手中的唢呐声早已悲伤成河了。

郭队长一行人站在村民队伍里，也被眼前的景象震撼到了。郭队长是军里文艺宣传队的队长，他是吹小号出身，他对乐器有着天生的敏感，这次接兵他的任务就是发现具有文艺天赋的好苗子。接兵的队伍从县城出发，这是第一站，没想到这么快就发现了人才。他认真地看了眼天右和天左，哥俩个子差不多一般高，长相也出奇地相似。郭队长就又看一眼。他冲身旁的县人武部李副部长说：这两个兵我要了。李副部长眼睛眯了一条缝，在内心他是高兴的，能为部队输送人才是当地人武部的光荣，便提议到当地大队了解相关情况。

接兵的一行人，找到了大队办公室，马主任已经接到了公社的通知，让他接待接兵的领导，大队的院墙上标语张贴好了，例如“一人参军全家光荣，提高警惕保卫祖国”等字样。接兵的一行人进来时，马主任正在炉子上烧开水，炉火正旺，映得马主任脸也红红的。李副部长推开门，顶着一缕寒气走进门来。马主任和李副部长是老相识了，每年接新兵，老兵退伍复员李副部长都会来。马主任多年前也当过兵，也是名退伍老兵、在部队入了党，凭这些资本他很快当上了大队主任。马主任见到李副部长一行，下意识地敬了个礼。李副部长就和马主任打着哈哈，其他人在炉子旁站定，手伸到炉子上，嗞嗞哈哈地烤火。虽立冬刚三天，北方已经寒意正浓了，此时窗外的雪漫无边际地伸向远方。

李副部长正要给马主任做介绍。郭队长忍不住先开口道：山上那两个吹唢呐的小伙子姓什么？

马主任怔了一下，但还是答：姓刘，他们父亲死了，就三天前，立冬那一天。

郭队长的眼神闪烁了一下。

马主任又说：兄弟俩刚高中毕业，还在家待业呢。

李副部长知道郭队长的用意，便开口道：介绍一下他们家的情况。

马主任瞥了眼郭队长：咋的，你们看上刘家那俩小子了？

郭队长从炉火旁离开，站到马主任前面，马主任挺直了腰板，当兵时养成的习惯让他总喜欢立正说话。马主任就立正道：家里还有个娘叫杜桂花，好像有五十了吧。

这两个小伙子我都要，有困难吗？郭队长说完这话时又望了眼李副部长。

马主任咂下嘴也看了眼李副部长，李副部长不说话，望着窗外的白雪。

马主任就说：要是他们父亲在，应该没啥，父亲不在了，要是两人都走了，这个……马主任只能搓手了。

郭队长说：人我一定要，两个不行就要一个。

郭队长当兵时就被宣传队选中，因为他之前在县少年宫学过几年小号。在文艺还不发达的年代，他就是人才。他因为在宣传队吹小号，立过功，入了党，后来他成了宣传队的队长。他知道人才的重要性。军部的文艺宣传队虽说是业余的，却干着专业文工团干不了的工作。他们是文艺轻骑兵，下部队演出，一台节目过后，比组织学习半个月还有效。他们出没于边防哨所、深山老林，哪里有部队，哪里就有他们文艺轻骑兵的身影。于是领导就很重视，军长、政委多次找他谈过话，鼓励他带好这支队伍。郭队长热情是高涨的，责任也是重大的。

李副部长和马主任最后商量决定：刘天右、刘天左这两兄弟，郭队长只能带走一个。他们父亲刘德旺不在了，可母亲杜桂花还在，理应留下一个儿子照顾母亲。

当马主任把这一消息告诉杜桂花和两个孩子时，三个人都怔住了，他们刚刚沉浸在丧夫丧父的悲痛之中。父亲在时，谁也没想到参军这回事，从小跟父亲学习吹唢呐，就是为了学门手艺，长大了接父亲的班，日子也差不了。父亲在时，他们的日子比一般人家过得要好，三间房子新盖不久，家里的农具也是最新的。父亲平时正常做农活，只有大事小情来了，父亲才拉上乐器班子去助兴，每次都不白去，不论红白喜事还是谁家翻盖新房子，都为讨个吉利。每次完事，雇请的人家都会塞给父亲一个红包，即便清贫一些的人家，也会装一篮子鸡蛋，或抓几只活鸡让父亲带回来。父亲是班主，这些钱和物他不会一人独吞，总要分一些给大家。日子久了，刘德旺一家的日子过得比别人充盈不少，许多人就羡慕他。刘德旺却很低调，邻居有事要帮忙，他一定会到场，给多给少都是脸上带着笑不卑不亢的样子，久了人缘就这么一点点积攒下了。

天右、天左在父亲去世前，从没操心过自己的命运和前途，操心也没用，祖祖辈辈就这么过来的。他们没有奢望，因为不知如何去奢望。他们最大的愿望就是接父亲的班，成为乐器班子一员，让祖传手艺发扬光大。在周围十里八村他们是最好的乐器班子，这是哥俩学唢呐的动力。

父亲在时，不厌其烦地对兄弟俩传授做人之道。

父亲一边喝着小酒一边冲饭桌上的两个儿子说：做人呢，就得有手艺。

他们埋头吃饭，在心里认可着父亲的教育。

父亲又说：有手艺到啥时候都饿不死。

他们对父亲给予的生活很满意，饭桌上经常有肉有蛋，父亲还有酒喝。不像邻居家只有过年过节饭桌上才沾点荤腥。

在这之前，他们哥俩从没有过通过当兵换出息这种想法。此时父亲不在了，靠山轰然倒塌了。

当得知部队看上哥俩，并说出只能带走一个人时，一家三口先是有些茫然，当着马主任的面不知所措之后，还是母亲杜桂花发话了。父亲不在了，她就是一家之主。她沉了沉，让眼眶中的泪水隐去，道：马大兄弟，让我们商量一下。母亲一直叫马主任为大兄弟，而不称官衔。刘德旺在时，一家人是受众乡邻尊敬的。马主任走在村街上见到刘德旺也尊称一声：刘师傅。在乡里不是一般人都能被称为师傅的。夫贵妻荣，这是真理。

马主任又眯上眼笑笑才道：嫂子，那你就想想，这次看上咱们家俩小子的可不是一般队伍，是驻扎在省城里的文艺宣传队。宣传队可比刘师傅的乐器班子滋润多了，那是吃公家饭的。

杜桂花点了点头道：参军光荣，这个理我懂。马主任再次挤出一缕笑意。

马主任临走，回过头又小声地说：一人参军全家光荣。他这话是冲哥俩说的。

关于孩子的出路，刘德旺在世时两人也不是没合计过。在当时的农村，高考对他们来说没希望，进城就业打工他们连想都不敢想。偶有城里来招工，大都是下井挖煤的苦力，即便这样，为了几个名额还抢得不亦乐乎，公社、县里没人帮忙打招呼连想都别想。关于参军他们也为孩子想过，每年部队都有招兵的来，每年大队、公社都会有几个、十几个新兵入伍，可两三年后，这些参军的怎么走的又怎么回来了，在他们记忆里，没有一个能留在部队吃上公家饭。既然绕了一圈又回来，还出去做什么呢，白搭几年工夫。

天右天左高中毕业了，刘德旺夫妻俩也商量了，本想过完年，就带上两个孩子去乐器班子。父亲五十出头了，年纪大了，气脉一年少似一年，吹唢呐靠的是血气方刚，力不从心的刘德旺终于眼见着儿子要接班了，却发生了这件事，一切都变了。没了父亲的乐器班子声名大降，十里八村请乐器班子是看上了父亲的名声，没了父亲，乐器班子的威望自然也不复存在了。两个孩子自然没了用武之地，为自己的前途，他们不能不改变以前的那些想法。

那天晚饭，天右吃得心事重重，没吃两口便放下碗道：妈，要不我去试试。

杜桂花压根没动筷子，她是母亲，不能不为儿子的将来操心。她看眼天右，又看眼天左：你们爸爸不在了……话一开口，眼泪就下来了。半晌，擦了脸上的泪又道：咱刘家该有个出息的人，别让你们的爸爸失望。

天左也把筷子放下，看了眼哥又看了眼母亲：我和哥一样大，我也想去。

父亲在时，他们从来没为自己的出路犯过难，觉得一切都有父亲，父亲会为他们规划好一条通向幸福的路。父亲突然不在了，他们失去了主心骨，也没了动力和方向。马主任说了，他们参加的是文艺兵，以后还和唢呐有关，他们是吹着唢呐长大的，这就是他们的饭碗。

两个孩子的表态让杜桂花大出所料，以前两个儿子在自己面前不吭不响，没想到却各有主见。

马主任说了，接兵的两个都看上了，但接兵有接兵的政策，他们两个只能去一个。眼前的局面让母亲犯难了，手心手背都是肉，谁去谁留，她看看天右，又看看天左，没想到丈夫一倒下，家里的一切都变了。若是丈夫在，这个家就丈夫说了算。她很为难，一为难就想起了丈夫，泪水就又流了下来。

天右站起身，看了眼弟弟道：妈，既然我和弟弟都想去，人家只能招一个，我和弟弟抓阄吧，谁抓上谁去，这样公平。

母亲怔了下，任泪在脸上流着。

弟弟天左说：行，我们哥俩就听天由命了。

母亲哑了口，看看这个，又看看那个。

天右找来一张纸，撕成两小块，又背过身去用笔在纸上写着什么。最后把两块纸捏成两团，放在手心里，伸到天左面前：弟，你先抓，你抓到什么，咱们都认命。

天左移到哥哥面前，看了眼哥哥，又看了眼母亲。母亲不说话，就那么望着两个瞬间长大的儿子。天左说：哥，那我先抓了。天右死死盯着天左，用力点点头。

天左伸出手，先在哥哥手心里拿起一个，又放下，又拿起一个，移开。慢慢展开，是一片白纸，上面什么都没写。天右把手里剩下的纸团仍在手里举着，半晌道：这个你不看看？天左摇摇头嗡声道：我这个没有，还看什么？天右慢慢把手收回去，纸团就在手里握着，他身子有些抖，直勾勾地盯着弟弟天左。

天左不说话，走到桌前，拿起筷子吃碗里没吃完的饭。

杜桂花把脸上的泪抹去：那你们兄弟俩就认命，老大去参军，老二留下。

天左噎着了，他干咳两声，半晌哽着声音说：哥，要去就混出个人样，爸不在了，这家就靠你了。

天左的眼圈又红了，他转过身把最后一口饭咽下去。

天右望着弟弟，想说句什么，张了张嘴又什么也没说。他把手握成拳头，就那么死死地握着。

两个月后，进入了腊月天。积雪已经有一尺厚了，天右换上了新军装，离家参军去了。

父亲之前乐器班子的哥几个一大早就来到了刘家，他们站在院子里，为的是给班主儿子送行。

天右出门，冲几个叔叔鞠了一躬，此时他虽然穿着新军装，还没学会敬礼。

弟弟天左找出父亲用过的唢呐站在哥的身后。天右看眼弟弟，不知他何意。天左咧下嘴说：爸的班子是我找来的，我们要为你送行。

哥哥也咧了下嘴，要哭的样子，转过身背起背包向院门外走去。

突然，天右的身后石破天惊地响起一声唢呐声，这一声响得突然，天右哆嗦了一下，随之乐器接连响了起来。他们演奏的是《百鸟朝凤》，欢乐，喜庆，也有些悲怆。

天右没再回头，他知道父亲不在了，脚下只有一条路可走了。

身后是母亲透过窗子的目光，被儿子的身影越拉越长。

2

第二章

成　长

天右当满三年兵时提干了，是军队干部改革最后一批直接从部队提干的，他搭上了最后一班车。他成为军机关文艺宣传队的一名分队长。宣传队虽小，但五脏俱全，有演员分队、器乐分队，还有道具服装分队。此时，刘天右就是器乐分队的分队长。

刘天右和三年前的自己相比较已经发生了天翻地覆的变化。作为文艺特长兵被招到宣传队，离家的那一刻，他又想起父亲说过的话：人呢，要学会一门手艺。有了手艺才受人尊敬。父亲从小到大一直这么教育他，他牢牢记住了。父亲在时，天是那么高那么远，父亲不在了，天压得他喘不上气来。他下定决心参军，为的就是给自己给他们刘家闯出一片新天地。

离开家那一刻，他没有回头，他感受到后背母亲和弟弟灼热的目光。他想哭，眼睛酸胀了，他咬紧牙关憋住，又把泪咽了回去。他知道，自己已经没有回头路了，脚下的路只有一条，那就是只能往前走，不能往后退。

刚参军不久，天右就有了一次上台表演的机会，是面对全军新兵进行表演，本来他也是新兵中的一员，所有的新兵都要经过新兵训练，才能到连队工作。为了表演，郭队长特意让他提前来到宣传队。当节目一个又一个表演下去之后，报幕员报出了他的名字：下面请刘天右表演唢呐独奏《欢乐新年》。新兵连结束前夕，刚过完元旦，郭队长问他表演什么节目时，他就想到了这个名字。唢呐是父亲教的，有许多曲他会吹，但并不知叫什么名字，或许父亲也不清楚。民间艺人都是即兴演奏，依据需要进行表演，这也练就了民间艺人的即兴发挥的才能。

这是他第一次登台演出，以前都是在田间地头、农家院落里演出，不论刮风下雨，乡邻们图的就是一个热闹。这次却不一样，这是军部礼堂，楼上楼下坐满了新兵，前排正中的位子上还坐着几位军首长。没人介绍首长姓名，但他知道首长们都不是一般人物，座位前摆着茶几，茶几上放着水果，还有洁净的茶杯。

刘天右告诉自己第一次登台不能演砸了，这关系到自己的前途命运。头三脚踢不好，命运的大门可能就关上了。上台前，他的腿一直抖，握着唢呐的手还有些汗湿。唢呐是父亲留下的，他特意带到部队来。父亲吹了一辈子的唢呐，把手已经有了许多包浆，此时的天右似乎嗅到了父亲的气息，在天棚上似乎有父亲的目光在盯着自己。他不知怎么走到舞台中央的，当灯光亮起时，台下只剩下黑洞洞一片，瞬间他镇定下来，呼吸平稳了，腿也不抖了，父亲似乎就站在他一旁。他把唢呐举到眼前，他看见了新军装的两只袖口，簇新的军装让他认识到了自己的身份。他在心里说：爸，我是名文艺兵了。这话是郭队长冲他说的。他深吸一口气，胸脯鼓胀起来，一声高亢嘹亮的唢呐声顿时从舞台上传递开去，响彻礼堂。那一声嘹亮的唢呐也让他浑身的汗毛竖了起来。他沉浸在自己的表演中，欢乐的曲调在舞台中央充盈着，一曲终了，台下是新兵响亮的掌声，那掌声持久不息。他退到台口时，台下的掌声仍然没有停止的意思，郭队长过来，拍了下他的肩膀道：既然官兵这么喜欢你的节目，那你就再表演一个。郭队长说这话时，脸上是笑的，毕竟他是郭队长接来的兵。他表现出色，郭队长脸上也有光。

天右返场了，他又一次站在舞台中央，样子有些局促，台下的掌声又热烈地响了起来，他觉得有股热流从台下四面八方向他涌来。他站定，又举起了唢呐。这次他吹的不是曲调，而是用唢呐学军号。当新兵这两个月时间里，他听过无数遍的号声：冲锋号、熄灯号、起床号、紧急集合号……和平年代的部队没有司号员了，所有的号声都是通信兵在一间广播室里播放出来的，一张唱片在留声机里播放，再通过扩音器传到军营里的各个角落。和平年代的军营，消失得最早的就是司号员。从小在各种战争片里，他无数次看过司号员在最关键处总会站在阵地的最高处，举着军号，军号上系着一块红绸子，冲锋号声像战鼓一样响起，士兵们便潮水一样喊杀着冲将过去，军号就是命令。每每看到这些影片里的情景，他都热血沸腾。军号成了他儿时的情结。

此刻，当他用唢呐吹响各种号令时，整个礼堂寂静肃穆。学完了各式军号声，他又学了鸟叫、流水声、雷声、雨声、风声……这一切对他来说就是雕虫小技。刚学唢呐时，他便学会了这些。

又一曲表演完毕，台下的掌声又经久地响着。台口的郭队长用拳头在他胸口擂了一下，他知道这是郭队长对他的表扬。后台那些文工团员也对他致敬，有的点头冲他微笑，也有的虽没点头，但目光却让他感受到了尊敬。他又想到了师傅这个称谓。

当演出结束时，他在后台帮忙收拾道具，有脚步声和说话声传了过来。他先听到郭队长一声：参谋长好。他抬起头时，看到郭队长正向一位首长敬礼。他在侧幕看到过台下，正是坐在第一排中央的那位首长。首长五十出头的样子，脸上有一块疤，在灯下显得很刺眼，也许是疤的缘故，首长显得很严肃。他见身边所有的人都停下手里的工作，立正站好，向首长敬礼。他也学着老文工团员的样子，举起了右手，新兵连结束，他早就学会举手敬标准的军礼了。

首长在他面前停下来，看了他一眼，眼神里透着欣赏和赞许，首长开口了：小鬼，叫什么名字？他立正答：刘天右。郭队长忙上前介绍道：参谋长，这是我今年刚接来的新兵。他叫刘天右。

参谋长“嗯”了一声，伸出手做出握手的动作，天右忙把手在裤子上擦了一下，伸出手，他发现首长的手又大又硬，首长用力地摇晃了一下他的手说：小鬼，唢呐吹得不错。首长说完转身走了。

后来郭队长告诉他：首长是军参谋长，姓秦，参加过抗日战争、解放战争和抗美援朝。最后郭队长又神秘地说：参谋长以前是司号员出身。天右眼前又闪现出电影里那些司号员在战场上冲锋瞬间吹响军号的样子。他在心里多了对秦参谋长的崇敬，同时也多了层亲近感。

在这三年时间里，刘天右不仅在唢呐上更上一层楼，他还学会了吹奏其他乐器，比如萨克斯、小号、笛子、长号……吹奏乐器是相通的，父亲从小练就了他的吹奏天赋。在这期间，宣传队还请来了军区文工团的老师辅导他们，军区文工团的老师都是专业出身，水平自然不用多叙，经历过几个专业老师指点，他对吹奏乐器的了解又上了一层楼，许多指点过他的老师离开时都拍着他的肩膀说：天右，你天赋不错，继续努力，将来有机会做专业演员。

有了老师的鼓励，他就更加努力刻苦了，一年后他就成了宣传队的台柱子。以前，乐器只是伴奏，在一台节目中只是个点缀。自从有了他之后，乐器表演成了一个独立节目。演出到高潮时，总会有他的吹奏乐表演，除唢呐之外，他还表演萨克斯，曲子是从书上学来的，还有长号。他学会了看乐谱，很快，他学会了许多新曲子，包括一些世界名曲。经过学习的天右就像长出了一双翅膀，在各种曲调之间飞翔。

他的节目很快便成了宣传队最受欢迎的节目之一。从返场的次数和观众掌声的热烈程度就能感受得到。很快，天右在全军便著名起来，许多男兵女兵都知道军宣传队有一个刘天右。他走在营区里经常遇到有官兵冲他打招呼，他也微笑回敬对方，那些不打招呼的，也向他投来欣赏的眼神。这一切，让天右自信起来，他挺胸抬头地走在营区的路上。

当满两年兵后，天右感到了危机。这种危机的根源不是业务能力，而是当满三年兵后面临的复员。铁打的营盘流水的兵，再老的兵都逃不过这一劫。当满两年兵之后，他已经参加过两次欢送老兵的演出了，台下是没了领章帽徽的老兵，他看见过那些老兵暗淡不舍的眼神。包括他们宣传队中的一些老兵，走时一边流着泪水，一边挨个和战友拥抱，送行的卡车就在外面等待着。上了送行的卡车，一声鸣笛，车走了，老兵走了，昔日的军营只能成为回忆。

当第二年兵时，他再送老兵心里就多了许多感触，再过一年，自己服役期满，也将和所有老兵一样，登上送行的卡车，向军营敬最后一个军礼了。

他参军后，在弟弟天左的信中得知，弟弟别无选择地在家务农了。偶尔会参加父亲生前留下的乐器班子接一些红白喜事的活路，因为父亲不在了，乐器班子的名气大损，活路受到了影响。乐器班子的营生一天不如一天。父亲不在的那一刻，天右就已经意识到父亲那条路走不通了。当初他下定决心参军，就是想通过自己的努力走出属于自己的一条路。那一刻他就下定决心，自己一定要走出去，并活出个人样来，让十里八乡的乡亲尊敬他们刘家，尊重刘天右。他拼命刻苦学习乐器，就是希望自己多个本事。他明白进步这么快，并不是他有多大天赋，而是自己努力刻苦的结果。军部营院那片树林见证了他这两年的努力，早晨和夜晚，他第一个起床，也是最后一个离开，他的乐器发出的声音催大了树木，他也见证了这片树林的成长。有时做梦他还在练习乐器，白天没记住的乐谱，许多次都是在梦中完成的。两年来，他只休息过两次周日，周日是军人外出的日子，也许不为买什么，就是到城市里看一看，逛一逛，吃顿饭或者看场电影。他第一次休息日出来时，便被省会这个大城市震惊了。看不到尽头的楼房和街道，车水马龙永不停歇的城市节奏。他先是恐惧，后来是喜欢。参军前，他连县城都没有去过，逛得最多的是镇上的集市。他走出军营看到了省城的一角，他就发誓，以后一定留在城里生活。从小到大他没觉得家乡的小山村有多么不好，可他看到了城市，才觉得家乡小山村的生活和城里相差十万八千里，不，是两个世界。他要在另外一个世界里站住脚，就得学本事，他记着父亲的话。从那以后，他几乎再也没走出过军营。在军部院里那片小树林，他一遍遍训练、吹奏，他知道自己没有更擅长的本事了，只有手里的乐器也许是他通往成功路上的一块敲门砖。

每个当满两年兵的人都会有复员焦虑症，往后再过一年，就该退伍返乡了。当初带着父亲留下的唢呐来到部队，天右是有信心的，他以为凭自己一技之长，在宣传队打拼出一片天地并不是难事，可他来到部队才知道，宣传队的队员们每个人都身怀绝技。独唱的王梅，家是北京的，一口京腔让她的唱词更加圆润饱满；还有演杂技的满小林，来自河北吴桥杂技之乡；说快板书的单大方，是天津的。他们都是宣传队的台柱子，每个人都能完成一场演出。北京的王梅已经是超期服役的老兵了，今年已满四年了，去年刚刚入党。如果论资历，就是提干排队也轮不到天右。这一点天右很清楚，想着再有一年时间自己就要复员了，心情犹如一叶小舟，在苍茫的大海上无着无落的。

一天，刘天右刚从排练厅出来，就见郭队长站不远处吸烟，他身后就是队部办公室。郭队长见他过来，把烟掐灭，手指捏着半截烟，冲他招招手。郭队长引领着天右来到队部。郭队长坐下，指着桌对面空着的椅子说：天右，坐下吧。他就坐下来，望着郭队长。郭队长把半截烟放到烟灰缸里，琢磨着，半晌道：天右，写份入党申请书吧。

他望着郭队长，心里知道，入党是提干的前提条件。新兵连结束后，他就明白这个道理。第一年兵时他就写过入党申请书，但他明白，写入党申请书只是一个要求进步的姿态，那么多老兵都在为入党积极努力着，根本轮不到他。此时郭队长旧话重提，他警醒地望着郭队长。

郭队长又把半截烟点燃，吸了一口，让烟雾不浓不淡地罩着自己的脸，声音浑浊地说：天右，你是我接来的兵，俗话说，铁打的营盘，流水的兵。争取退伍前入个党，回去对家人也是个交代。

他警醒的目光暗淡下去。他不是不想入党，入党对他来说只是个起点。在郭队长的心目中，他提干的事也是毫无指望的。

郭队长又说：天右，你是乐器分队的台柱子，你的进步有目共睹，做好超期服役的打算。

超期服役并不是进了保险箱，来宣传队的第一年，他送走了当满五年的老兵。老兵姓吴，是乐队拉二胡的，二胡在吴老兵手里已经拉得出神入化了，整个宣传队都佩服吴老兵。当满五年兵后，他还是没留下，在部队的条例里，服役五年是士兵的最高年限了。

吴老兵走的那天，乐队的人为他送行。吴老兵穿着洗得发白的军装，背着背包，提着那把形影不离的二胡，形单影只地走出宣传队的院门，身后是为他送行的宣传队员。走到门口，吴老兵突然转过身子，立正站好，举起右手为送行的人敬礼。他们也齐崭崭地还礼。两行泪突然出现在吴老兵脸上，然后他猛然转身，甩飞了脸上的泪水，朝操场上跑去，那里集合了一群即将退役的老兵。

吴老兵的泪和那张不舍的脸留给了天右太深的印象。不经意间，吴老兵的形象就会在他眼前闪过。

天右为自己的前途命运迷惘了。

这阵子，他更频繁地出入军部院内那片树林里，他想静一静，陪伴他的就是父亲留给他的那把唢呐。唢呐是他最好的陪伴，有唢呐的相伴他是自信的，仿佛换了一个人，离开唢呐他就是刘天右。站在演出舞台上，只有乐器在手，只有唢呐声响起，他的心才获得片刻宁静。

此时，他在树林里练习乐器，他没有意识到有一双眼睛在他身后不远不近的地方盯着他。那是秦参谋长的眼睛。

秦参谋长有饭后遛弯的习惯，先是绕着家属院的马路走，然后转过门岗，就来到了营区。院墙外就紧挨着一条马路，马路是通往城内的主干道，总是车水马龙的样子。散步最好的去处还是在营区。晚饭后，秦参谋长会换上便装，先是不紧不慢地走，然后步伐渐渐加快。他喜欢在营区走，看似散步，实际上他的眼睛在工作，营区的一切都会进入他的视野中。哪排树该浇水了，哪个卫生死角还没打扫，还有哪个机关士兵没按规定着装……这些，他都记在脑子里，上班后他会找到相应的部门，把发现的问题指出来，派人去解决。

秦参谋长散步最后一站就是那片树林了，不论冬夏他都雷打不动地在这片树林里停一停，站一站，整理下自己的思绪。这是战争年代养成的习惯，他当过排长、连长、营长，每当一场战役结束，他总会独自一个人想一会。想的是什么他有时自己也说不清，总之，静下来之后，让脑子歇一歇，下次用时，思维才会活跃。脑子好用了，他才能指挥人马进入下一次战役。进入和平年代了，身居军参谋长的职位了，他这个习惯仍没改掉。

他注意刘天右有两年了。第一次见刘天右是在欢迎新兵演出的后台，自己是司号员出身，对刘天右吹的唢呐感到很亲切。那天在后台他和刘天右这个新兵握了手，他就记住了这个士兵，从那以后，他几乎每天在树林里都能看到刘天右的身影。刘天右在练习吹奏乐器，树林在军部机关后院的一角，远离办公楼和家属院。这是天然的练乐器的好地方。

刘天右喜欢这里，是因为在树林里能找到感觉，当年父亲教他和弟弟唢呐时，就是站在后山坡那棵老榆树底下。宣传队有练功房，平时宣传队的兵都在练功房里练，只有他喜欢到树林里，一站到树林气息就畅通了。

在秦参谋长眼里，刘天右那身簇新的军装开始妥帖了，最后变白了。这是一个新兵向老兵过渡的标志。在秦参谋长眼里，刘天右不仅有一名新兵向老兵的变化，他的吹奏水平也在日渐成熟完美。

今天的刘天右却一反常态，他没再吹奏乐器，而是把乐器放在脚下，把头抵在了一棵树上。秦参谋长还是第一次看到他这种情景，不假思索地向刘天右走过去，站在他背后轻咳一声。突然秦参谋长看到了刘天右一张泪脸。天右想起了白天弟弟的来信。弟弟说前两日去给父亲上坟了，看到父亲坟前的蒿草长得很高了，打算这几日为父亲清理下坟头，还在信中问他在部队的工作情况。他每次给家里写信总是报喜不报忧，说又学会了一支曲子，还学会了新乐器，等有机会回去教弟弟……这天傍晚，面对树林练习时，他又想到了父亲，想到了父亲坟前的蒿草，他忍不住哭了。

他突然看见了秦参谋长。他是满两年的老兵了，对军部首长都熟悉了，但突然面对穿着便装的秦参谋长，他觉得脸熟，甚至很熟，却没对上号。但他还是慌忙举起右手敬礼道：首长好。并草率地把脸上的泪水抹去。

秦参谋长是个爱兵的首长，不论在战争年代还是在和平年代，他总喜欢和士兵谈心。此时做了军参谋长后，工作忙了，又在军机关，军机关的士兵不多，各师、团的部队都在离军部很远的地方。就算下一次部队也是匆匆地去，又匆匆地回，没多少时间接触战士。

秦参谋长就说：小刘，怎么一个人哭鼻子了，遇到什么困难了？

眼前的刘天右勾起了秦参谋长谈心的欲望。

刘天右忙答：没有，首长，我就是有点想家了。

秦参谋长点点头道：你是两年兵了，对吧，也算是老兵了。

刘天右没想到，秦参谋长不仅记得自己，还记得自己的兵龄，心里生出许多感激，又给秦参谋长敬了个礼，这才把眼前穿便装的参谋长对上号，他真诚地说：谢谢参谋长。

秦参谋长弯下身子从地上把刘天右放在树下的小号拿起来，左右看了看，并做出吹的动作。最后还是还给了刘天右，拍拍天右的肩膀道：好好练，官兵很喜欢你演的节目。

刘天右立正站好，他不知该说什么，望着秦参谋长的背影。

秦参谋长向前走了两步，又停下来，回过身子道：明天上午，你到我办公室来一下。

秦参谋长说完就走了。

他怔在那里，呼吸有些急促，他不知道秦参谋长的话意味着什么。当满两年兵了，军部办公大楼他一次也没走进去过，宣传队在军部办公楼后面的一幢两层小楼里，自己一个单独小院，进进出出总能看到军部大楼。军部办公楼有卫兵站岗，进进出出的都是军首长，还有在机关办公的参谋干事，各种处长什么的。他当新兵时，站在军部办公楼前照过一张相，他把照片寄给弟弟和母亲，并在信里说明，这就是我们的军部，里面工作的都是首长。在他心目中，军部大楼是神圣不可侵犯的，每天看到神圣的军部大楼他内心里都升起一种叫崇高的东西。

那一夜，刘天右失眠了。他想象不出秦参谋长会找他谈什么。

第二天一早，上班的号声刚刚吹响，刘天右就出现在了军部办公大楼门前。卫兵让他到值班室登记。在值班参谋口中他得知秦参谋长在三楼办公，他蹑手蹑脚地找到了秦参谋长的办公室。办公室的门虚掩着，秦参谋长在桌后戴着花镜在看一份文件，此时秦参谋长的形象和他平时在营区里看到的样子一点也不像。他深吸口气道：报告。声音是虚的，心也慌乱地跳起来，手足无措的样子。

秦参谋长抬起头，花镜从鼻子上滑下来，从镜框上方望着他。秦参谋长招了招手，刘天右小心地走进去，站在秦参谋长桌前，又一次抬手给秦参谋长敬了个礼。

秦参谋长把眼镜摘下来，放到桌子上，温和地说：小刘，想不想教个学生？

刘天右怔住了，他想过千万种可能，却没想过秦参谋长会让他教学生。

秦参谋长见他犹豫着，便道：不影响你正常排练演出，用业余时间，这是我家的私事。

不论私事公事，在秦参谋长嘴里说出来，这就是命令。刘天右双腿并拢，还是答：保证完成任务。

秦参谋长点点头：虽然是私事，但我还得和你们宣传队郭队长打个招呼。请假制度还是要执行的。

他离开秦参谋长办公室，不知是失望还是希望，他不知道这一切对自己意味着什么。也不知秦参谋长说的要教的学生是个什么样的人。

3

第三章

付 瑶

胆战心惊的刘天右在秦参谋长家见到了一个漂亮女兵。确切地说是位年轻的女干部。

时间是晚饭后，刘天右拿捏这个点来秦参谋长家是有用意的，早了秦参谋长还没下班，赶上首长家吃饭也不好，于是就选择了晚饭后。他敲响秦参谋长家门时，心脏是快速跳动的，他不知道秦参谋长为什么要把自己叫到家里。

是眼前这个漂亮女兵开的门，她没戴军帽，只穿着军装，军装是干部服。她的刘海卷曲着，眼睛扑闪着，她像见到老熟人似的叫了一声：刘天右。

他没想到眼前的女兵会认出自己，还能叫出自己的名字。他一脚门里一脚门外尴尬地笑着。

女兵又大方地说：进来吧。

他小心又僵硬地走进去，立在屋内，他看见秦参谋长从饭厅里走出来，在家的参谋长比平时和蔼亲切了许多。秦参谋长冲他招了下手，便向客厅的一排沙发走去，他小心地尾随过去。秦参谋长坐下，指着对面的沙发道：小刘，坐吧。

他僵硬一下，还是欠着身子坐下。

漂亮女兵从厨房出来，手里多了一个杯子，放到他的眼前道：天右，喝茶吧。他望一眼那女兵，目光是虚的，她居然叫他天右。他惶恐不安。

女兵说完坐在秦参谋长身边，睁着一双扑闪的眼睛冲自己笑。他不敢直视女兵，把目光移到秦参谋长脸上。

秦参谋长用手指了下女兵道：这是付瑶，我女儿，是军机关门诊部的护士。

他把目光移到付瑶的脸上，付瑶正朝阳似的冲他抿嘴微笑。

秦参谋长再说：付瑶喜欢音乐，她看过你的演出，很欣赏你的才艺。以后业余时间多教教她。

付瑶这时站起来，跨前一步，伸出手来，他忙站起来，虚着身子把手伸过去，两只手握在一起。瞬间，他被电击似的，麻了半边身子，付瑶的手是那么软又是那么纤细，他握着像一片云，也像一缕风。付瑶放开手，调皮地一笑道：以后你就是我老师了。

尴尬的笑容就砌在他的脸上，不知如何是好的样子。

秦参谋长挥了下手，起身道：你们认识了，先聊一聊，我出去散步了。

秦参谋长在晚饭后要雷打不动地散步，秦参谋长一走，他的身子舒展了一些。

付瑶说：老师请喝茶。

他又欠下身子坐下。此时，他才认真地打量了一下付瑶，付瑶很年轻，年纪和自己相仿。他记住了，这是军门诊部的护士，护士就是干部了。当满两年兵，这些道理他懂。望着眼前的付瑶他自卑起来，他缩了下身子，想说句什么，却又不知说什么。

付瑶就说：老师你喝茶。

这句老师他听得真切，他猛地想起父亲。父亲被乡邻们称为师傅，付瑶称自己老师，差不多也是这个意思。自信似乎又回来了一些。

厨房门开了，一个中年妇女站在那里，一边解着围裙一边说：你就是刘天右？

刘天右忙站起来，面对这位中年妇女他不知该怎么称呼，看模样他意识到应该是秦参谋长的夫人，便立正答：报告，我叫刘天右。

中年妇女已经把围裙解下来了，拿在手上走近两步，认真地打量了一下刘天右，没说话，只是微微点了点头。

付瑶就随意地说：妈，以后我就和天右学习乐器了。

中年妇女微笑着冲付瑶点了点头，转身进房间去了，一边走一边说：放着护士不当，学什么乐器，这孩子。

刘天右发现中年女人的身材微胖，个子不高，却有一种威严感。

付瑶拉了下刘天右的衣袖道：我妈就这样。走，咱们出门说。

那天傍晚，漂亮女兵把他送出了家门口，又走进营区，一直跟着他来到了宣传队，所有的乐器都在乐器室摆放着。付瑶就像走进了大观园，拿起这个，又抓起那个，不住地惊叹着。路过乐器室的宣传队员们都向他们投来不解的目光。他就一遍遍地冲人介绍着：这是门诊部的付瑶护士。战友们点了点头，仍投来暧昧不清的表情。

那天，他知道付瑶从小就喜欢乐器，在护士学校上学时，她还是文艺骨干，吹过口琴拉过手风琴。她梦想着当一名演奏家，可命运却让她当了名护士。

分开时，他试探地问：你叫秦付瑶？

她听了这话，突然笑了，白了他一眼道：你怎么也这么认为？然后止住笑道：以后你会知道的。

说完就走了。他望着她婀娜的身影却百思不解，分明是秦参谋长女儿，难道她不姓秦，姓付？他为此想了好一会儿。

从那以后，付瑶就成了他的学生。大多时间，晚饭后，他和付瑶都会准时出现在部队营院后那片树林里，夕阳斑驳地照进来，一个男兵一个女兵在幽静的树林里练着乐器，乐器的声音含混却有节奏地传出来。

刘天右精心为付瑶选择了所学的乐器，萨克斯，他认为这是适合女孩子的乐器。付瑶在学习乐器方面天资聪颖，在这之前自己练习过乐器，音乐感觉很好，稍一指点，她就能吹出个调门。

后来他知道，向他学习乐器是付瑶提出来的，在这之前，付瑶看过宣传队无数次演出，确切地说，就是冲着刘天右才看的。在刘天右没当兵前，宣传队的演出里几乎没有人用乐器单独表演过节目。自从天右来到宣传队后，大多时候，天右表演的乐器都会掀起一次高潮。人便成了舞台的中心。

两人练累了，也会说会闲话，她说自己十六岁就参军了，最初当卫生员，后来又去护士学校学习，然后就当了名护士。她还告诉他，她一点也不喜欢护士这个职业，是母亲逼她学了护士。她说这话时，仍然是赌气的样子。

他也会说自己，从小和父亲学唢呐，站在后山坡那棵老榆树下，所以一直到现在，他都喜欢在有树的地方练习乐器，看到树就有灵感。她听了他的话，咯咯地笑着，无忧无虑的样子。他望着她，就想到自己，他和付瑶一样年纪，付瑶已经提干一年多了，而自己还有一年就该复员了。这么想着，心气就虚了，身子也松垮下来，和付瑶站在一起总觉得自己矮半头。

一天晚上，他陪付瑶练完乐器回到宣传队，在走廊里迎面碰到了郭队长。郭队长家属最近来队了，在队部旁，郭队长有一间自己的宿舍，家属来队就住在那里。他正想抽时间去看望下郭队长家属，这是部队的规矩，不论谁的家属来队，战友们都要轮流去看一看，是礼节也是风俗。当然，领导家属来队，又多了层意义，带点水果，或两瓶酒，显得自然又热络，顺便也把自己和领导的关系相处得更融洽一些。人情社会，大家都心照不宣。

郭队长看到他，怔了一下。他正要开口，郭队长却先说话了：天右把乐器收好，到我办公室来一趟。

他走进郭队长办公室时，郭队长已经坐在桌子后了，还点燃了一支烟。他一进门，郭队长就指着椅子道：坐下说。

他坐下了，郭队长是自己的直接领导，又是接自己到部队的人，无形中他就对郭队长多了份亲近，不那么拘束。他想问问自己入党的事有没有眉目了，转眼就要复员了，时间不等人。

不料，郭队长说的却不是这事，而是问他：付瑶在跟你学习乐器？

见郭队长这么问，他便把事情经过冲郭队长说了一遍。郭队长“嗯”了声：前两天我接到司令部魏参谋打来的电话，说你收了名学生，让我给你创造条件。没想到是付瑶。

他想起在秦参谋长家，秦参谋长说过的：要和你们郭队长打个招呼。

郭队长把半截烟掐灭，又小声地说：你知道付瑶和秦参谋长的关系吗？

他摇摇头，这些天来，他正为此困惑着。付瑶没再提自己为什么姓付不姓秦的话题。

郭队长说：你们新兵都不知道，我也是听老兵说的。

他有些紧张地望着郭队长，郭队长许是喝了两杯酒的缘故，脸红红的，眼神和话语越发显得神秘，更小声地说：付瑶的父亲以前是军区文工团的独唱演员，军区文工团的台柱子。她妈，就是现在秦参谋长的夫人，是跳舞的。

他的呼吸粗重起来，为了即将知道的秘密，也为了付瑶的命运。

郭队长接着说：付瑶的父亲有一次下部队慰问演出，出车祸了，人死了。付瑶妈正怀着付瑶，生下付瑶后就不再跳舞了。那会儿秦参谋长还是一名副团长，付瑶的父亲就是去秦参谋长的部队途中牺牲的。是秦参谋长带车把付瑶父亲的遗体送回了军区大院。

郭队长说到这便不说了，又点起一支烟。

他口干舌燥地问：这么说，付瑶不是秦参谋长的亲生女儿？

郭队长答非所问地说：付瑶妈年轻那会儿很漂亮，她可是军区文工团的独舞演员，还是《红色娘子军》的领舞。

刘天右又想起他在秦参谋长家见过的那个微胖妇女，已经和当年跳领舞的舞蹈演员对不上号了。他在心里重重地叹息了一声。

郭队长笑了一下：付瑶的妈叫王香梅，她年轻时可是军区军官心目中的女神。凡是看过她跳舞的人都会被她迷上。

刘天右努力想象付瑶母亲年轻时的样子，想来想去，眼前晃动的却是付瑶的身影。

说说咱们的秦参谋长吧。郭队长吐出口烟，压低声音：我也是听老兵说的，秦参谋长在老家结过婚，还有个儿子。当时战争年代，失联了好多年，直到最近几年，秦参谋长儿子才找到秦参谋长。听说王香梅为这事经常和秦参谋长吵架。

刘天右在心里也为秦参谋长惋惜了一阵。听了郭队长的话，秦参谋长、付瑶和付瑶母亲在他心里立体起来。

临走时，郭队长拍着刘天右的肩膀说：有机会多接触一下秦参谋长。你的努力和进步，这些首长都是会看在眼里的。

秦参谋长的音容笑貌又在他脑海闪过，他只能在心里苦笑一下，秦参谋长是为了付瑶才认识了自己，高高在上的首长，他又如何去走近呢。

付瑶在对音乐的悟性上有很强的理解能力，她对乐器的学习突飞猛进，时间不长便能用萨克斯吹曲子了。

得知付瑶身世的刘天右，站在付瑶面前越发自卑，他开始羡慕付瑶了。和自己同龄的付瑶已经是提干一年有余的干部了，父母曾经都是军人，而且是军区文工团的台柱子，虽然，母亲已转业离开了部队，但也是省文化馆的干部。想到付瑶，他就想到了自己的家，父亲不在了，弟弟务农，母亲只是个普通的农村妇女。农村改革开始了，公社变成了乡，大队变成了村，土地分到各家各户，家里的土地只能弟弟和母亲去播种，不论春夏秋冬，母亲和弟弟要终日在田间地头忙碌。忙碌的结果，就是为了一年四季的吃食。在没当兵之前，他觉得这并没有什么，左邻右舍的乡亲们都是这么一年到头地忙碌着。此刻，他离开了故乡，看到了城里人不一样的生活，悲哀和自卑便笼罩在他的心头。从小到大，他曾为父亲骄傲过，父亲在乡邻眼里是有手艺的人，被人尊称一声师傅。日子虽不富裕，但比邻居的日子多了些滋味。此时天右为自己以前的满足感到可笑无知。他要奋斗，在部队立足，可这并不是下决心就能实现的目标。自己如果不在服役期内转干，就会和其他老兵一样离开部队，回到老家，和弟弟一起去种地。那是他熟悉又陌生的世界。他的眼前另一个世界打开了，他不甘心再回到从前。

他看着眼前无忧无虑的付瑶，便想到了即将离队的自己，人便悲凉了。

聪明的付瑶似乎看出了他情绪不高，站在林地里，脸红扑扑地说：师傅，你是不是有什么心事？

从她学乐器的第一天开始，他就纠正过她对自己的称谓，不让她叫自己老师，改叫师傅。只有叫师傅他听了心里才妥帖。她称他师傅，他就会想起父亲。她改口叫了师傅，他就一副顺理成章很受用的样子。从那以后，她就称他为师傅了。

见她这么问，他只能笑笑，掩饰自己的落寞道：哪里，我再教你支曲子吧。

付瑶不动，眼睛水汪汪地盯着他道：师傅你不说实话。

他望着扎着两只马尾的付瑶道：真的，老兵心事多嘛，你也是老兵，你该理解。他只能搪塞着。

付瑶把手里的萨克斯放下，认真地问：师傅你入党了吗？

见付瑶这么问，他怔一下，还是摇摇头，小声地说：前阵子郭队长让我写入党申请书，还不知有戏没戏。

付瑶认真地看了他一眼：师傅，你还没说过你家情况呢。

他脸有些发烫，低下头，看着自己的脚尖说：有什么好说的，就是个农村兵。

听说，你家的唢呐是祖传的，有好多绝活，以后教教我。付瑶的眼睛又亮了起来，一块光影映在她脸上，鲜艳异常。

他用脚碾了下地面，抬起头望着付瑶：什么祖传不祖传，我父亲在乡下就是个吹鼓手，谋个生路而已。他这句话是实话。到了部队，他认识了那么多首长，有军长、副军长，还有秦参谋长，这都是高高在上的首长，他们军装整洁地在部队大楼出入。在农村乡下时，这些是他做梦都想不出来的场景，包括眼前的付瑶，如此漂亮。他来到宣传队，才认识那些女兵，她们唱歌跳舞，在他眼里这些女兵无疑都是仙女。望着这些异性，他是自卑的。他知道，这些女兵都来自城市，家境都很好，即便在部队不提干，回到家乡找份工作也是轻而易举的。在宣传队，他很少和这些女兵说话，一直认为他们是两个世界的人，一个天上一个地下。只有在排练的时候，偶尔会有些交流。在演出时，他站在伴奏的队伍里，看着她们唱歌跳舞，心里就有种异样，恍若自己在做梦，梦见自己生活在一群仙女之中，她们香气缭绕，美若天仙。现实中他知道，她们就是一幅幅美丽鲜艳的画，他只是站在画前看画的过客。只有自己表演节目时，他才是自信的，那会儿整个舞台只有他一个人，灯光聚在他的身上，他陶醉于那种感觉，更痴迷于台下官兵一阵比一阵热烈的掌声。他闭着眼睛尽情地吹奏着，享受着如此短暂又美好的时光。灯光熄灭，大幕合上，他走进侧幕，看见等在台口的女文工团员，他又恢复了常态，目光不敢在她们身上驻足，人似乎又矮了半截，样子灰溜溜的。他的样子被许多人不解，她们背地里给他起了个外号：山沟里的石头。她们这么称呼他时，发出响亮开心的笑声。后来，他知道她们给他起的外号，只在心里笑笑，他不认为自己是石头，石头是硬的，是沉重的。他把自己比喻为一粒沙子，是那么渺小而又微不足道。当女兵们在他背后发出笑声时，他知道，她们又叫他外号了。有一次，郭队长在宣传队的大会上，批评了背地里起外号的事，虽然郭队长没点名道姓，所有男兵女兵的目光都集中在了他的身上。半晌，他站起来，红头涨脸地说：没啥，我觉得挺好的。说完他就坐下了，把目光埋在自己胸前。他说完后，全体又一阵哄笑，郭队长挥挥手道：要尊重同志，到此为止，以后谁要再叫外号，我要点名批评了。郭队长虽然这么说了，但他知道，她们背地里还这么叫，一拨拨的笑声就是最好的例证。郭队长为此专门找过他，拍着他的肩膀说：天右，你不比别人差什么，应该挺胸抬头自信起来，要像你自己在台上演出时一样。他也说不清自己怎么活成了两层皮，现实生活中，他总是溜着墙边走，只有到了舞台上，才一切恢复如常，他才找到自己。他心里骂过自己，可是没用。

在他和付瑶的交往中，只要她叫他师傅，他的目光就是正常的。按理说，付瑶的身世更优越，付瑶在他眼里长得比那些唱歌跳舞的女宣传队员更漂亮阳光。付瑶从来不化妆，他从她身上只能闻到淡淡的紫罗兰雪花膏的气味。这股幽香让他心里非常安静。她聪明好学，有时一个技巧，他讲几句她就学会了。在宣传队，他也不停地为乐队那些新兵传授吹奏的技法，有时讲得口干舌燥，自己做了几次示范，那些新兵也不得要领。他便开始烦躁，不知为自己还是为那些新兵。

而站在付瑶面前时，从她叫他一声师傅开始，心似乎就有了归处，付瑶让他想起了村人们称谓父亲时的场景，在付瑶面前，他活成了父亲。每天吃完晚饭，他便带着乐器准时出现在小树林里，先把乐器试吹一遍，虽然他在出发前已经把乐器检查好了，仿佛，他发出的乐器声，是在向她通风报信。付瑶也基本上是踩着他吹出的音乐点，一蹦一跳地出现在他的眼前，红着脸说：师傅我来了。从身后又变戏法地拿出一块雪糕递给他。

他不肯接，道：你吃吧。

她就道：我在路上吃过了。

他只好接过来，小心地咬一口，一股甜凉的感觉贯穿他整个心肺。她不仅给他带雪糕，有时也带水果，水果都切成小块了，装在饭盒里，上面插着牙签，有时也会带来一张糖饼抑或两个肉包子。他推拒，她便说：这是我妈做的，你尝尝。他便说：以后可别这样，我在食堂都吃过饭了。她一笑：这算是我孝敬师傅的。这声师傅叫得他心里麻酥酥的，自信就一点点回来了。

更多时候，他不肯吃，她就逼着他吃，一边佯装生气，跺着脚道：你不吃，以后我就不学了。她这么说，他就只好听命于她了。他狼吞虎咽地把她带的东西吃完，她就很满意的样子。

有一次，她带来了一本影集，那是她参军后的影集。从十六岁参军开始，十六岁的她还是瘦瘦小小的，一身军装穿在她身上，显得有些肥大。后来她成了老兵，眼神变得坚定了，然后是到护校学习的照片，和同学的合影，还有训练时的照片。影集翻到最后，出现了他们一家人的合影，秦参谋长和她母亲坐在沙发上，她站在他们身后，面对着镜头露出幸福又活泼的笑容。他看着她的影集，了解了她成长的经历，心里便想，我和付瑶是两个世界的人，这么想了心思就又有些散了。

看完影集，她把影集合上，盯着他道：师傅，你是不是觉得我不姓秦，挺奇怪的？

自从他从郭队长那知道付瑶的身世后，他把这一切当成秘密埋在了心里。付瑶自己不说，他不会问。听她这么说，他还是有些吃惊地望着她。

她说：好多人都不知道，秦参谋长是我养父。说完沉默下来，蹲在地上看几只蚂蚁在地上走过，半晌又道：但他对我很好，比亲父亲还亲。

她盯着他的眼睛：我从小就喜欢音乐，可能和遗传有关吧，我亲生父亲是军区文工团一名独唱演员，我妈妈是舞蹈演员。我妈妈现在胖了，一点也不像演员了。说到这她咯咯地笑了起来，红晕在她脸颊上升起。

虽然关于付瑶的身世他已经听说了，但她亲口说出来，他还是感觉有些不一样，究竟哪不一样，他一时说不清。眼前的付瑶从小丧父，但已经看不出丧父之后的伤痕了，有的只是幸福还有纯净，像一泓山泉水，叮叮咚咚地在他眼前流淌着。他对付瑶的心思就有些复杂了，她还没出生，就失去了父亲，想起来挺悲哀的，觉得这时付瑶离自己很近。可现实中的付瑶，她养父是秦参谋长，一家人的生活和谐幸福，他又觉得自己离付瑶很远。

有一次，她吹完一支曲子，他由衷地鼓起了掌道：真好，你的水平可以登台表演了。他说的是真心话，她的演奏水平进步很快。

我从小就想当一名歌唱家，可我七岁那年发了一次烧，嗓子烧坏了，高音部分唱不上去。她惋惜地说着。

你可以吹奏乐器呀，你这么有天赋，为什么不到宣传队来？他冲她说。

她侧过脸望着他说：我妈不让我来，她说宣传队不会有大出息。

她说完意识到了什么，忙纠正道：我是说那些干部，不是说你。

这话不用付瑶说，他早就观察到了，郭队长已经三十二岁了，还是正连职干部。他是从宣传队土生土长成长起来的干部，干到正连职已经在宣传队长的职务上到头了。郭队长一直梦想着升到副营的职位上，按照部队的规定，只有副营职以上的军官，家属才能随军。郭队长的妻子是家乡镇上的一名小学老师，如今孩子都四岁了，还在两地分居着。郭队长感慨地说过，最大的梦想就是能让老婆孩子随军，但前提是他要提拔成副营之后才能够实现。郭队长的晋升之路遥遥无期，和郭队长同年的兵，在机关当参谋、干事，有的早已经是副营了，有少数几个人，已经是正营了。只有郭队长还在正连位置上原地踏步呢，郭队长的脸上就多了份愁苦和焦虑。

听付瑶这么说，他身子又垮了下去，然后苦笑着：我就是宣传队的普通一员，年底一到，我就该复员了，入党提干想都不敢想。

他说这话时，已经到了五月底，树林枝头上的树叶已经一片茂密了。在他的理想里，只要能入党提干他就知足了，哪里轮到他挑肥拣瘦的，看着眼前优越的付瑶，只能在心里叹了又叹。

她说：师傅，你是个人才，你会有前途的。

她说的是真心话，第一次看他在台上表演时，她就被他迷住了，他每个动作、每一丝表情都那么自信和帅气。虽然，那会儿她只学会了吹口琴和拉手风琴，但她心里一直有音乐在流淌。以后观看宣传队的演出时，她总是想办法弄到靠前排的票，有几次军机关的公务员把票送到她家里，那是送给秦参谋长的票，首长的票自然是最前排的。秦参谋长有时开会或者不愿意来，她就拿着养父的票坐在最前排，为的就是近距离地看刘天右的表演。她学习乐器的想法就是那时产生的，不知是为了音乐还是刘天右这个人，也许二者兼而有之。她把自己学习乐器的想法冲养父秦参谋长说了，一连说了三次。母亲是反对的，母亲说：好好当名护士吧，在机关门诊部锻炼两年，有机会去军区医院，那才有出息。她不理母亲，仍缠着秦参谋长。养父答应了她，母亲为此责备了她好几次，她冲母亲说：我就是业余爱好。母亲才半推半就地应了。当那天晚上，刘天右敲开家门时，她是心花怒放的。从那以后，她几乎每天都如约而至，在军机关门诊部有个好处，就是不用值夜班，朝九晚五地上下班。这一切都得益于养父的安排。在军机关门诊部当护士生活规律，养尊处优。许多同学毕业分配都去了医院，工作要三班倒，每次和她通信或打电话都叫苦不迭，都说她命好。她知道，没有养父就没有她现在的一切。母亲对她更苛刻一些，一直希望她去大医院，觉得在大医院才能学到本事。

认识刘天右之后，她才猛然醒悟，音乐才是自己最重要的，护士只是她的职业。随着她和刘天右的交往，她觉得刘天右就是音乐，此刻，刘天右在她心里已经和音乐融为一体了。包括刘天右不经意间流露出的忧郁眼神，她不认为那是自卑，而是音乐的一部分。当刘天右吹奏萨克斯时，她觉得这件乐器就是为了刘天右而存在的，那么苍凉、低沉、忧郁，也许这就是乐器传达出的音乐魅力吧。

不知是对音乐的痴迷，还是刘天右这个人，她心里对他有些留恋了。但她知道，自己和刘天右是不可能的。部队条例规定，战士不允许在驻军当地谈恋爱。自己是干部，刘天右还是名战士。想到眼前的现状，她内心深处就笼罩了一层淡淡的忧伤。

4

第四章

转　　折

付瑶也说不清是怎么一步步爱上刘天右的。也许从看他第一次演出时，就被刘天右迷住了。此时，她喜欢的音乐和刘天右已经融在了一起，彼此不再分开了。付瑶脑子里装的都是音乐。一想起音乐就会想起刘天右。她在门诊部上班，会经常走神，她托着腮，坐在护士值班室那张桌子后。有干部、战士进来打针拿药，她像没看见一样，仍那么托着腮，目光望着墙角某处。来找她的干部、战士经常可以看到付瑶独自出神的样子，她沉浸在一种幸福和忧伤之中。幸福是因为心灵有了依托，那种说不清道不明的幸福感在她体内充盈着。她盼望早点下班，只要下班，很快她就会看见刘天右了，只要见到刘天右，幸福便会达到峰值。没人的时候，她会拿出刘天右借给她的那只萨克斯，这就像看到了刘天右，他的音容笑貌一次次在她脑海中闪现，他的每一句话、每一个动作就像电影回放一样。但在这种幸福中还夹杂着苦涩和忧伤。她知道，刘天右还是个战士，她当新兵时就学过部队条例，战士不允许在驻军当地谈恋爱。那会儿她学到这项条例时，耳红心热了一阵子，一群女兵躲在宿舍里背诵这项条例时，都发出哧哧的笑声。那会她们还不知道什么是恋爱，但遇到爱情这样的字眼还是让她们脸红心跳。

然而，几年后她遇到了刘天右，付瑶恋爱了，她却不能表达。单相思的苦恼日日夜夜地折磨着她每根纤细的神经。她开始变得敏感，甚至不爱说话，独自一个人发呆。吃饭的胃口也不如以前了。

王香梅发现了付瑶的变化。

有一天晚上，营区的熄灯号已经吹响，她还没有睡觉，人已经躺在床上了，台灯还开着。母亲王香梅推门走进来，她却没有发现，她独自沉浸在单相思之中，眼睛盯着天棚某处，表情复杂。直到母亲把手放到她的头上，她才吃惊地叫一声：妈。

母亲用探寻的目光望着她说：瑶瑶，你是不是病了？这阵子你吃得少，话也少了。她把被子往上拉了拉，盖住了大半边发热的脸道：妈，没有，快回去睡觉吧。说完伸手把桌上的台灯关上。母亲站在暗影里，半晌才移动身子走到门口，又停住回过头小声地说：没有就好，有啥事就跟妈说。她马上答：妈，没有。天太热了，才吃不下。

妈明天给你煮绿豆汤。母亲说完把门带上。

母亲一走，她就把被子蹬掉了。进入七月，天就一天比一天热了起来，她的内心比天气还要炽热焦灼。

在宣传队宿舍，刘天右也没睡着，他从枕头下拿出弟弟的来信，这封信是弟弟写的，却是母亲的口吻。已经是夏季了，再过几个月就到秋天了，秋天一到，他们这些老兵就到了该离队的时间了。每年都是如此，就像一片海洋，总是那么有规律地涨潮落潮。新兵来队是涨潮，老兵离队是落潮。刚当兵那会儿他是信心满满的，他对自己的未来充满了期待，他总觉得凭借他一身绝技在军部宣传队迟早会出人头地。他写给家里的每封信件总是信心满满。弟弟有时以自己的口吻回信时就说：哥，家里的一切你放心，有我呢，你在部队有出息了，我和妈也跟着沾光。咱们村走出那么多参军的，最后都回来了，你要是在部队提干，就是咱们村的第一个人……在天右的记忆里也的确如此，每年参军村里都会有三两个新兵走出去，但每年也会有三两个老兵复员回来，就像能量守恒定律，不增不减。那些初回来的复转军人，在最初的日子里似乎心有不甘，仍然穿着洗得发白的军装，勤奋地在村街上出入，他们的样子是体面的，发白的军装上也是一尘不染的。他们勤奋地往外跑是到处在找工作，有的是为了相亲，他们想借助最后一点军人的光环心想事成。在农村就业比登天还难，只有乡里才有些吃国家饭的人。除乡长、书记外，还有几名助理，那是国家干部，这些职位他们想都不用想，根本轮不到退伍军人。剩下的还有粮库、商店等为数不多的几个单位，偶尔有招工的，但根本不会考虑当地的农民，而是先招具有城镇户口的待业青年，没门没路的连边都沾不上。这些退伍军人忙活了一阵，奔走了一些时日，终于沉寂下来，脱下洗得发白的军装，死心塌地了，降格以求，结婚生子，和别的农民并没有什么两样，过着面朝黄土背朝天、汗珠掉在地上摔八瓣的农民日子。这是他们的命，努力了，挣扎了，幻想了，最后又回到了原点。压在箱底的那身军装，只有农闲时，走亲会友时，复又穿在他们身上，依稀让人想起他们曾经拥有过的军人岁月。天右一想起自己的命运也会和这些复员军人一样，便悲从中来。

母亲的来信更让刘天右五味杂陈，他从枕边摸出手电筒，又看了一遍母亲的来信。母亲说：天右哇，妈知道你在部队努力的不易，别难为自己。提不了干就回来吧，和你弟弟一起种地，你的那份地村里还给你留着。妈老了，种不动地了。你和你弟弟都是肯吃苦的孩子，别人能活，咱也能活，你当的文艺兵，在部队学习三年，吹喇叭（唢呐）的本事一定超过你爸了。农闲时，你带上你弟弟就去接红白喜事，日子咋的也不会太差……刘天右一想起母亲和弟弟，就有种要哭的欲望，五味杂陈的心情自己也理不出个头绪。他想起了家，那三间土房，还有后山埋着的父亲，他一想起父亲就想起后山坡上的那棵老榆树。那里留下了他太多的儿时记忆。一想到家乡，他鼻子就发酸。刚参军时，他将所有的心思都放在了努力奋斗的拼搏中。随着对部队的了解，同时也看清了自己的命运，两年时间，他从充满幻想的新兵变成了老兵，幻想也随之破灭了。刚参军那会儿，他一直觉得对不住弟弟，他和弟弟抓阄时，两张纸条上他都没有写字，弟弟不论抓到哪张纸条，注定都会是一张白纸。他看到了弟弟那张挂满失望表情的脸，他把另一张白纸托在弟弟的眼前，似乎希望弟弟揭穿他的把戏，可他手上的纸条弟弟连看都没看，只真诚地盯着他的胸。他想参军，在父亲去世后，想出人头地，他是老大，这个家需要他。他心情复杂，又希望弟弟揭穿他，又希望自己去。弟弟认命了，他心里反倒翻江倒海的，不是个味了。他一边觉得对不住弟弟，又为自己庆幸。高中毕业到准备参军这段时间里，他一直随父亲的乐器班子从东村到西村为红白喜事吹奏。十八岁的天右对自己的前途感到茫然一片，他不甘但又无奈，如此下去，他最后的希望就是接父亲的班，成为十里八乡的一名唢呐匠，被人称为一声师傅，也仅此而已。他是高中生，在书本中了解了外面的世界，他和母亲想的不一样，他就想去外面闯一闯。机会终于来了，当面对抉择时，他骗了弟弟，如果那两张纸条不是空白的，弟弟就有百分之五十的机会。是他亲手把弟弟那百分之五十的希望变成了一张白纸。在这两年期间，他对弟弟天左抱着深深的歉意，每当接到弟弟来信时，心里都杂七杂八的，不是个滋味。有时会想，在部队里的应该是弟弟，自己才是在老家给弟弟写信的那个人。

参军两年后，他这种不安才缓解了一些，他知道自己在部队的日子不多了，如果换成弟弟，弟弟也会如此，既然结果都是回到村里，就算自己替弟弟经历了一圈。这么想了，心便释然了些许。

当他面对美丽火热的付瑶时，心便又荡漾了。他虚岁二十一了，面对同龄女孩子，他不能无动于衷。他从付瑶的眼神中、话语里感受到了那种火热和大胆，但他只能把这种情感深埋在心底。他知道，眼前美丽的付瑶只是他的水中月、镜中花，只能远看并不能近触。从认识付瑶那天开始，他就觉得他们是两个世界里的人，他深深地自卑着，把自己对付瑶的幻想当成一场梦境，埋在心里，当成回忆。

接到母亲的来信，便萌生了回家探亲的愿望，当兵快满三年了，他还没有探过亲。按部队条例规定，当满一年兵后，便有半个月探亲假期。和自己同年的那些兵，都回过家探亲了，唯有他一直没有回。他没回去的原因有两条，他想努力让自己做得更好，只有和别人不一样，才是进步的表现，他把别人散步聊天的时间都用在了练习乐器上。每次演出时，他总会有新节目表演，在整个宣传队，他表演的节目是最受干部、战士欢迎的。另一个原因是没脸见母亲和弟弟，自己连个党还没入上，赤手空拳地回去，不好和母亲弟弟张口，更无颜面对乡里乡亲。他刚当满一年兵，就写信和母亲弟弟信誓旦旦地说：自己已写了入党申请书，很快就要入党了。从那以后，弟弟每次来信都问他入党的事，他每次回信都说：快了，再过两个月应该就有希望了。后来，弟弟不再问了，他也不说了。每次回信时，他心里都充满了内疚不安。一晃再过几个月就轮到自己复员了。当满三年兵还没回乡探过亲，无论如何都是遗憾的事。不为别的，就是为了让母亲和弟弟看一眼他穿军装的样子，也让长眠在后山坡上的父亲看一看……想到这，他想家了，在两年多的时间里，他无数次地想过家，但从来没有这么强烈过。那一晚，刘天右失眠了，他下定决心，一定要探次亲。

第二天起床，他找出纸笔写了份探亲报告。吃完早饭，还没操课时，他敲开了郭队长办公室的门。

郭队长正襟危坐在办公桌后，他神情严肃地看着一份通知，通知后面盖着一枚鲜艳的印章。印章让这份通知郑重起来，此时郭队长的神色比那枚公章还要庄重。他站得远自然没看到通知的内容，他现在关注的是自己要探亲休假。他把探亲申请递给郭队长，郭队长只看了一眼，便把那张申请表按在了桌子上，严肃地抖一抖手里的通知说：天右，这是军区政治部的通知，军区要在八一建军节搞一次全军区宣传队文艺汇演，还要进行单项技能评比。事情重大，你是咱们宣传队的台柱子，你休假的事等汇演完成后再说，你要是表现好，我自己做主多批你五天假期。郭队长说完眼里放射出兴奋的光芒。

他们是文艺兵，虽然军一级单位的宣传队还算是业余的，但文艺汇演就像一次战役，虽然不关乎生死，却关系到军里的荣誉。况且，这次还要进行技能评比，虽然他觉得自己在本单位还算个人物，可从来没和其他单位同行比试过。想到这，关于休假的念头只好作罢。郭队长手里的那份通知，就是一道军人上战场的命令，不仅郭队长兴奋，在随后的日子里，整个宣传队也紧张起来，抓紧排练，精挑细选表演的曲目，他们就像一群即将奔赴战场的军人，紧张而有序地操练起来。

能有机会去军区参加汇演，是刘天右没有料到的，他听宣传队老兵说过，军区会不定期地举办汇报演出，有时是专业文工团，有时是业余的各军宣传队，每次汇演都盛况空前，这是文艺兵的节日。每次遇到汇演，各级领导都很重视，这关乎着一个集体的荣誉。不论宣传队大小，他们到了军区就是代表自己的集体。刘天右刚参军就听说了汇演的事，快满三年了，并没有任何消息。他向郭队长打听过，郭队长眯着眼睛，一只手夹着烟，另一只手掰着指头算，半晌才抬起头来说：我当了十四年兵了，一共赶上过两次。平均七年一次汇演，你还是死了这条心吧。刘天右盼望汇演不为别的，他就是想和其他单位的宣传队那些高手比试一番。他之前就听说军区另外两个军的宣传队，有几个玩乐器的高手，他们的本事被传得神乎其神，可惜一直没有机会同台交流，更别说技能比试了。即将遗憾离开军营时，上级突然来了汇演通知，其他宣传队员估计也和他心思差不多，整个宣传队一下子亢奋起来，也忙碌起来，就像久居和平的部队，突然接到奔赴战场的命令一样，肃杀之中涌动着一股亢奋。

那些日子，每天傍晚他都会来到小树林里，他在准备自己的拿手节目。付瑶得知刘天右即将参加汇演的消息，不再磨着他学曲子了，变成了刘天右的后勤处长，她带来了一堆好吃的好喝的，有饭盒里削好切成块的水果，保温壶里放了冰糖的绿豆汤。盛夏的季节，树林里不知何时多了蚊子，付瑶就找来几支蚊香四面八方地点燃。

刘天右冲着夕阳吹了一曲又一曲，付瑶就在一旁鼓掌，虽然她的掌声势单力薄，但她却是真诚的。她真心地希望刘天右能载誉而归。在她的眼里，刘天右和乐器结合在一起是那么帅气。鼓胀的胸脯，像一棵茁壮成长的树。

刘天右此时如同打了鸡血，即便在技能评比中拿不到名次，能在自己的履历上有一次在军区的舞台上表演的机会，也会让他珍惜一辈子。此时荣誉感充满了他的心间，他暂时忘记了那即将离队的愁苦，他把自己和乐器融到了一起。此时的刘天右面对着夕阳，恍若又回到了老家那片山坡上，他吹奏的乐曲高亢而又嘹亮并满含深情。一曲终了，他已经满头是汗，付瑶不失时机地把绿豆汤端了过来，叫了声：师傅。在付瑶眼里，从没见过如此全情投入的刘天右，她甚至比看他演出时还要认真。她就一遍遍地说：师傅，你一定能打败所有对手。

清醒过来的刘天右看着眼前唇红齿白的付瑶，他的心突然疼了一下，夏天一过，秋天一到，他就该离队了，不仅告别军营，美丽聪明的付瑶也只能在梦里出现了。他握着手里的小号，手心在流着汗，他说：付瑶，谢谢你。他有千言万语要对她说，但他没勇气也没有权利说。父亲突然离世让他明白一个道理：世界所有的美好，终将成为过客。此时，眼前的付瑶就将成为他生命里的过客。想过了，心便定下了。他再次举起小号，面对着夕阳，坚定悠长的音符在树林里弥漫。他把眼睛闭上了，不经意间，眼角流下了两滴泪水。一曲终了，在回身前，他用手背把那两滴泪悄悄拭去。

八一节前一天晚上，郭队长带领宣传队走进了军区大院。虽然军部和军区都在一个城市里，却是刘天右从军三年第一次有机会来到军区。军区的院子比军部的要大上好几倍，楼房也多了好几倍。比赛那两天，他像做梦一样，先是参加初赛，后来是决赛。他吹奏了唢呐、小号，也吹了萨克斯，每场比赛他都在用心血吹奏。传说中的其他军的宣传队那几位高手他见到了，在比赛间隙里，他还请郭队长为他们合了影，相互握着对方的手，说了些相互学习的话。

刘天右做梦也没有想到，在这次汇演技能评比中，他获得了吹奏乐组的第一名。当主持人宣布这一结果时，坐在台下的他如同在梦里，他不相信自己的耳朵，左右看看，他看到了郭队长堆在脸上开心的笑，眼睛都挤成了一条缝。他还是觉得不真实，偷偷地把手放在腿上，狠狠地拧了一把，疼痛让他清醒过来，他踉跄着脚步走上台去领获奖证书。

8月3号，宣传队载誉而归了。他们刚回到宣传队，政治部方主任和秦参谋长就出现在了他们宣传队的院内。他们集合站在首长面前，先是秦参谋长代表军党委讲话，说的都是鼓励的话。秦参谋长的目光落在队伍中刘天右的脸上，秦参谋长虽然没点名道姓，但鼓励的话，仿佛句句都说的是他。他把胸脯又鼓了鼓，看到秦参谋长，他又想到了付瑶，他已经三天没有见到付瑶了。她得到这个消息会怎样呢？一想到付瑶，他就有些走神，不知秦参谋长是何时结束讲话的，也不知政治部的方主任何时开始讲话的。方主任说道：祝贺刘天右同志荣获吹奏乐组比赛的一等奖，经政治部党委研究决定，给刘天右同志记三等功一次。随后掌声响了起来。他真切地听到了方主任的讲话。在和平年代，一个士兵能荣立三等功，这是何等的荣誉呀。刘天右的内心波涛汹涌，他又一次想到了父亲，还有母亲、弟弟。他想哭，却没有眼泪，他在内心干嚎一声：爸，妈，儿子努力了！他眼睛干涩，喉头发紧。

当宣传队用掌声送走两位首长之后，便解散了。郭队长把他叫到自己的办公室里，拿出腰间的钥匙打开办公桌的一个抽屉，从里面拿出一份入党申请表放在他眼前说：宣传队支部研究通过，准备接收你为中共党员。一连串的好事喜事，几乎把刘天右击倒。当他拿着那份入党申请表走出郭队长办公室时，眼泪夺眶而出。

傍晚的时候，他又如约出现在小树林里，一路上他的心一直快速地跳着，这是以前从来没有过的。以前，他是在接受秦参谋长的命令，教付瑶乐器。每天他都雷打不动地来，虽然面对付瑶这样漂亮又聪颖的姑娘，但他并没有也不敢有更多奢望。过程是愉悦的，甚至还有几分幸福，但他知道，最终这一切都是梦境一场。有一天他离开军营，回到靠山屯，付瑶还是军部门诊部的一名漂亮的女护士，最后她会找一个年轻有前途的军官结婚生子，过着他陌生的幸福生活。而他呢，会回家务农，偶尔还会拿起唢呐，像父亲一样，为远亲近邻的红白喜事增添一点气氛而已。他认定，自己和付瑶是两个世界的人，终将不会走到一起。而此时，他想和付瑶分享他的快乐，也仅此而已。

去军区汇演，短短三天时间，付瑶再也没有出现在他的生活中。一想到即将见到付瑶心里就别样起来。一连串的喜事让他猝不及防，立功了，入党了，虽然他知道，他的命运还将是面临复员退伍，但他得到了许多人梦寐以求而没有得到的。虽有遗憾，但他知足了。一想起付瑶，他的心跳就加快了，这是以前从没有过的，他自己也不知怎么了。

来到小树林里，却没见到付瑶，小树林的空地上，还有他们三天前在这里留下的脚印，这是他认识付瑶以来，第一次这么失落。以前付瑶有时也会晚来，他就心平气和地自己先练习，只需片刻，远远地就会看见付瑶顺着小路一步步走过来。此刻，他有些焦急，甚至还有几分失落，他手里拿着那小号竟一时不知如何是好。他踮起脚，向那条走来的小路上眺望着，突然，他的眼睛被一双手蒙住了。他一下子僵在那里，这气味他太熟悉了，紫罗兰雪花膏的气味。他没想到，付瑶会出现在他的身后，为自己刚才的失态有些脸红。

付瑶放开他，传来响亮的笑声，他回身看见了付瑶，付瑶身上多了件挎包，就是军人配备的绿色军用挎包，她左肩右斜地把挎包背在身上，就像是一名即将走出营门的女兵。

她笑过了，收起笑容，郑重地说：师傅，祝贺你。显然，她早已得知了这一结果。他突然明白，他想早点见到她，就是为了把这一喜讯告诉她，当然，还包括他即将成为一名中共党员的消息。还没等他反应过来，她低头把手放到挎包里，先拿出一个盒子，打开盒子是一块上海手表，她抬头望着他，脸上飞过一片绯红，娇羞地说：师傅，这是我送你的礼物。

他吃了一惊，为她这么贵重的礼物，他下意识地推拒道：不，不行，我不能收你的礼物。在他心里，表不仅是贵重物品，也是身份的象征，宣传队只有干部才戴表。他慌忙地推拒着。

她执拗地用手举着表，眼泪都快下来了，真诚地说：天右，请你收下，这是我的心意。她第一次没有叫他师傅，而叫他的名字。

他仍没有接的意思，还退后一步。

她又说：你教了我几个月的乐器，圆了我的梦，如果你不收下，以后我再也不会见你了。

他怔在那里，心纠结着。他明白，她是真诚的，她最后一句让他犹豫了，若不收她的礼物，她就不会再见他了。当然，这是他不愿意接受的结果。他立在那里，左右为难的样子。她看出了他的犹豫，上前一步，抓过他的左手，仔细地把那只崭新的上海牌手表戴在了他的手腕上。立马他感受到了沉甸甸的重量，似乎听到了秒针铿锵走动的声音。

她满意地笑了一下，又一次把手伸到书包内，拿出一个日记本，日记本封面印着“甜蜜的事业”的字样。她捧着日记本递到他面前说：留给你以后学习用。她说这话时，脸上又有一片绯红掠过。她腼腆地看了眼脚尖，低声道：天右，真的要祝贺你。今天我不学乐器了。说完低着头匆匆走去，走出小树林，走到那条窄窄的甬路上她奔跑起来。娇柔的身影在树墙间跳动着。直到她的身影消失在甬路的尽头，他才把目光收回来，认真地看了眼腕上沉甸甸的表。最后把目光定格在那个日记本上，“甜蜜的事业”几个字让他心跳加速了。他打开扉页，一张照片映入了他的眼帘。这是一张付瑶的照片，她穿着军装，军装内的白衬衣露出一条线，她冲着镜头腼腆地笑着，他的目光和照片中她的目光交织在一起，他被烫了似的那么一哆嗦，心又快速地跳了起来。他轻轻地拿起照片，看到照片后面留有一行娟秀的小字：赠天右留念。然后是年月日。他抬起头，揉了下眼睛，目光又落定在照片上。这意味着什么，这是她送给他的信物。他抬起头，望着空荡荡的小路，心里既甜蜜又悲哀。甜蜜的是付瑶向他袒露了心扉，这是他以前做梦也不敢想的。悲哀的是，他还是名战士，即将离队，一切都将成为水中月、镜中花。

那一晚，刘天右的心长了草。他睁眼闭眼都是付瑶的影子，忍不住一次次去看那张照片，一张照片在他心里，比他刚立的三等功，甚至填好的那张入党申请表还厚重，压得他几乎喘不过气来，中了梦魇似的躺在床上。

第二天傍晚，在树林里又一次见到付瑶时，他竟不敢望她，他怕和她的目光交流。再指导她学习乐器时，发现自己的声音都是虚的，自己听了都觉得陌生，她似乎也没了往日的开朗，目光望定他时多了层暧昧不清的东西。两人的关系一下子微妙起来，他的手无意碰到了她拿着乐器的手，他马上电击似的移开。他看见她握着乐器的手也在微微颤抖，接下来，她的曲子就被吹得支离破碎。那个暧昧的夏日傍晚，两个年轻人在夕阳西照的小树林里，情醉神迷。

几天后，正是下午排练时间，郭队长把刘天右又一次叫到了自己的办公室。这次郭队长没有坐下，而是站在桌后，抑制不住激动地从办公桌上拿起一份文件推给他。他不知那是什么，打开文件看。这是军区政治部下发的一封红头文件，文件上说：为了搞好基层的文艺宣传工作，各军保留文艺骨干，建议给在这次技能评比中获一等奖的战士转干。

白纸黑字，他足足看了有十几分钟，当郭队长点燃第二支烟时，他终于明白过来，两眼迷离地望着郭队长的脸。郭队长又从文件堆里找出一张表格，递给他道：这是政治部干部处送来的表格，你马上填好。

他看清了，那是一张士兵破格提干的表格。

一连串的好事，让刘天右晕眩了，他觉得头重脚轻喝醉了酒一样。

当他傍晚又一次出现在小树林里时，见到了付瑶，他口干舌燥心跳如鼓地告诉她，自己马上要提干了。不仅是提干那么简单，在刘天右心里，自己能提干，就是和付瑶的关系又拉近了一层，他们真的会发生点什么吗？

两人定格似的定在那里，付瑶几乎也不敢相信眼前的事实。从春天到夏天，两人的相处让她早已爱上了刘天右。她也被这种爱折磨着，时而亢奋时而消沉，但她不能表白，因为刘天右还是名战士。军队的条例像一堵墙把两人真实地分开。她可以抛开现实去爱刘天右，等他复员把自己的真心话告诉他，可不会过母亲这一关。母亲不可能让她去爱一个士兵，他复员回乡，做一个农民，连个工作都没有。她早就知道了他的出身，她和刘天右一样，知道这是不可为之的感情，但她在心底里又是爱他的，现实折磨着她。当她得知他提干的消息，心里一下子又透亮起来，仿佛他们的爱情近在咫尺。

眼前这层窗户纸已经捅破了，两个相爱的人久久凝视着，蝉声鸣噪着，就像为他们奏响的一首交响乐。

此时的两个人还没意识到，相爱又不能得的情感，将伴随他们以后发生的故事。

一周后经军党委研究决定，任命刘天右为军文艺宣传队乐器分队的队长，职务为正排级。

马上要挣工资的刘天右，盘算着领第一个月工资时要为付瑶买件礼物。

5

第五章

现　实

又是一周后的周末，付瑶约请刘天右去家里吃饭，理由是祝贺他光荣提干。

刘天右自从提干后就盼着这一天了。他第一次走进秦参谋长家，认识了付瑶。半年多的相处，两人已经心有灵犀了。在没提干前，他对付瑶连想都不敢想，在心里，付瑶就是美丽的天鹅，他连一只蛤蟆都算不上，那会儿他被自己深深的自卑折磨着。现在终于提干了，他可以名正言顺地谈恋爱了，但付瑶仍像灯塔一样，在他的眼前却是遥不可及的远方。此时，明知自己就像只夜晚无路可去的飞蛾，他甘愿飞蛾扑火。

他和付瑶的交往在宣传队早有议论，议论最多的是说他自不量力，到头来竹篮打水。包括郭队长也专门为此找他聊过天。郭队长在一天晚饭后，找他在营院的路上散步。郭队长经常找宣传队员散步，找男队员时，郭队长总是一对一的。若是找女队员，他总会找两个以上的女队员，在营区的路上，众人的眼皮底下，走一走，聊一聊，久了，郭队长就给人一种正人君子的感觉。背地里人们都说：郭队长行得正，走得直，是名合格的好干部。

那天，郭队长找他散步，他一直等着郭队长说点什么。郭队长一直没说话，走到警通连院门前时，正有一列女兵在列队，她们是话务排的女兵，准备去总机房交接班。郭队长终于开口道：天右，你看这些女兵漂亮吧。刘天右没说话，在他心里，所有的女兵都没有付瑶漂亮。郭队长这么说，他只是笑一笑。郭队长又说：她们再漂亮，我们只能远远地看一看。

郭队长的事他听过一些，郭队长以前也是乐器分队的台柱子，当满五年兵才提干。宣传队历来不缺女兵，更不缺漂亮女兵，唱歌的，跳舞的，一个比一个动人。人们都以为提干后的郭队长应该在女军官中选一个女朋友，没料到，提干后不久，郭队长回了一次老家，再回来时，婚已经结了。人们就替他惋惜，郭队长却很幸福的样子。人们一直相传，郭队长早就定亲了，还有人说，郭队长的夫人是父母给定下的，各种说法莫衷一是，但都替他惋惜。直到郭队长的孩子出生了，大家的议论才渐渐平息。

郭队长带着他走过女兵身旁时才说：什么人什么命，学会认命的人才幸福。

刘天右不解地望着郭队长的脸。此时的郭队长已经目不斜视了。身后是女兵喊着口号齐步走的声音。

知道我为啥在老家结婚吗？郭队长这才奔了主题。

这也是刘天右想知道的答案。

郭队长不紧不慢地说：我在小镇上长大的，父母都是普通人，更没什么背景。部队的女干部，哪个家庭没有背景。她们出身好，父母不是部队的首长，就是在地方上当官，咱们消受不起。说到这，拍了拍刘天右的肩膀道：能在部队提干咱知足了，找个踏实的人过日子，这样才不累。最后又补充道：凡事不要乱想，想来想去只能自己痛苦。

郭队长把话说到这个份儿上，什么都明白了。郭队长找他谈这次话，一定是因为旁人对他和付瑶的议论。他明白郭队长的弦外之音，他更理解这是郭队长对他的关怀。

他只对郭队长淡淡地说：队长，我懂。

郭队长便没再说什么，这就是领导谈话的艺术，点到为止。想必郭队长也没把他和付瑶的事当真，只是旁敲侧击一下。

而此时不同了，他现在已经是部队序列里的二十三级正排职干部了，他有权利恋爱，结婚。关于付瑶，除了她美丽之外，还有一层更大的光环笼罩在她身上，她是秦参谋长的养女，半年前他就听人议论，秦参谋长很快就要当军长了。如果自己能和付瑶有什么，那他的未来将是一片坦途。他想起了母亲还有弟弟，他们一直盼望着他能出息，又想到了弟弟和他抓阄参军的事，内心里欠着弟弟的这份情将伴他终身。他穿上新军装那天就曾暗自发誓，自己混出名堂，一定把弟弟的人情重重地还回去。他想到了郭队长，当了这么多年的队长还没有挪窝，要是有一定关系，也许早就不在宣传队干了。他要出人头地，为了自己，为了他全家。他要成为一个有背景的人。

他去付瑶家那天傍晚，特意去军人服务社买了两瓶茅台酒。八十年代初茅台酒七块五一瓶，这是他当战士时连想都不敢想的消费。第一次去秦参谋长家时，他无意中看到餐桌上就放着这样一瓶打开的酒。他又买了些点心和水果，这才向首长家属楼走去。

付瑶正站在楼门洞等他，他们之前已经约好了。付瑶见他提着这么多东西没说什么，伸手从他手里接过水果和点心，在前面带路。虽然他只来过一次秦参谋长家，对秦参谋长家的住址早已刻在了脑子里。他多少次梦想着有朝一日再来到秦参谋长家，可在这之前一次也没有成行过。

两人进门时，秦参谋长正坐在沙发上喝茶，面前摊着几张报纸，付瑶母亲正在厨房里做菜。付瑶叫了一声：爸，我回来了。秦参谋长冲付瑶，脸上挂着温和慈祥的笑容，当把目光移到他身上时，面目一下子就变成了首长。他忙把那两瓶茅台酒放到餐桌上，迈步过来，恭恭敬敬地给秦参谋长敬个礼，并道：首长好。秦参谋长把目光落到报纸上，不悦地说：拿东西干什么？他想说，又说不出来，他看见付瑶把手指放到唇上，让他不要多说。他便不再说话，热情被一盆水浇熄了一部分。

秦参谋长挥下手说：坐吧。

他如坐针毡地把屁股欠在沙发上。付瑶已经换了便衣，走进厨房在往餐桌上端菜，他想过去帮一把，但付瑶并没有叫他的意思，他只能那么难受地欠在那里。

菜终于摆好了，付瑶的母亲也从厨房里走出来，一边解着围裙一边说：吃饭吧。秦参谋长把报纸推开，似对自己说又似是对刘天右说：吃饭了。秦参谋长坐在主位上，他看见付瑶把一张椅子拉出来，冲他示意，他便坐过去，付瑶坐在了他的身边。付瑶母亲王香梅把围裙放下，坐在了秦参谋长身边的空位上。秦参谋长拿过两个杯子，开过的酒就在餐桌上，打开，倒了两杯，又把瓶盖拧上。然后端起一杯说：今天请你来，是表示感谢，你教了瑶瑶半年多了。他忙把另一只酒杯端起来，起身时，有几滴酒洒在桌子上。他忙说：首长，这是我应该做的。

秦参谋长一口把酒喝干了，再无二话，端起饭碗开始吃饭。刘天右第一次看见秦参谋长吃饭，标准典型的军人吃饭，风卷残云，一抬头，半碗饭已经下肚了。这就是经历过战争的军人养成的习惯。在战场上时间就是生命，为了活命一切都要抓紧时间，吃饭就是为了填饱肚子。在这个过程中，王香梅一直没有动筷子，似乎有什么心事的样子。刘天右把那杯酒喝下去之后，在自己碗里夹了一点付瑶给他夹好的菜，吃到嘴里却一点味也没有。

他接到付瑶邀约后，便一直幻想着今晚见面的场景。秦参谋长和颜悦色地和他聊聊工作，付瑶妈和他聊家长里短，他要和盘托出自己的身世和家庭，并发誓，一定努力争取更大的进步。付瑶也许会在一旁倒个茶，削个水果，那才是一家人的场面。进门那一刻，他的幻想都被打碎了。他开始无滋无味地吃饭，吃得急，差点呛到，这顿饭吃得有些狼狈。他扒完碗里最后一口饭时，王香梅这个富态女人才端起自己的饭碗道：小刘，吃好了吗？他忙含混地答：阿姨，我吃好了。他的样子有几分狼狈。付瑶似乎也情绪不高，把刚吃了几口的饭推到一旁。

王香梅不满地看了眼付瑶，冲刘天右勉强笑笑说：小刘，谢谢你教付瑶乐器，她以后不再学了。

付瑶叫了一声：妈……

王香梅又说：小刘，你工作忙，就不留你了。

这是人家下了逐客令，他知道该走了，于是就麻木着身子站起来，他看见秦参谋长坐在沙发上正在喝茶。他先是冲秦参谋长敬个礼。秦参谋长嘴巴里只“嗯”了一声。他又冲王香梅道：谢谢阿姨。便转身向门口走去。付瑶也跟过来，身后却传来王香梅冷冷的声音：付瑶，一会儿妈还找你有事。别天天只想着练乐器，以后再也别练了。

付瑶停在那里，看着失望的刘天右把门带上。

刘天右走出门洞，含在眼里的泪就掉下来了，他怕站在门口的卫兵看到，背过身去用力地把脸上的泪痕擦去，抬起头，向营区走去。已是秋天了，风有些凉，路旁的树叶三三两两地被风刮了起来，在半空中飞舞着。他做梦也没想到，今晚的会面会是这种场景。他委屈，愤懑。

前几天，付瑶就和母亲说，要请刘天右来家一次。知女莫如母，自从她开始和刘天右学乐器，挂在嘴边最多的就是刘天右的名字。母亲是过来人，女儿如此这般，她自然心跟明镜似的。没料到事情比预想的复杂，付瑶缠着学乐器时，她心里是不乐意的，但付瑶一直缠着她，她也只好答应了。付瑶亲生父亲是学声乐的，自己又是跳舞的，她知道女儿有音乐天分，但她却不希望付瑶再吃音乐这碗饭了。在母亲的眼里，唱歌跳舞是没有出息的。宁可让女儿当一名护士。刘天右演出时，她去看过，在这之前，她很少去看什么演出了，自从丈夫出车祸去世，再看到舞台上有人唱歌跳舞她就受不了。付瑶为了学乐器，把她连拖带拽地拉到军部礼堂看了宣传队的演出，看完刘天右的乐器表演就离开了，任凭付瑶怎么劝，她还是头也不回地走出军部礼堂。

她勉强答应女儿去学乐器，她认为付瑶就是一时兴起，过一阵也就过去了。没想到付瑶一下子坚持了半年多，这半年多来，付瑶就像变了一个人，每天傍晚都准时准点地去学乐器，回到家里把自己关在房间里背乐谱。有时，付瑶就像激昂的音符一样，在房间的每个角落里留下快乐的身影。自从付瑶嘴里挂着刘天右那天开始，王香梅的心便不安起来，她曾偷偷地找到营区那片树林，窥视过女儿练乐器的样子，确认付瑶是在认真练乐器才离开。

母亲一直希望付瑶做一个合格的护士，甚至打算过两年把付瑶送到军区医院去，她一直认为，在大医院才能练就高超的医学技术。如果有机会，再让女儿去学医，那将是完美的结果。关于刘天右她也打听清楚了，年底一到就该复员了。刘天右一走，女儿的心也该收了，她可以按照自己的计划规划女儿的前途了。

没想到，刘天右提干了，那天付瑶郑重地对她说，要把刘天右请到家里让她看看。她知道这一切意味着什么，女儿的弦外之音告诉她，女儿已经爱上刘天右了。母亲开始焦虑，便和秦参谋长商量，在这之前，秦参谋长对刘天右的印象是不错的，不仅因为自己是司号员出身，在这三年多的时间里，每天他散步途经树林时，都能听到刘天右练号的声音。他一听到这声音便把脚步放下来，侧目向树林里张望几眼。在秦参谋长眼里，刘天右努力刻苦才艺出众。他欣赏这名小战士。一看见刘天右就想到了自己的当年。他参军那会儿，年龄还小，连首长就让他做了名司号员。有一次全排的人牺牲了大半，排长副排长都牺牲了，队伍没人在指挥了，最后是用他的号声把全排剩余的人组织在了一起，完成了一次冲锋。那次战斗结束后，他火速被提拔为排长。他的军官之路是在号声中成长起来的。一看到刘天右就多了许多回忆。

虽然在部队他是参谋长，可在家里所有的一切他都听王香梅的。解放战争时，他在老家结过婚，那次是部队休整，休整地正是自己的老家。父母为了让他留下个后人，用三天的时间为他张罗了一门亲事。父母的意愿他不能违背，身为战时的军人，随时都有牺牲的可能。每次战斗结束后，站在他队伍前的队列都会短一大截。那些熟悉的战友面孔再也见不到了。又一批新兵补充进来，周而复始，整个连队不断地变换着面孔。那会儿他已经是连长了。部队在老家休整了半个月，便又开拔了，留下父母和新婚妻子。妻子是邻村人，比他大三岁。在接下来的岁月中，他努力回忆过妻子的面容，可怎么也想不起来，印象最深的是穿在她身上的那件碎花上衣。

一直到部队从朝鲜战场归来，部队又一次进城，许多幸存的军官开始在张罗找对象。这些大难不死的军人，理应过上幸福的生活了。他的档案是已婚，但这么多年东打西杀，早就和老家断了音信。别说妻子的消息，就是父母是否健在他也说不清。

从朝鲜回来，组织部门便帮他查找父母和妻子的下落。不久，组织部门便接到了老家政府的信函，告诉他，父母已经不在人世了，妻子苏芍药已改嫁。直到这时，他才依稀记得妻子的名字叫苏芍药。新婚之夜，妻子告诉过她的名字。

秦参谋长又成了孤家寡人，那会儿他已经是副团长了。热心的战友开始为他张罗对象，阴差阳错，不是姑娘看不上他，就是他没看上人家。许多条件好的姑娘都嫌他岁数大，他看不上别人不是因为女人带着孩子就是离过婚。直到王香梅出现在他的生活中，王香梅他早就认识，军区文工团来部队演出，他看过王香梅跳舞。那会儿在他眼里，王香梅就是仙女下凡。他做梦也想不到，自己还和王香梅有这样的缘分。他护送王香梅丈夫遗体去军区时，王香梅怀着付瑶还没生产。他望着痛不欲生的王香梅，心如刀绞。他心想，这个女人命不该如此。两年后经人介绍，他又一次见到王香梅时，王香梅怀里抱着付瑶，付瑶已经一岁多了。他发现王香梅的眼角已经多了细琐的鱼尾纹。那次见面，王香梅开门见山地说：我要转业了，到地方上工作，孩子还小，不适合在部队文工团工作了。他说：转业到地方工作也是光荣的。她还说：以后咱们要是结婚，我不想再生孩子了。他听介绍人说，王香梅生孩子时大出血，差点死在产房里。

他用副团长的口吻说：我没意见。

两人话都说到这份儿上了，于是他们就结婚了。王香梅转业到地方文化馆上班，成了一名地方干部。

秦参谋长做梦也没想到能娶个仙女，他自认为是个大老粗，在一次又一次战斗中死里逃生，是他的福气。面对眼前的生活，他知足，生活中也就处处让着王香梅，自己的谦让是对王香梅的爱。对于付瑶的培养，都是王香梅说了算。他知道，自己毕竟不是付瑶的亲生父亲，虽然在感情上把付瑶视为自己的亲生女儿一样，但在关键问题上，他尊重王香梅的意见。

前两天，王香梅当着他的面亲自给军机关干部处打了一个电话，军机关的人自然认识王香梅。王香梅这个电话就是查询关于刘天右的情况。干部处的干事便详细地把刘天右的情况向王香梅做了汇报。刘天右刚刚提干，档案刚从宣传队转到干部处，刚当满三年兵，刘天右的档案可以说非常简单，家庭成员、入伍时间都一目了然。王香梅放下电话，便冲秦参谋长说：不能让那个刘天右和付瑶在一起，他们不合适。

秦参谋长没说话，他知道王香梅做这个决定是因为刘天右的家庭。他在心里叹了口气，不知是为刘天右还是为自己。

秦参谋长自从结婚后便再也没回过老家。父母不在了，妻子改嫁了，后来他还得知，他们有一个儿子。这是组织调查的结果，他相信组织。从那以后，每天深夜醒来，他都会想起自己的原配妻子，那个面目模糊、穿着碎花上衣的女人，还有从未见过面的儿子。细数起来，这是三十多年前的事了，依此推算，儿子也有三十出头了。儿子长成什么样，像自己还是像他妈，想到这他浑身就激灵了一下。他在朦胧中看了一眼躺在自己身边的王香梅，她虽然不是军区文工团的舞蹈演员了，可她年轻貌美的样子，仍然让他幸福的同时感受到不小的压力。当初战友为他介绍王香梅时，他几乎不敢相信她会嫁给他，王香梅可是他们这些大龄军官心中的女神，不料想，他竟梦想成真了，觉得是命运对自己的回报，他感激命运，更感激王香梅同意嫁给他。他比王香梅整整大了十岁，快一轮了，一直觉得欠着王香梅。当王香梅提出不再要孩子时，他爽快地答应了。他知道，王香梅在生付瑶时，差点大出血而死，又想起远在老家，不曾谋面的儿子。

爱屋及乌，他珍惜王香梅，也爱着付瑶。他把付瑶视为自己的亲生女儿。无论出差，办事，只要有外出机会，他总会想方设法给娘俩带些礼物回来。为王香梅买件衣服，为付瑶买些吃的和一些玩具。他非常珍惜这种宁静幸福的家庭生活。三十大几才组成自己的家庭，虽说是半路夫妻，他珍惜拥有的一切，他用生命热爱着娘俩。

结婚几年后，付瑶已经上小学了，王香梅的日子和以前比舒展了许多，有一天晚上，王香梅倚在他的臂弯里幽幽地说：老秦，你没个自己的孩子是不是有些遗憾？她这么说，他又想到了远在老家那个尚未见过面的儿子，心里疼了一下，嘴上却说：咱们有个瑶瑶就够了。他又想到了王香梅生产时的大出血。他抱紧妻子，心疼着她。他不想让她受两次罪。他在战场上经历过无数次流血，老连长就死在他的怀里，那次，他们的队伍和国民党的暂三军相遇了。战斗是在猝不及防中展开的，连长率领他们在敌人的合围中冲出一条血路，一颗流弹击中了连长的胸膛。那会儿，他就在连长身旁，他把连长抱起来，连长脸色煞白，用手捂着胸口，血汩汩地流出来，他叫一声：连长。替连长去捂从伤口流出来的血，血是热的，迸溅着从他指缝里流出来。连长已经气息奄奄了，断续地说：三排长，你带队，冲出去……话还没说完，头一歪便牺牲在了他的臂弯里。他摇晃着连长，叫着连长，周遭的枪弹声没时间让他缅怀，他提起枪便向枪响的方向冲过去。那次战役结束，他才看到手上仍沾着连长的血。在以后的岁月中，他见过无数次战友流血，每次战友流血他都会心疼难过。一想起王香梅产后大出血，他就会联想到那些牺牲的战友。

他爱着王香梅，是王香梅让他有了家，他不能为生孩子让王香梅再次流血。付瑶是他养育长大的，从她奶声奶气地叫他爸爸开始，这一切对他来说足够了，他知足，也欣慰。看着付瑶一天天长大，幸福在他心里也茁壮成长着。

如果没有“三斤”的闯入，他的家庭生活注定是温暖和谐的。这种平静被五年前一天哨兵的一个电话打破了。

那天，他和往常一样，在自己的办公室里看文件，电话响了，他拿起来，却是军部大门口的门岗打来的。哨兵报告说：首长，门口有个同志说是您的儿子。

他脑子里轰隆一声，之前他无数次想过和从未谋面的儿子有一天会见面。眼前拥有的一切，让他又不愿去想那个未曾谋面的儿子，久了，他几乎忘记了不曾谋面的儿子。

那次他在军部大门口，看到了一位三十多岁的农民，农民蹲在地上，正抽着自己的卷烟。地上放着一个面口袋，口袋旁还放着半筐枣，枣上还放了几个馒头。这情景他是那么熟悉，又那么陌生。小时候在老家赶集，他在集市上经常能见到这样打扮的乡亲，许多年过去了，隐藏在记忆深处的场景，此时，被眼前这个农民汉子呼啦一下又拉回到了眼前。

他定睛望过去，这张脸是陌生的，在陌生中他又看到了一股熟悉，那个汉子把一张渴望的脸抬起来，上上下下地打量着他。卫兵过来，敬礼道：首长，这位同志说要找您，他说是您儿子。卫兵后半句话声音很小，但他还是听见了。他把目光定在了汉子的脸上，汉子激动地咽了口口水，把吸了半截的卷烟扔到地上，又用脚狠踩两下，伸出手，在半空中比画一下道：爹，你是秦友谊不？这一声叫，让他确信，眼前这汉子就是自己的儿子了。秦友谊这名字，是他刚参军当司号员时，老连长给他起的。他参军前没有大名，只有个小名，他的小名叫二蛋。他是以秦友谊的名字和那个碎花女人结的婚。他望着儿子，眼睛突然就潮了。

儿子扬起一张脸，弓下身子，鼻涕眼泪地说：爹，我可找到你了，我是三斤啊。

在他的记忆里，从来没听过三斤这个名字。后来儿子告诉他，母亲生他时是小产，目测估计只有三斤左右，儿子的名字就是这么得来的。

三斤现在姓陈，叫陈三斤。他母亲改嫁给了一个姓陈的本地男人。那次，儿子给他带了半袋小米、半筐红枣。陈三斤第一次来家里，住了半个多月。起初几天，儿子对他是陌生的。几日后渐渐熟悉起来，他喊王香梅为妈。儿子从小就当农民，面目苍老得很，他的样貌和城里四十多岁的人差不多。他热情地叫王香梅妈时，王香梅一次也没答应过，嘴里含混地应着。她心里接受不了突然多了这么大个儿子。但陈三斤的热情不减，妈长妈短地叫。不仅叫王香梅为妈，还叫付瑶妹妹。付瑶已经是大姑娘了，正在上初中二年级。他这么叫付瑶时，付瑶涉世未深地一边笑一边躲到自己的房间里。在她的世界里还从来没有见过这样的一位哥哥。

后来几天，秦参谋长经常带着三斤在营区里转转，碰到熟人，别人就问：老秦，这是老家来人了？秦参谋长不知怎么介绍陈三斤，便在嘴里支吾着。待熟人笑着走了，陈三斤凑过来小声地问：爹，为啥不介绍我是你儿子？秦参谋长脸红了，他不知如何去跟陈三斤解释。儿子并不计较这些，突然神秘地问：爹，妹妹为啥不姓秦，却姓付？

他立住脚，惊愕地望了眼儿子。儿子狡诈地望着父亲的脸说：爹，我读过三年书，付字我还认得。妹妹的作业本上写的就是付字。他半晌不知怎么回答儿子，走了两圈之后，快进楼门时，他才说：你妹妹不是我亲生的。这回轮到儿子惊愕了，他看见儿子眼圈突然红了，要哭出来的样子。儿子就说：爹，以后我为你养老送终。儿子说完这句话，抹去了眼眶里的泪水。就这一句话，让秦友谊的心好久不是个味。虽然儿子是那么陌生，那么苍老，无疑却是他的骨肉，这是割舍不掉的事实，那一次，他在内心里接受了陈三斤。

王香梅却无法接受陈三斤，陈三斤让她陌生又尴尬。她从小到大生活在城里，父亲是个郎中，解放前自家开了一个诊所。母亲虽说不是大户人家出身，却从小到大也过着衣食无忧的生活。他们就生了王香梅这一个孩子，从小就把王香梅送到私塾里读书。当这座城市解放时，就又把她送到了新学校里读书，唱歌跳舞就是在学校里学成的，一直到被文工团特招参军，王香梅经历的社会是单纯的。自从和秦友谊组建家庭后，她对生活是满意的，虽然秦友谊和自己少了许多共同语言，但他们的目的是一致的，就是热爱这个家，共同抚育付瑶成长。

陈三斤的到来，却打乱了他们平静的生活。从那以后，陈三斤每年都会来城里看望秦友谊，再来时，他不再是一个人了，而是把自己三个儿子也一同带来了。陈三斤有三个孩子，老大十几岁了叫大毛，二毛八九岁，三毛六七岁，三个孩子都长得和陈三斤很像。陈三斤一来，家里便乱成了一锅粥，爷爷奶奶乱喊一气。住上几日，又住上几日，陈三斤才带着三个儿子依依不舍地告别。陈三斤对送到门外的秦友谊说：爹，你儿媳妇这次没来，她照顾我娘呢。等下次我把你儿媳妇带来，让你认识认识，你一准喜欢她，她做饭可好吃了。

陈三斤走了，带着大毛、二毛和三毛，王香梅才长出一口气，她开始洗被子，打扫卫生。被一家人用过的床单被罩花花绿绿地挂满了阳台，然后开窗开门透气，几日之后房间里仍弥漫着旱烟的味道。

秦友谊的心是矛盾的，他为找到儿子而感到庆幸，同时也为劳累的王香梅而感到过意不去。陈三斤一家在时，王香梅的脸是阴沉着的，他总是没话找话地和三斤讲话，也逗三个孩子玩。孩子疯玩起来就觉得这个家很小，好在，付瑶已经参军了，家里又多出一间房可住。

陈三斤走了几天之后，王香梅的生活才恢复正常，脸色也才阴转晴。秦友谊觉得应该和王香梅说点什么，在一天晚饭后，他没话找话地说：我知道你不习惯农村人，那什么，等三斤下次来，我让他们去住招待所。

王香梅望着秦友谊叹口气道：我早知道这样，说什么也不会嫁给你。等付瑶找男朋友时，一定不能找你这种人。

秦友谊只能脸上赔着笑，心里却充满了十二分的歉意。

陈三斤下次再来时，王香梅还是为他们打开了大门，一脸凝重地接待着陈三斤一家老小。

在以后的生活中，秦友谊总觉得亏欠王香梅。由亏欠生出了许多怜惜，家里的大事小情都由王香梅做主。

当王香梅一口回绝刘天右和付瑶的恋情时，他知道醋从哪酸，盐从哪咸，他无话可说。他知道王香梅不希望自己的女儿再蹈自己的覆辙，他自己的出身已经伤害了王香梅。况且，付瑶是王香梅的亲生女儿，他只是个养父，他努力尽到父亲的责任，但如何教育，只能听王香梅的。

如何教育女儿，王香梅绝不妥协。付瑶参军时，她自己的意愿是去宣传队，她喜欢音乐，如果王香梅不从中反对，凭秦友谊的关系完全可以把付瑶送到任何一支宣传队。在王香梅的坚持下，付瑶当了名卫生员，两年后又顺利地上了护士学校。如今已是干部身份的付瑶就在军机关门诊部工作，拿着军官的工资，住在家里，每天朝九晚五地上班，这样的工作状态，所有人都会羡慕。

王香梅之所以不让付瑶再去唱歌跳舞，是因为王香梅是文工团员出身，嫁给秦友谊之后，她在心里把文工团员和军官做了对比，文工团员不论资历多老，都是普通一兵，个人前途永远比不上军官。秦友谊是副军职干部，人前人后被称为首长，住的是军职房子，领的是军职工资，出门有专车，这就是待遇。而文工团员呢，只能在台上跳跳蹦蹦，在旧社会被称为下九流，在新社会叫成了文艺工作者。王香梅丧夫之后，她清醒地认识到，嫁男人就是要嫁给有出息的男人，男人没出息连一棵小草都不是。眼前的秦友谊就是有出息的男人，虽然有许多不如意的地方，比如他没文化，还有他老家儿孙一大家子的乱事。王香梅经历了，也痛彻心扉了，她更不希望自己的女儿付瑶重蹈她的覆辙。

当王香梅把自己的态度明确地传达给女儿付瑶时，付瑶是无法领会母亲的意愿的，她不明白母亲为什么要干涉她的恋爱自由。

那天傍晚，在刘天右灰暗地离开家后，她追了出去。在那片树林里，她看到倚在一棵树旁的刘天右。她走近时，刘天右抬起头来，她看见了挂在他眼角的泪水。她心疼了一下，她对刘天右的爱情在心里正倔强地生长着，以前她不能表白，是因为刘天右还是名战士。她甚至想过，刘天右若是复员，她脱了军装也会随他而去。可眼下，刘天右提干了，他们可以名正言顺地恋爱了，没料到却遭到了母亲的反对。

她走到刘天右的近前，突然拉过他的手，这是双让她着迷的手，两只手在乐器上跳舞，便会吹奏出一曲又一曲那么美妙的音乐。刘天右的手指修长，皮肤白皙，这是双音乐家的手。她鼓起勇气，把那双手抱到了自己的胸前，坚定地说：天右，我爱你。恋爱是咱们两个人的事，和我妈没有关系。

刘天右不看好没有付瑶母亲支持的爱情，一走进付瑶家他就自卑胆怯，仿佛自己换了一个人。眼前的付瑶似乎一下子离自己远了。此时他还是被眼前的付瑶感动了。他望着付瑶精致的脸庞，这是他之前做梦也不敢企及的脸，因为他的提干，他觉得自己离她近了。可没想到现实又把他们拉远了。他望着眼前的付瑶，觉得离她是那么远，遥不可及。

那天付瑶信誓旦旦地说：我会做我妈的工作。

他痛苦地点点头又摇摇头。

刘天右和付瑶低估了王香梅的意志。转天傍晚，一家人刚吃过饭，秦参谋长雷打不动地又去外面散步了。付瑶也像往常一样，准备离开家门，投奔到那片小树林中去，享受音乐和爱情。母亲走到门旁，从里面把门反锁上了，还搬了把椅子，连同身体堵在了门口。

付瑶急赤白脸地问：妈，你这是干什么？

王香梅拿过织了一半的毛衣，一边织一边道：妈同意你谈恋爱，但找谁也不能找刘天右那样的。

付瑶快被急哭了，她知道，此时小树林里刘天右一定等在那里了，她大声地说：妈，刘天右怎么了，凭他自己的才华入党提干，他将来会是个音乐家。

王香梅不为所动，她平心静气地回答：刘天右的档案我找人查过了。他家是农村的，家里还有母亲和一个弟弟。

农村兵怎么了？我们门诊部有好几个医生都是农村兵。他们结婚，日子过得也都很幸福。付瑶据理力争着。

王香梅睁大眼睛：农村兵怎么了？你要是和刘天右结婚了，你们就是一家人。他母亲来，你不能关门外吧，弟弟来，你不能赶走吧。这还都是小事，缺东少西找到你们了，你们不能不管吧。你爸老家来人的日子你没看到吗？你还想像我一样，过那种糟心的日子？

付瑶被母亲说得绝望地喊着：妈，你怎么这么势利！

王香梅听了女儿的话已经红了眼圈。

王香梅悲愤地说：没吃过猪肉还没见过猪跑呀。

付瑶仍辩解着：农村兵怎么了，他们就不该恋爱结婚了？

王香梅顺着自己的思绪说：你爸前些日子老家发大水，陈三斤来信说，老家的房子泡了，庄稼也没收成，你爸背着我，把两个月的工资寄给了陈三斤。

付瑶蹲在地上，用手堵住了自己的耳朵。爱情上头的付瑶已听不下去母亲的任何建议了，她只想离开家门，奔向那片幸福的小树林。

那天晚上，刘天右一直没等来付瑶。天先是暗了，最后又看见天空闪现出的几颗星星，他才把乐器收起来，一步三回头地走回宣传队。从认识付瑶到现在，付瑶每天都会准时地出现在他面前，即便下雨天，她也会打着伞走过来。他们练不成乐器，会各自举着伞站在树林里，说些关于音乐的话，雨滴打在树叶上一片作响，他们就提高声音交流着。他们虽然湿了下半身，但仍沉浸在幸福和愉悦之中。那是多么温馨的回忆呀，可眼下似乎梦已醒。

他不知付瑶发生了什么，他预感到一定和她的母亲有关。想到这，他的心一点点地沉下去。那天晚上，他一夜也没睡好，睁眼闭眼都是付瑶的身影。他们爱情的窗纸虽然刚刚捅破，但他们彼此的心神交已久了。在没提干前，他是卑微的，甚至是绝望的，把偶遇付瑶当成了一个梦。可眼下，他已经是军官了，自认为离幸福很近了，伸手可及的样子。却没想到，王香梅又把他推向了远处。

他再见到付瑶时，是第二天的中午，他带着乐器队刚从训练室排练出来，付瑶正站在走廊里。他看见付瑶，一日没见，她的眼眶已经变暗了，他猜想，付瑶也一夜没睡好。他随付瑶走到宣传队院子里，付瑶情绪低落地说：以后我晚上可能出不来了。她的话验证了他的猜想，他望着她，痛苦而又茫然。

她小声地说：我是从单位抽空出来的，马上还要回去。

他望着她，一丝感动从他心底里浸上来。他想说点什么，又觉得说什么都不合适。

付瑶和他说了几句又匆匆地告辞了。

当天晚上，他还是去了小树林，带着乐器，虽然知道她不会再来了，但他仍抱着一丝幻想。他拿起小号，冲着树林吹奏。小号声高亢嘹亮，他想号声一定会穿透树林，飞过营区，传到家属院付瑶的耳朵里。她不能出来，他想用音乐来陪伴她。

付瑶的确在自己的房间里听到了刘天右的号声，以往，这号声就是召唤，她会奋不顾身地奔下楼去，一头扑到小树林里。然而现在却不能，母亲王香梅依旧把大门反锁了，坐在门前的椅子上，慢条斯理地在织着毛衣。

她把窗子打开，只能向营区小树林方向遥望了。虽然什么也看不见，但她却能听到隐约传来的小号声，一声又一声，仿佛刘天右在向他召唤。

刘天右没等来付瑶，却等来了秦参谋长。秦参谋长绕着营区已经走了一会儿了，他的鬓角已经潮湿，每天这时，他该往回走了，到家冲个澡，打开电视准时收看《新闻联播》了。今天，他没径直回家，而是走进了小树林里。刘天右面对着树林，如诉如泣地吹奏着，他立在刘天右的身后，咳了一声，又咳了一声。刘天右转过身来，他见到秦参谋长时是惊慌的，忙立正站好，说了一声：首长好。

此时的秦参谋长脸上多了几分和蔼，他背着手在空地上踱了两步。

刘天右不知秦参谋长要说什么，紧张地盯着秦参谋长。

秦参谋长定住脚望着刘天右说：小刘，有女朋友了吗？

他一怔，马上想到付瑶，他和付瑶的事，难道秦参谋长不知道，还是明知故问？他犹豫一下还是答：报告首长，没有。

秦参谋长的嘴角不易察觉地动了一下：小刘，你刚提干，还年轻，精力要用在事业上。

他双脚并拢，答了一声：是！

秦参谋长说完这话，准备走了，走了两步又立住，头也不回地说：以后别在这练习了，影响家属院休息，要练就去宣传队里练。

秦参谋长这回真的头也不回地走了。

刘天右的心紧缩在一起，他知道，秦参谋长虽然没明说，但是在通过另一种方式向他下最后通牒。他在树林里练了三年了，以前没影响首长休息，偏偏此刻影响首长休息了，这话的另一层意思就是，他以后不可能在这里等到付瑶了。

那天晚上，他不知自己怎么走回的宣传队，深一脚浅一脚，如同走在虚幻的世界里。从那天以后，他一连十几天，都没有见到付瑶。他不知付瑶怎么了，付瑶说过，她会来看他，付瑶却失言了。他下了几次决心，终于走进了军部门诊部的小院，之前，他来过门诊部，干部战士头疼感冒的都会到这里开药。从走进门诊部开始，他便紧张地寻找付瑶的身影，他失望的是，不仅没见到付瑶，平时那几张熟悉的医生护士面孔他也没有看见。他拿完药，悄悄地问递给他药的一名卫生员：付瑶在吗？那个卫生员说：付护士随医疗小分队下部队了。

他既失望，又似乎看到了希望。付瑶随医疗小分队下部队，一定走得急，没来得及和他告别，这么想过之后，他的心才略感踏实。

从那以后，他虽没再去小树林里练过乐器，但他在晚饭后仍然到小树林里转一转。他每天来这里练习乐器已经习惯了，更重要的是，这里留下了他和付瑶共同的回忆。他望着熟悉的每棵树、每片树叶，仿佛又回到了过去。

一个星期以后，他接到了付瑶从部队写给他的一封信，信中告诉他自己随医疗小分队下部队了，走得急，没来得及告诉他。她还说，她很想他，想那片小树林，让他等她，自己很快就会回来……他读着付瑶的信，既幸福又心酸，他没想到，他们的爱情是这么的一波三折，付瑶还没放弃，好在他还有希望，等待也变成了一种甜蜜。

大约半个月后的一天下午，他正带着乐器分队的人在宣传队排练，一个战士进来告诉他，外面有人找。这些天来，他无时无刻不在思念付瑶。听说有人找自己时，他首先想到了付瑶。果然，付瑶站在宣传队院外的门口处，正冲他招手，他奔过去，他看见付瑶似乎黑了一些，也瘦了一些，便心疼地说：你还好吧。她一笑，露出一排洁白的牙齿，从身后拿出一包东西递给他，他没接，她说：这是山楂，下部队在山上采的。他忙伸出手，双手把那包东西接住。

她说：我晚上出不来，我妈还看着我，你就在小树林吹支曲子吧，让我听听。

他心顿时黯淡起来，沮丧地告诉她：秦参谋长说了，不能在小树林里训练了，会影响首长休息。

她睁大了眼睛，里面写满了失落，她咬着嘴唇说：再困难咱们也要在一起，晚上见不到，咱们就白天见，你可以到门诊部来找我。付瑶水汪汪的一双眼里燃起了一簇火苗。

他点点头，天真地以为只要两人相爱，他们的爱情就一定会有收获。虽然胆怯，有付瑶的坚持，心里还是有了些亮光。

郭队长在傍晚时分把刘天右叫出了排练室，两人在营区的路上漫步。之前，郭队长和他谈话，正式一些的一定在郭队长办公室里，如果闲聊就会选择在室外。刘天右不知道郭队长要找他聊什么。白天，付瑶把电话打到了宣传队，告诉他自己晚上值班，让他有空到门诊部来找她。他急于和郭队长结束谈话，便开门见山地说：队长，你说吧。郭队长用余光望了他一眼，嘴角动了动，终于说：天右，终于提干了，以后怎么打算的？郭队长的开场白让他有些摸不着头脑，提干对他来说，是祖坟冒青烟的大好事，他现在的身份是部队干部，虽说是兵头将尾，但也是干部。母亲让弟弟给他写信，母亲说：天右，你提干了，这是我们家三代人的大好事，你要有出息，我和你弟都盼着借你的光，过好日子。刘天右并没有多么高的觉悟，提干不仅改变了他自己，而且只要他有本事了，全家都会借光。面对郭队长这么问，他低下头，踢飞脚下的一块石子，口是心非地答：努力工作，为宣传队做贡献。郭队长显然没把他口是心非的大话套话当回事，马上话锋一转又道：对个人的事情是怎么想的？他的心快速地跳了几跳，在部队个人的事就意味着婚姻恋爱，这是每个单身军官的头等大事。他脑子里马上闪现出付瑶的身影，也许此时的付瑶在门诊部正望眼欲穿地等着他。关于他和付瑶的风言风语早就在宣传队传开了，他每天辅导付瑶学习乐器，早就引起了宣传队员的风言风语。大家都不明白美丽高傲的付瑶为什么偏偏找了他。付瑶年轻漂亮，又是秦参谋长的养女，这种出身的女军官，不能不让所有未婚的男军官跃跃欲试，有事没事地总往门诊部跑，为的就是和美丽的付瑶讲几句话，或者远远地看上一眼。对他们来说，那是种希望也是莫名的幸福。而付瑶对这一切早就司空见惯，她高傲地扬起头，从不正眼看这些和她套近乎的年轻军官。他知道追求付瑶的年轻军官都能排成队，付瑶也和他说过，她心里只有他。可现实是，她母亲并不同意他们在一起。想到这，他望了眼郭队长，脸上漾出了某种复杂。

郭队长从他脸上收回目光，平视着前方说：天右，咱们都是农村兵，能有今天不容易。

他应了声：队长，我知道。

郭队长又说：有些事咱们把握不了千万别多想，会让咱们自己难受。

郭队长的话说得像哑谜，他立住脚不解地望着郭队长。

郭队长看他一眼，把目光移开：实话跟你说吧，秦参谋长找过我了，下了指示，不希望看到你和付瑶交往。

此时，刘天右似乎在暗夜里被人打了一拳又踢了一脚。他想过和付瑶交往的困难，单纯地认为只要两人真心相好，不论是付瑶母亲还是秦参谋长一定会首肯他们的爱情的。让他没料到的是，秦参谋长竟然向郭队长下达了这样的命令。

秦参谋长出面，代表的可不仅是付瑶的养父，还有更重要的一层深意，这是组织出面了。

他还是坚持说：郭队长，我和付瑶交往是双方愿意的。

郭队长的目光中露出一缕同情，拍拍他此时有些僵硬的后背道：天右，在省城里找一个女朋友吧，在部队干不下去了，以后转业就能留在省城了。

在军机关的干部队伍中，谈女朋友的首选都会是省城女孩。省城是他们驻军所在地，按照部队规定，军官在当地结婚，只要服役达到了一定的年限，转业时可双向选择，或留在当地或回老家。大部分军官都出身于农村家庭，自然不会选择回老家，而是选择留在当地的省城。省城很大，条件自然好过其他许多城市。凡是在省城里组建家庭的军官，心里都很有优越感，因为他们知道，最坏的结果就是有一天转业到省城工作。

郭队长说：咱们有好多战友都转业到省城了，过几天我让他们帮你张罗一下，省城的姑娘可不比农村小地方的人，她们个个都很优秀。郭队长说到这还冲他笑了笑。

因为付瑶，所有的姑娘在刘天右的心里都黯然失色，他眼睛不论睁开闭上都是付瑶。

付瑶在门诊部正焦急等待着刘天右。付瑶并没有把母亲的阻止当成多大的事，母亲不让她和刘天右学习乐器了，她暂时妥协了，母亲又找到门诊部主任，安排她随医疗队下部队，她愉快地走了。母亲这么做就是想把她和刘天右拆开。在她心里，刘天右已经住进来了，母亲是不能也没有办法把心上人从她心里赶走的。

门诊部以前晚班从来不安排她值班，大都是一些实习医生和卫生员值班。门诊部不同于医院，门诊部的功能就是为机关的官兵头疼脑热服务，真有大病和急诊的都会去军区正规医院。军区医院在省城城内，离军部并不远，十几分钟车程就到了。她故意值晚班，有两个目的，首要目的当然是为了能和刘天右见面。其次，她是在和母亲提出无声的抗议。她和刘天右会面的地址都想好了，门诊部后院有一个花坛，还有条小路，后面就是一排晾衣杆。平时，护士医生的白大褂洗后都会晾晒在这里，白茫茫一片，也是另一种风景。这里隐蔽，平时没有什么人来。她一次又一次焦急地等待着，有几次，她走出门诊部的楼，站在院外向通往营区的小路张望。她没等来刘天右，却看到了母亲王香梅的身影从小路一点点地走过来。她有些失望，但还是迎上去。她说：妈，你怎么来了？母亲用目光剜了她一下，恨恨地说：你在这里等刘天右呢？

面对母亲的开门见山，付瑶被惊到了，她张口结舌地说：妈，你说什么？她嘴上这么说，目光还是越过母亲的肩头向那条小路上张望了一眼。

母亲把一只手叉在腰上，身子斜了一些，她的样子又像一名舞蹈演员了。母亲在不经意中经常会流露一招两式舞蹈演员的动作，当然，母亲的身材早就不适合跳舞了。

母亲叉了腰，样子便气定神闲了，轻描淡写地说：刘天右今天不会来了，以后也不会来了。

付瑶吃惊地望着母亲。

那天晚上，刘天右泄气地随着郭队长走回了宣传队。如果郭队长简单地和他聊未来，聊娶什么样的姑娘，他会把这些话当成耳旁风。可他知道秦参谋长插手他和付瑶的关系时，他不能不往心里去了。指示就是命令。从认识秦参谋长开始，他对秦参谋长是尊重的。在军部这些首长中，他自认为和秦参谋长交往最密切。第一次演出，他就和秦参谋长握过手，他还去过秦参谋长办公室，甚至家里，还有幸和秦参谋长吃过饭，喝过一杯酒，虽然那顿饭的滋味他现在想起来仍觉沮丧，他千想万想也没料到，他和付瑶的事都让秦参谋长亲自出面了，他觉得事态有些严重。在这之前，他一直觉得做做付瑶母亲的工作，是可以争取的，没想到会出现这种混乱局面，这是他做梦也不曾料到的。

那天晚上，王香梅和付瑶来到了门诊部的后院，在挂满白大褂的院子里坐了一会儿。已是深秋了，院内落满了树叶，树叶在秋风中发出沙沙啦啦的响声。

王香梅说：以后你要调到军区医院去工作，找机会上学，将来当名医生。

付瑶赌气地说：我不喜欢医生。

王香梅白了眼女儿：医生是一辈子的职业，越老越值钱。

付瑶弯下腰拾起两片落叶，把它们抓在手里揉碎。

王香梅语气愠怒地说：你不能走我和你爸这条路，唱歌跳舞的能有什么出息？

付瑶把那两片揉碎的树叶扔到脚下，又狠狠踩了踩。

我说话你别不爱听，我这么做都是为你好。你亲爸活着也会赞成我的决定。王香梅立起身，拍一拍裤子。

王香梅只有在私下里才会提起前夫，在秦参谋长面前她从来不说这种话。王香梅又用力地拍一拍裤子走了，走前还留了一句话：对刘天右你就死了这条心吧。

付瑶气得把帽子摘下来扔到了母亲的身后，母亲没有回头，毅然地穿过门诊部的后门向前门走去。

付瑶哭了，她不明白母亲为什么要横加干涉她和刘天右的爱情，仅仅因为刘天右是农村的吗？她想到了养父的儿子还有那三个孙子。她并不认为这些有什么，谁家还没有一些穷亲戚呢。她不理解母亲在她事业和爱情上的武断。

第二天中午，刘天右在宿舍里听见了熟悉的声音，那声音是付瑶传来的，她在喊他的名字。

前一夜，刘天右几乎一夜没睡，他一会儿想起付瑶，一会儿又想起秦参谋长。他以前一直以为，王香梅才是他们爱情中最大的敌人，结果让他没料到的是，王香梅身后还站着秦参谋长。他可以把王香梅当成个普通碉堡，可秦参谋长就是一座城池，他单枪匹马如何攻陷一座城池？他止步了，退怯了，他要在心里把还没绽放的爱情之花亲手折断。

付瑶的呼喊，让他条件反射地冲出门去。付瑶就站在宣传队宿舍楼下，她手里抓着军帽，不管不顾的样子。刘天右走到付瑶面前。付瑶质问道：昨天晚上为什么没去找我？

刘天右欲言又止。

付瑶说：是不是我妈来找你了？

刘天右话到嘴边还是咽了回去，他绝望地望着付瑶那张动人的脸。

付瑶说：我马上向单位打结婚报告，你也打。我们结婚。

宣传队宿舍的窗子一扇扇打开，许多男兵女兵的头从一扇扇窗子后露出来，他们吃惊兴奋地注视着刘天右和付瑶。

付瑶把帽子戴在头上：刘天右，我下午就打结婚报告，你也尽快打，咱们结婚，看王香梅有什么办法。

付瑶说完就走了。

付瑶来之前和母亲吵了一架，原因是今天上午王香梅要带着付瑶去军区医院见外科的一位主任，外科主任同意把付瑶调到外科去工作。虽然，王香梅说过许多次要把付瑶调到军区总医院的话，付瑶一次也没当真。眼见着母亲这回动了真格的，她知道王香梅就是想彻底拆散她和刘天右的爱情。

她和母亲在军区总院大吵了起来。

付瑶站在楼梯台阶上，大着声音说：王香梅，我哪也不去。

她直呼母亲的名字，噔噔噔地向军区医院大门跑去。

王香梅倚在门上，手捂着胸口，喘息着，付瑶从小到大，她们第一次这么动气。付瑶的父亲去世之后，她带着付瑶嫁给了秦友谊，她对付瑶是溺爱的，一直觉得孩子这么小就失去了亲生父亲，自己再也不能让她失去母爱了。当初付瑶从护校毕业时，她不忍心直接让孩子分到大医院去，正规医院的护士都是三班倒，没日没夜的。付瑶年龄还小，正是长身体的时候，她便把这话对秦友谊说了。对于一位军参谋长，为自己养女谋份合适的工作再简单不过了。于是付瑶便来到了军门诊部上班。但王香梅最后的理想还是要把付瑶送到大医院去，正规医院一是能学到技术，二来，还有进修医生的名额。她的理想是让付瑶当一名军医。医生是有手艺的职业，到什么时候都不怕失业。她按照自己的意愿为付瑶规划着未来。本来，她把付瑶调到军区总院并没这么急迫，一切都是因为刘天右。她不能眼睁睁地看着自己的女儿往火坑里跳，她不能让女儿再吃两遍苦受两茬罪。

付瑶要打结婚报告的消息，是门诊部主任在电话里告诉王香梅的。部队的规定，登记结婚要打结婚报告，单位领导同意再报干部部门出具结婚介绍信，这是军人有别于普通人的规定。

王香梅接到门诊部电话时正在上班，她再也无心上班了，提前回到了家里，又一个电话打给同样在军部大楼上班的秦参谋长，让他火速回家。她在电话里并没有说明原因，秦参谋长以为王香梅的老毛病犯了。王香梅跳舞时，脚踝处骨折过，这么多年过去了，阴天下雨的还是疼。

秦友谊急三火四地赶回家时，王香梅正在客厅里转圈，她的样子脸红脖子粗的。秦友谊一惊，觉得事态比旧伤复发更可怕，忙小心地问：怎么了？王香梅本来一直气女儿付瑶不懂事，自己辛辛苦苦为女儿设计好的前程，没有领情不说，还擅作主张打什么结婚报告，简直是疯了。秦友谊没进门时，她一直在生女儿的气。当秦友谊推开门的那一刻，她突然把火气全部转移到了刘天右的头上，她坚定地认为这一切都是刘天右造成的，没有刘天右就不会有女儿的如此叛逆。女儿没学乐器前，确切地说在不认识刘天右前，她是那么懂事听话。就是这个刘天右，她在心里愤愤地吼道。当她抬起脸和秦友谊的目光相对时，她突然冒出一句：想办法把宣传队那个刘天右调走吧，付瑶疯了。

直到这时，秦友谊才知道事情的原委。这回轮到秦友谊在客厅里踱步了，他背着手，一副参谋长的样子，以前在战争年代，每次遇到决策，他都会在指挥部里这么踱步。这次，他不是在下某种决心，他在捋自己的思路。付瑶不是他亲生女儿，他和王香梅结婚时，付瑶不到两岁，婚后不久，王香梅就开始背地里教付瑶改口叫爸爸了。第一次听到付瑶奶声奶气叫爸爸时，他还是心旌摇曳了，这是他第一次听到有人叫他爸爸。在结婚前，王香梅已和他约法三章，他爽快地答应了。其中一条是要求对待付瑶一定要像对自己亲生孩子一样。他虽然没什么文化，但也懂得爱屋及乌的道理。他自然是答应了，这么多年也是这么做的，对付瑶他也真的像一位亲生父亲一样视如己出。许多不了解内情的战友，都羡慕地说：秦参谋长一家三口真幸福。付瑶一天天长大，最后出落成漂亮的姑娘，他幸福又骄傲。当初付瑶参军想当一名文艺兵，王香梅第一次反对女儿这样的决定。他表面上保持中立，没有发表自己的立场，他内心是希望付瑶继承母亲的事业去搞文艺的。他认为女孩子有这个天赋，从事文艺工作是再合适不过的。付瑶参军时拧不过母亲，听从了母亲的安排，他也就做了顺水人情。付瑶和刘天右学习乐器，最初他并没有多想，觉得付瑶是了却自己对文艺的遗憾。可当付瑶第一次把刘天右带回到家里时，两人都看出付瑶对刘天右有意，却遭到了王香梅的强烈反对，虽然他认为两个年轻人是般配的一对。他没有考虑刘天右的出身和家世。自己就是农村出来的，死里逃生才有了今天，他一直认同英雄不问出处的道理。但在付瑶的终身大事上，他无法亮明自己的观点，只能站在王香梅的立场上。究其原因，还是因为付瑶不是他的亲生女儿，在处理付瑶的问题上，自己深浅都不是，只能保持中立。

他又想起了远在老家的陈三斤，陈三斤的样貌和做派早就是个农民了。当第一次见到陈三斤时，他确信这就是自己亲生的骨肉，可在情感上他还是无法接受。直到有一次，儿子住了几天要走时，悄悄把他拉到一边，小声地和他说：爸，抽空回老家一趟吧，俺娘想在死之前再看你一眼。他听了儿子的话，鼻子一酸。这是这么多年来第一次觉得对不住前妻和儿子。也就是在那一刻，他觉得儿子就是儿子，不论自己承认与否，儿子就在那，他在内心里接受了儿子，虽然儿子不姓秦。儿子的出现让他多了心事，总是不自觉地想起故乡，想起葬在故乡的父母。儿子又一次来家里时，带来了两张照片，一张是父母的坟地，两座荒草萋萋的坟头，他仿佛看到父母站在村口眼巴巴地盼望着自己归来。这么多年东打西杀，他几乎忘记了家乡，忘记了父母，忘记了前妻。儿子又拿出第二张照片，是个农村老太太。坐在房檐底下，向着镜头张望着，咧开缺牙漏风的嘴微笑着。这就是他的前妻，饱经风霜的，已在他记忆里模糊的女人。之前他无数次回忆过前妻的模样，但照片中前妻的样子还是超出了他的想象，他记得前妻比他大三岁，现在满打满算还不到六十岁。前妻现实中的模样让他心酸，心里便杂草丛生，缠缠绕绕，心就乱了。

自从亲生儿子找上门来之后，他学会了走神，多了心事。他明白一个道理，世间割舍不掉的就是血脉。在王香梅眼里，陈三斤是那么土气，不招人待见，每次出现，都把他们的规律打破了，多了麻烦，但不可否认的是，陈三斤是他的骨血，是他亲生儿子。

然而，他在付瑶的终身大事上却不能越雷池半步。他也设想过，倘若付瑶是自己的亲生女儿，他会和王香梅据理力争，发表自己对女儿选择的看法，甚至武断地决定什么。但现实是，无论他多么爱付瑶，她都不是自己亲生女儿，只能听命于王香梅。王香梅发表看法时，又不能不佯装听着。

王香梅又说了一次：把刘天右调走吧，越远越好，让付瑶死了这条心。

秦友谊是军参谋长，这半年来他当军长的呼声越来越高，无论从年龄到资历他竞争军长的位置都有优势。作为军参谋长，他是高高在上的首长，别说调动一个小小的排职干部，就是调动一个团长他也有这个权力。在他的内心不想因为私事改变一个下级的命运。他一想到刘天右无辜的眼神，心里就不是个味。

王香梅见他犹豫便又说：你要是不同意，我就给干部处长打电话。

王香梅因为是参谋长的夫人，所有下级都像尊重参谋长一样尊重她。

秦友谊挥了下手制止了王香梅去摸电话的手，他移动了下脚步，让自己坐在沙发上，下定决心似的说：刘天右是无辜的，不论把他调到哪里去，都不能伤害刘天右。王香梅见秦友谊松了口，长长吁了口气。他之所以答应王香梅，是因为不想把自家的私事弄得满城风雨，这对他的形象不好，对刘天右更不公平。

刘天右接到干部处谈话通知是在一天的午后。郭队长来到训练场，神情严肃地把这一通知转告给了他。他提干时，干部处的于处长找他谈过话，在他的印象里，于处长是个慈祥又果断的中年人。当他又一次走进于处长办公室时，于处长果然仍像第一次见到时一样的慈祥。他向于处长敬了礼，于处长握住他的手摇了摇。然后坐下，开门见山地说：小刘，你刚提干，依据军党委的要求，机关干部要到基层接受锻炼，有了基层的工作经验，以后才能成为全面合格的指挥员。

这一决定是刘天右从来没有想到的，他一直以为自己是名宣传队员，理应在宣传队工作，但命令就是命令，他只能恭敬地站在于处长面前响亮地答道：服从组织安排。

刘天右佯装镇定地离开军部大楼，梦游似的走回宣传队小院内，他看见郭队长正站在门口等他。他把干部处这一决定告诉了郭队长，郭队长的脸就黑了。两人来到郭队长办公室，郭队长说：这事一定是付瑶闹的，你不该和付瑶谈恋爱。

刘天右听了郭队长的话，才突然醒悟过来，这一切原来都是因为付瑶。

清醒过来的刘天右马上想到了付瑶，他要在第一时间把这一消息告诉付瑶。他离开郭队长办公室便径直向门诊部走去，他得到的结果更令他遗憾，付瑶被门诊部派去陪护住院的老首长去了。这一切仿佛都被精心安排好了一样。

干部处的命令是傍晚时分下发到宣传队的，刘天右的新职务是被任命到边防三团十三连当排长。命令上还注明：即刻报到。鉴于刘天右从入伍到提干还没休过假，可以先行探亲休假。

晚上，郭队长在自己宿舍里为刘天右送行，饭菜是从食堂打回来的，郭队长从柜子上拿出一瓶酒。郭队长往两人面前的喝水杯子里倒上酒。两人苦涩地喝了几口之后，郭队长才开口道：天右，也许这次调动对你来说是件好事。

他不解地望着郭队长。此时，眼前的郭队长一直是他最信赖的人，郭队长把他带到部队，这几年来一直关心他的成长。他信赖他，感情上他早就把郭队长当成了自己的亲人。

郭队长就说：下部队成长，一定比在宣传队快，在连队你才会真正成长。

此时，他脑子里装的不是成长晋级，而是付瑶。从于处长办公室里出来，他唯一的想法就是要在第一时间把自己下部队的消息告诉付瑶。

他听了郭队长的安慰，只能在心里苦笑。他没想到命令下得这么快，他甚至想，付瑶得到消息后，又会怎么想，会不会找到秦参谋长去替他求情。此时他还不知道，他下部队任职是秦参谋长一手促成的事实。

那天晚上，他无滋无味地和郭队长喝了告别酒，回到宿舍，熄灯号已经吹响。他望着灰暗的宿舍，想到即将告别这里，眼泪止不住地打湿了枕巾。

第二天一早，宣传队的人把他送到了公共汽车站，他在这里坐上汽车去火车站，坐上火车才能到达边防三团。他知道边防三团在最北面，是全军最艰苦的边防团之一。他乘上公共汽车，望着车下那些熟悉亲切的战友，眼泪又一次流了出来，他怕被战友看见，别过身子，车便越驶越远了。

他买好了回家的火车票，去边防三团的火车路过他的老家，他一步三回头地向检票口走去。此时，他多么希望再看一眼付瑶哇，他都没来得及向她告别。他知道付瑶此时正在陪着老首长，也许压根就不知道他走。他把最后的一丝希望浇灭了，登上了列车。

火车即将启动的那一刻，突然他听见窗外有人在呼喊他的名字，他抬起头竟然意外地看见了付瑶，付瑶站在车下一边喘息着一边喊叫着。

那一刻他又惊又喜，把半个身子从车窗探了出去。他有千言万语，却一个字也说不出来，他只是望着车下的付瑶。

付瑶拉过他的手，他们的手握在一起，付瑶用哭声喊道：天右，我刚知道你调走了。她的眼泪流了下来，他想为她擦下眼泪，双手却被她死死攥住。她说：天右，你去边防团好好的，我会等你，实在不行，我就调到边防三团去。

火车启动了，拉响了长笛。

付瑶仍没放开他的手，随着列车向前跑着，他用力地甩开她的手，泪眼便模糊了她的身影。

他听见她大声地喊着：刘天右，你等着我……

这是她对他最后的呐喊。此时的刘天右不会想到，几年后再见到付瑶时，早已物是人非了。

6

第六章

定　亲

刘天右在参军三年又六个月后，终于回到了故乡靠山屯。时间为二十世纪八十年代初。

刘天右出现在村街上的时间是下午时分，初冬的天气，老家的山山岭岭早已是天寒地冻，村屋和街上白雪皑皑，晃得人睁不开眼睛。但人们还是认出了刘天右。刘天右提干的喜报早已送到了靠山屯，十里八乡的村民都知道刘天右出息了。

人们看戏似的围着刘天右七嘴八舌地议论着，看他的军装是不是四个兜的制服。再往下看，脚上穿的是不是三接头皮鞋。仔细验证之后，人们就咂着嘴发出一阵又一阵的赞叹，一致认为，刘家大小子是国家人了。

弟弟刘天左正在自己院内扫雪，这场新雪是昨夜下的，母亲杜桂花病了，他上午去抓药，又熬药，一直到母亲把药喝下去，他才腾出时间清理院内的积雪。哥出现在家门前时，他怔了一下，以为自己看花眼了，揉了下眼睛，确信门口站立的就是哥哥时，弟弟冲屋内大叫一声：妈，我哥回来了。便奔过来，在哥的面前停住，上上下下地打量了哥好几眼，憨笑两声，提起哥随身带的东西，一边走一边道：哥，你回来咋不言语一声？

门吱呀一声开了，母亲披着棉袄，头上还扎了条毛巾，虚弱地立在门口。刘天右喊了声：妈，我回来了。

母亲定定地把目光落在儿子身上足有几秒钟，才颤声应了，泪水就浸湿了眼帘。天右回来了，母亲的病一下子好了许多，弟弟在灶下生火，母亲做饭。

刘天右打量着这个曾经熟悉的家，还和他走时一样，墙上挂着一家人的照片，镜框里多了几张自己的照片，还是在新兵连时拍摄的照片，自己手握钢枪冲着镜头呆笑着。院子还是那个院子，低矮的土墙，院内杂乱地放着农具。似乎这三年多的时间家已经凝固了。然而母亲却苍老了许多，她鬓边的白发多了几许，弟弟已完全是个农民模样了，穿着典型农民的皮袄，面孔黑红。他看着忙碌的母亲和弟弟，鼻子有些发酸。母亲拖着病体终于做完了一顿饭，母亲盘腿坐在炕里，他和弟弟侧身坐在炕沿上。父亲在时，父亲也会和母亲并排坐在坑里。他端起米饭，又闻到了儿时熟悉的味道。刘天右终于忍不住掉了眼泪，惹得母亲的眼泪也像断了线的珠子。弟弟埋着头，哽着声音说：妈，我哥回来了，这是好事，哭啥。

母亲终于把泪抹去，唏嘘道：老大，明早你和你弟去你们爸的坟上看看，你爸有三年半没看到你了。

刘天右又想起给父亲出丧的情景，那是个干冷的天气，虽然刚立冬，却下了第一场雪。他和弟弟比赛似的吹着唢呐，那会儿他认为把唢呐吹得越好，越能代表自己对父亲的敬重和思念。

母亲端起碗，脸色比刚才潮红了一些，她扒拉下碗里的饭说：老大，家里接到你提干的喜报，我和你弟去你爸坟上放了鞭炮，你爸已经知道你提干的消息了。

听了母亲的话，刘天右的喉头又有些发紧。

弟弟抑制不住地把笑挂在脸上，仰起头冲哥哥说：哥，这么多年了，你是靠山屯第一个有出息的人。

他望着弟弟风吹日晒黑红的脸，突然又想起当兵前和弟弟抓阄的情景，他惭愧地把头低下，也许他不作假，这次探亲回来的应该是弟弟。他在心里说：天左，哥对不起你。在他眼里弟弟变了，已经不是三年半前那个刚高中毕业的学生了，他现在成了一个农民，憨厚木讷。他真想让弟弟打自己几巴掌。

那天晚上，他和母亲睡在了一个房间里，两床被子挨在一起，这是他上小学后第一次这么近地和母亲躺在一起。家里虽然简陋，甚至他已经不习惯睡火炕了，但他还是感到亲切和幸福。

母亲似乎和他有说不完的话，历数了这三年多的时间家里外面发生的大事小情。有些事信里弟弟说过，有的他没听过。不管听没听过，母亲都絮絮叨叨地又讲了一遍，而后她陷入了短暂的沉默，似乎在梳理遗漏的大事，母亲突然想起了什么似的说：你提干的喜报一送来，乡民政的李助理他家那个闺女，叫李凤霞，是你同学吧。

他“嗯”了一声，想起那个扎着两条辫子的姑娘。她坐在他的前排，永远是后脑勺对着他，很骄傲的样子。因为她觉得自己是干部子女，平时穿着打扮，就连中午带的饭和他们的都不一样，高傲得很。高中两年，几乎没和他说过一句话。母亲的话又让他想起了往事。

母亲又说：李助理有次来咱家，还到屋里坐了坐，问你找对象没有，我看出他的意思了，他是想把他闺女介绍给你。

他又想到了付瑶，列车启动后，付瑶追着火车向前奔跑的情景。

母亲说：老大，李助理那姑娘是不错，我寻思了，你好不容易出息了，既然走出去了，就别再回头了。以后在城里找一个闺女，成家立业，我和你弟弟还能借你的光到城里看一看。

刘天右想到了冷漠的王香梅，想到了郭队长说过的话：那些高干家庭没人能看上咱们农村出来的人。你别折腾自己了，还是务实点。在火车上他无数次地想过，如果自己不和付瑶恋爱，就不会被调到边防三团。眼前的一切都是因为和付瑶谈恋爱，他对自己和付瑶的未来迷茫了。

母亲这么说，又勾起他的思绪。他伸过手抓住了母亲又硬又僵的手，他在心里发誓地叫道：妈，我一定混出个人样，让你和弟弟过上好日子。

这一握，母亲的身子舒展了一些，声音也软和了许多道：你这次回来，我寻思把你弟弟的亲事定下来。

他有些吃惊，忙问：你是说给弟弟找对象？

母亲眉开眼笑地说：老大，你爸不在了，没人再把咱们家当回事了，你提干的消息传回来立马不一样了，不走动的亲戚又走动了，邻居来串门的也多了。还不是因为你有出息了，我和你弟弟都沾你光了。母亲笑出了声。

我琢磨着，趁你在家，给你弟弟定个亲，来年秋天，把婚结了。他们过日子我也放心了，以后你在城里有个家，我就搬到你那去享清福。母亲畅想着将来。

他的眼前又闪过王香梅和付瑶，他摇摇头把这纷乱的失落驱走，关心地问：女方有眉目了吗？

母亲嗔怪道：你看我真是老糊涂了，就是前屯何有奎家的老三，叫何凤娇，比你们晚一年级。

他对何有奎有印象，冬天里总爱穿一件大衣，却不系扣子，让风把大衣吹得张扬起来，说话大嗓门，和他人高马大的形象很匹配。那个叫何凤娇的女孩，他不熟悉，也对不上号。

他说：弟弟同意就好。

母亲又补充道：何凤娇在咱们村小学当代课老师呢。是她爸给她走的门路。

在八十年代初，能在村里当上代课老师不是一般人能做到的。他想起，何有奎当过民兵连长，有一次民兵演习，有个民兵投手榴弹，没投出去，是何有奎把那枚手榴弹给踢飞了，还把身子压在了那个民兵身上。结果有惊无险，他还算是救了那个民兵的一条命。后来那个民兵调到公社当文书，最后又当上了教育助理。想必何凤娇当上代课老师和这个助理有着千丝万缕的联系，虽然是代课老师，但在乡下也是令千人眼红的职业了。

他为弟弟高兴。

母亲拉着他的手用了些力气：老大，这都是沾你光，要是你不出息，何有奎怎么能看上咱们家。

母亲的话让他心里沉甸甸的。

第二天一早，他就被弟弟叫醒了。他带上了从宣传队带回来的唢呐，这是父亲生前用过的唢呐，他把它当成父亲的遗物，也当成护身符一直带在身边，他在部队时多次想过，要在父亲的坟前再吹奏一曲。

还是那面熟悉的后山坡，那棵老榆树，父亲的坟头落满了雪。三年多没见的父亲的坟头依旧默然地立在那里。他看见父亲的坟，腿一软跪在了父亲的坟前，喊了一声：爹，我回来了。头便磕下去。

他和弟弟把坟上的积雪清理干净，阳光便照射过来。他拿过唢呐，冲着朝阳，一曲嘹亮的唢呐声响起。他眼前的世界红彤彤一片，往事便一幕幕在他眼前闪现。父亲教会了他吹唢呐的本事，也教会了他做一个手艺人的理念，自己带着父亲的唢呐去参军，最后还是凭借他一技之长留在部队。

唢呐声婉转悠长，他的心绪如诉如泣。他吹奏着对父亲的缅怀，也吹响了自己对未来的畅想。

山坡上聚了一群乡邻，他们仰望着站在山坡上的刘天右，刘天右的身上被朝阳洒满了，他的军装被镀上了一层金光。乡邻们好久没有听到唢呐声了，人们被眼前的刘天右惊骇住了。三年多的时间，他的吹奏技艺大长，他再也不是三年多前那个吹野唢呐的农村小伙了。他是军宣传队的一名演员，也是乐器分队的分队长，他获过军区汇演吹奏乐器演奏的一等奖。他的余光看到了倾听他吹奏的乡邻，此刻，父亲的坟前变成了他的舞台，山坡上密密麻麻的乡邻就是他的听众。此时他就像换了一个人，自信又一点点地回到了他的体内，他如醉如痴地吹奏着，一曲又一曲。众人就议论着：天右这孩子真是出息了。还有人说：比收音机里吹的都好听。又有人说：可不是，人家是军官，吃了好几年公家饭了，能白吃嘛……众人议论着，仰慕着。

天右在人群里看到了母亲，母亲被众人推到了最前面，母亲的脸上满是喜色，神情骄傲。他吹奏着，用唢呐声为自己的母亲和弟弟扬眉吐气。他也看到了弟弟，弟弟站在他身旁不远处，黑红的脸颊上闪过一缕自豪的神情。他为弟弟吹奏，希望弟弟有个好姻缘，他为刘家吹奏，让人们记住，在靠山屯有一户永远不能被人小看的刘家。

他许久没有这么忘情投入地演奏了，把自己在部队学到的绝活都拿了出来。他站在山坡上，觉得自己从没有这么高大伟岸。

许多年以后，众乡邻仍对那天早晨的演奏记忆犹新。所有人都一致认为，刘家的大小子，是世界上唢呐吹奏得最好的人。

弟弟的订婚仪式是在第二天举行的。所谓的仪式就是双方家长见个面，在一起吃顿饭，让四乡八邻的人知道，两个年轻人订婚了。

一大早，母亲就开始张罗做饭，母亲的病似乎已经好了。弟弟又开始打扫院子，弟弟似乎有些紧张和焦虑，刚扫过的院子又扫了一遍。

刘天右想帮母亲打下手，母亲把他推到里屋去，把一壶沏好的茶端到他面前，叮嘱道：老大，你爸不在了，你就是刘家当家的男人。中午来人，你负责接待。母亲又抓了把瓜子放到他面前。

时间很快就到了中午，饭菜的香气已经弥漫了整个小院。弟弟不时地跑到水缸边，冲着清水，不停地捋自己的头发。母亲拉了拉刘天右的衣角道：你弟弟是高兴呢。母亲也满脸喜悦，又低声道：凤娇这孩子不错，十里八村也难找，要不是你出息了，你弟弟打着灯笼也找不到这样的。

刘天右替弟弟高兴，一抬头，望到窗外乡里的李助理和高助理走在前面，何有奎和一个女孩子走在身后。便叫了一声：妈，客人来了。说完便要出门迎接。母亲一把拉住他道：再等等。他不解地望了母亲一眼，母亲一笑道：老大，你是有身份的人，咱不能显得太上赶子。

两个乡助理快走到门前时，母亲才推了他一把，他打开外屋门，就站在了两个助理面前，他参军前就认识两个助理，高助理管教育，李助理管民政，在乡里也都是正儿八经的干部，走在街上目不斜视，头发和衣服总是一尘不染的样子，虽同生活在乡下，打扮就是和农民不同。两位助理都四十左右的样子。他们突然看见天右，一身军装整齐地穿在天右身上，那双标志性的三接头皮鞋也被擦得锃亮晃眼，进门前的那份自信就减了几分。先是高助理伸出了手，惊呼一声：这不是天右……排长吗，长高了。捉住天右的手左右抖动了几下。李助理也上前和天右握手寒暄着，嘴里说道：天右排长，几年不见都快认不出了。两人脸上一律挂着微笑。

刘天右也不是以前那个高中生了，三年多的历练让他处变不惊了。他一参军就在宣传队，住在军机关院内，军部办公大楼出入的除了军首长，还有一些处长部长，他们的职位可比乡长大多了。此时站在两个乡助理面前，他就从容淡定了许多，他嘴里打着哈哈道：辛苦两位助理了。他没把他们称为领导，而是称为助理，就像那些参谋、干事一样。只有军首长才能称为领导。

何有奎带着那个年轻女孩子也走近了，何有奎身板依旧硬朗，这次他没穿大衣，也自然不会敞怀，而是穿了件簇新的中山装，一丝不苟的样子。那个女孩子围了条红围脖，穿了件半大呢子上衣，人显得很漂亮。刘天右知道，这一定就是令母亲满意的何凤娇了。

刘天右冲何有奎叫了声：何叔。两人握了手，何有奎的眼神就像欣赏新郎官一样，上下地把刘天右看了看，一边看一边大着嗓门说：何叔说的没错，你爸活着时我跟你爸唠过，说你一准有出息，你看，这不出息了嘛。军官是啥人，是吃公家饭的人，比得上咱们乡长了。

众人都笑着，母亲这才推开门，拉着弟弟一起站在门外，把客人迎进门去。

刘天右作为刘家的家长，坐在饭桌上手的位子上，一左一右坐着两位助理。何有奎拉着姑娘坐到了李助理的身边。母亲和弟弟坐到了高助理这边。

弟弟起身给大家倒酒，酒满上了，母亲给刘天右使了个眼色。刘天右举起手中的杯子道：两位助理，何叔，小凤，今天是我弟弟天左和小凤订婚的日子，我是刘家老大，我爸不在了，我替我爸敬各位一杯酒。说完把杯中酒喝下去，众人响应。

母亲的脸上从始至终都流露出愉悦的表情。显然，她对老大的讲话是满意的，她侧过身子给客人夹菜，轮到小凤时，她把一只鸡翅夹到小凤碗里，还补上一句：小凤，你吃，别客气，跟在家一样。小凤腼腆地笑着。

酒过三巡之后，何有奎站起来，颤颤地端起酒杯道：天右，咱爷俩喝一个。天右忙站起身，走过去道：何叔，这杯我敬你，你是长辈，凤娇和我弟定亲，以后咱们两家就是亲戚了。

何有奎满脸激动地把酒喝下去，一叠声地说：天右出息了，真的出息了。他感慨着高兴着。酒再往下喝，何有奎显然就有些喝多了，便不停地絮叨着：天右，你以后出息了，可别忘了何叔，何叔当过民兵连长。你们家跟着你借光，我们也能借光。

女儿凤娇就拉父亲的衣袖，提示他少喝两杯，何有奎把女儿的手推开又举起杯子冲母亲道：嫂子，谢谢你生了这么出息的儿子。我敬你。又颤抖着把一杯酒喝下去。母亲也把酒喝了，一边笑着一边说：亲家，谢谢你养了这么好的闺女。以后嫁过来，我一定待她像自己闺女一样。

刘天右看着弟弟，弟弟坐在那手足无措的样子，不停地给人倒酒，脸上挂着小心又僵硬的笑。这桌酒席是为弟弟订婚准备的，弟弟却不是主角，他要为弟弟说句话。于是他站起来，端起酒杯道：这杯酒我敬客人，当初接兵的郭队长只能带走我和弟其中一个，如果弟弟被带走了，出息的就不是我，而是我弟弟了。

刘天右这么说，两位助理和何有奎都怔了一下，忙端起酒杯，李助理道：你弟弟是优秀的，不然凤娇怎么能看上天左，是吧。凤娇现在是代课老师，过几年有机会转正，那也是吃公家饭的人。

众人说笑着把一杯酒喝下去。

弟弟僵硬的脸活泛了一些。

送走了客人，日头已经偏西了。母亲很高兴，也很满足的样子，她坐在炕上冲刘天右说：老大，今天你给咱刘家争光了。你要是不在，两个助理不会来。凤娇人家现在是村小学的代课老师，她也不会看上你弟弟。大家伙儿都是冲着你，你知道，你一人出息了，我们全家以后一定错不了。母亲脸上绽放着骄傲的光晕。

刘天右的心却沉甸甸的，他想到了付瑶、王香梅、秦参谋长。在王香梅眼里，他就是个农村出身的兵，因为他的出身会成为她女儿婚后生活的绊脚石。王香梅为了拆散他和付瑶，把他贬到了边防三团。一想到这些心就揪紧了，想哭，当着母亲的面，他还是忍住了，只能苦笑道：妈，我刚提干，还什么都不是。

母亲坚定地说：万丈高楼平地起，啥事都有个过程，乡亲们说了，你还会进步，以后你就是当团长、当师长的料。母亲依然沉浸在自己的幸福中。

弟弟去送客人了，还没回来。母亲也陪客人喝了两盅酒，话就有些多了，她淋漓地表达着自己的幸福：老大，你出息了，就别再回头，以后在外面一定站稳脚跟，你只要日子过好，在靠山屯没人敢小看咱们刘家。妈老了，不图啥了，你弟弟还年轻，他还要过日子。

他参军三年多，母亲带着弟弟是怎么过来的，仅仅三年多的时间，弟弟变了。弟弟已和以前那个高中生判若两人，此时的弟弟就是标准的年轻农民，木讷、僵硬，想起自己因为抓阄便和弟弟走上了不同的命运之路，心里的滋味便翻江倒海了。

母亲再说：老大，你弟弟订婚了，你在外面也抓紧。在外面碰到中意的了，就给妈寄张姑娘的照片，让妈也开开眼，看看城里的姑娘长啥样。

他又想起了付瑶送给他的照片，此时那张照片就夹在那个日记本里，被他严严实实地捆在了背包里，那是他的秘密，也是珍藏起来的幸福。此刻，他多么想把付瑶的照片拿出来让母亲看一看呢，母亲无疑是会高兴的，可他不能。当列车驶离站台，付瑶的身影在他视线里模糊，他觉得自己已经远离付瑶，远离了自己的爱情，也许今生今世再也回不到付瑶身边了。此时这种预感越发强烈起来。

在剩下的日子里，母亲领着他走街串巷，去见亲戚，也见乡邻。他看着街道的景色和那些以前熟悉的人，感到既熟悉又陌生，不知自己变了，还是乡下的世界变了。

他回乡的日子里，母亲是满足的，也是幸福的。因他立在母亲身边，母亲常年劳累弯下去的腰身又一点点挺直了。

十天假期很快就到了，他要与母亲和弟弟告别了。他背起背包，就像当年参军时一样，他离开家门，走到两里地外的路口等公共汽车。他要坐汽车，到县城火车站，再坐火车去边防三团报到。母亲和弟弟为他送行，弟弟接过了他的提包。母亲送他出家门时，他本想让母亲回去，母亲不肯，一路走来一直拉着他的衣角。他感受到了母亲手上的重量，心便难忍难挨，他劝道：妈，你回去吧，路还挺长的，天冷。母亲拉他衣角的手又重了几分，道：老大，你这一走，还不知何时回来，让妈再和你多待一会儿。

他想哭，压抑着自己，泪还是在眼圈里打转。

上了公共汽车，透过车窗，他看见母亲已背过身去，他知道母亲怕他看到自己流泪，弟弟把笑僵在脸上，冲他挥着手。车一开，他便再也控制不住自己，任泪水流了下来。

他不知自己前方的路还有多远，不知道前方是福是祸，他只能硬着头皮往前走。

7

第七章

边 防 点

边防三团坐落于群山之中，一条通往沟口的水泥路，连接起了边防三团和外面的世界。

刘天右在宣传队时也经常下部队演出，可他从来没有来过边防三团，许多老兵告诉他，边防三团是全军最艰苦的地方。

下了火车，又乘了三个小时的长途汽车，来到了离边防三团最近的一个小镇子。镇子很小，无论站在哪一处，都能把小镇尽收眼底。小镇的名字叫扎烂屯，他在长途汽车上听当地老乡说：这个扎烂屯，以前叫炸烂屯，解放前是土匪的聚集地，才因此得名，后来政府觉得炸烂屯不吉利，便改成了扎烂屯。

长途车走了，把他一个人孤零零地丢在小镇上，下一步如何去边防三团，他心里便没了主张。他正在东张西望时，看到一个战士骑一辆翻斗摩托，呼呼啦啦地驶过来，他伸出手招呼着这名战士，战士显然看到了刘天右的召唤，戛然把摩托车停在了他的面前。小战士脸上还扣了一副风镜，这种眼镜在内地并不常见，是为防风用的。小战士打量下他，便问：去三团的？他说：是，能带我一下吗？

小战士点了下头，他把背包和一件提包放到了翻斗里。他看见摩托车的翻斗里装着一些报纸和信件。他只能坐在小战士的身后，小战士还叮嘱一声：抱紧了。摩托车便呼呼啦啦地向山里开去。

他在背后喊：同志你贵姓？

小战士也大声答：我姓王，你就叫我小王，我是团部的收发员。以后你的信件都是我从镇上取。

摩托车一开，风很大，也很硬，他终于明白小王为什么要戴着风镜骑摩托了。他从小王的背后扭着头，打量着山山岭岭，都被厚厚的积雪覆盖了。天冷得出奇，他先是觉得脚被冻麻了，接下来就是抱在小王腰间的手。摩托车终于骑到一个半山坡，那里有一栋规模不大的三层楼房，楼房是石头垒成的，门前有个士兵在站岗，小王挥了下手，便越过岗哨，一直把摩托车开到三层小楼前。两人从摩托车上下来，小王摘下风镜，风吹得脸颊红红的，小王热情地说：干部股在二楼。

小王帮他把行李和提包搬下来。他在三团团部找到了干部股，一个干事看了他的介绍信，又找到了之前的命令，说道：你得去十三连报到。

干事打了个电话，得知明天团部有送给养的车去十三连。他只能在团部住一晚，第二天随给养车去十三连报到了。

团部招待所是一排平房，里面住着几名探亲回来的士兵、准备休假的干部战士在这里周转。晚上，他走出招待所，只有办公楼门前有几盏灯光，四周都黑黑的，远山的轮廓压抑地矗在眼前，只有灯顶上的星星很热闹繁华的样子。他想起了灯火通明的军部，来来往往的人们，以及远方城市的喧嚣。这一切，似乎只在他的梦里，眼前是实实在在的边防三团，寒冷而又偏僻。他想到了付瑶，想到了母亲和弟弟，此时，身在遥远的大山里，他觉得自己是那么渺小又孤立无援。他不知怎么睡去的，也不知怎么醒的。

他坐上了通往十三连的卡车，卡车是解放牌，走出团部不远就是条雪路，卡车呼哧带喘地向前方挣扎着奔跑着。开卡车的是名新兵，中间坐着名脸色发黑的老兵，老兵看上去有三十出头的样子，他一边指导着新兵开车，一边吸着自卷的旱烟，烟味浓烈地在驾驶室里缭绕着。

从上车到驶出团部，老兵似乎就没正眼看过他。车驶出一段了，他主动搭讪道：老兵，十三连还有多远呢？

老兵吸了口自卷的烟，眯了眼看看他：第一次来三团？

他笑笑：我以前是在军部宣传队，去过很多部队演出，可就没来过三团。

老兵又眯了下眼睛：犯错误，受处分了吧。老兵用眼神审视着他。

他忙摇摇头，缩紧身子答：没，怎么会犯错误，我们机关干部要把基层锻炼这一课补上。这是于处长找他谈话时说过的话。

老兵的脸色缓和了一些：军部在大城市里，那地方听说很热闹，有些干部去过，回来都说军部好。

老兵又开始卷烟，一脸神往的样子。

刘天右想起了军部威武的办公大楼，整齐的马路，修剪得规规矩矩的树墙，还有那片承载他无数记忆的小树林。军部的确是个好地方，可惜他已经没有福分享受了。

还是你们军官好，不论到哪总有个盼头，还能来回调动，人挪活，树挪死。老兵深深浅浅地吸着烟。烟雾又浓烈起来。

闲聊中，他得知老兵姓章，是个志愿兵，从当兵到现在就在三团汽车连服役。已经是十三年的老兵了，他说，连里的所有新兵他都带过，他几乎是所有新兵的师傅。章老兵在介绍自己经历时，冲新兵吼过两次，一次是新兵的方向偏移出了雪路，还有一次前方有个雪坑，新兵没把车绕开，而是颠簸着硬开了过去。受了训斥的新兵也不说什么，嘴里应道：班长，我记住了。然后全神贯注地盯着前方。

章老兵似乎想起什么似的说：天黑前，咱们应该能到十三连。说话时注意到刘天右一脸失望，便说：十三连在咱们团是最边远的连队，离边防线最近，经常和那面的兵打交道，到了你就知道了。

刘天右陷入了沉默中，他在计算十三连距军部的距离。从军部到三团所在的县城，坐火车要十七个小时。从县里到扎烂屯镇还要三个多小时的长途汽车，从团部到十三连还有近十个小时的卡车行程。也就是说，从十三连到军部有三十个小时的距离，车越往前开，他越觉得孤独。四周都是山的轮廓，近处是白茫茫的雪原，只有他们这辆解放牌卡车嘶吼着在雪路上艰难前行。

到十三连时果然天已经黑了。先是看见了远处一点灯光，章老兵说了句：到了。他睁大眼睛在黑暗中寻找着，果然，看见了一排房子。更近一点，他看见了院墙，车长驱直入地驶进了带院墙的院子里，最后停住，他先下了车，活动着脚。一间宿舍门开了，露出一缕光线，一个洪亮的声音说：是章班长吧。

章老兵吐口痰也大声地应了：方连长，给养送到了，组织人卸车吧。

方连长走近一些，看见了站在暗影里的刘天右，伸出手：刘天右排长。两人的手握在一起，他发现方连长的手又硬又冷。

方连长摇了一下他的手说：接到干部股通知了。十三连欢迎你。

到了十三连他才知道，连部并不是他最后的报到地点，他的工作地点是在大风口边防点。十三连有四个排，分布在四个边防点。他们的任务是在边境线上巡逻。

第二天，有两匹马驮着给大风口边防点运送的给养，从连部出发了。一个战士在前面牵着两匹马，马背上驮着给养和他的行李。他和方连长随在后面。方连长要随他一同去大风口边防点。

没走一会儿，他们的帽子和眉毛都结了霜，白白地挂了一层。

方连长告诉他，边防点以前的王排长在巡逻途中迷路了，发现时人已冻僵了，送到医院里人是保住了，却被截了肢，如今还躺在医院里。

方连长介绍王排长情况时，语气是平静的，就像说连队的一匹马走丢了一样。

他吃惊地望着方连长，希望在方连长脸上读出更多的内容。

方连长显然明白了他的眼神：刘排长，咱们是全军最艰苦的边防连，每年冬天都会有人冻伤，甚至牺牲。

他的表情严肃起来。

方连长喘着气说：咱们的任务就是完成好巡逻任务的同时，尽量减少无谓的牺牲。

此时的刘天右内心已经是苍茫一片了，在军部时他听说过边防部队的艰难和辛苦，可他不知艰苦到什么程度。一到边防团，他便感受到这种艰苦的滋味了。

人和马走了几个小时之后，在一片山冈上停了下来，这里有一排木格楞，门前的空地上，歪斜地矗着一个篮球架子。此时，篮球架子前堆满了积雪，不知谁还堆起了几个雪人，雪人东倒西歪地立在那里，欢迎着他们。

方连长熟门熟路地喊：小崔，小崔，来卸东西。

从一侧的房子里跑出一个小战士，他系着围裙，远远地向方连长敬了个礼，便和牵马的战士一起卸马背上的东西。

方连长说：战士们都去巡逻了，平时就小崔一个人在这里，他是全排的炊事员。

方连长一边说，一边带着他在山头上走了一圈。屋后有一个瞭望塔，有三层楼那么高。此时，瞭望塔上空无一人，只有一面国旗在塔上迎风飘舞。

方连长手指着瞭望塔说：天气不好，刮大风下大雪时没法巡逻，战士们就在瞭望塔上执勤。边防点坐落在一座山头上，这一座小山头和周边的山头别无二致。当方连长带着他又向前走了一段，他看见了一处界碑，上面写着一个数字51，还有一面刻在石碑上的国徽。那一刻，他浑身的毛孔扎起来，哆嗦了一下，他知道，界碑那侧就是邻国的领土了。此时，眼前的国徽是那么醒目庄重，他有了种神圣感。

方连长用手指向远方道：那里就是大风口，估计你们排正在那里巡逻。

刘天右顺着方连长手指的方向望过去，那里灰蒙蒙一片，看不清什么。不久之后，刘天右才真正地领略到了大风口的神秘。

边防点士兵的日常生活就是巡逻，他们排负责的边境线有几十公里，每天走一趟，再折返回来就一百多公里。长长的边境线，有时一天走不完，要用两三天时间，每次巡逻一趟，要带上干粮和水，只能风餐露宿。

刘天右没上任前，排里由马班长负责。马班长也是老兵了，和刘天右是同年兵。马班长个子不高，脸孔黑红，刘天右发现，边防三团所有的官兵脸孔都是黑红的，这是他们的工作所决定的。他又想到了军部那些军官和士兵，脸孔白净，皮肤细腻。这就是区别。

马班长话不多，眼神却很坚硬，见到刘天右的当晚，便把巡逻日记本交到刘天右手上道：刘排长，我代理排长的工作结束了。

边防点是一排木格楞，在这里建房子，木材永远比土石来得方便。一排房子正中间就是士兵的宿舍，在宿舍的一头，又隔出了一个小房间，房中屋的模式，门框上挂了块布窗，这就是排部，兼排长的宿舍。一溜火炕，火炕的尽头连接着厨房，火源和热源都是厨房灶台生产出来的。士兵宿舍的正中央生着火炉，火炉用石头垒起来，铁皮烟囱伸向窗外，火炉上坐着一把水壶，水壶里的水翻滚着，溢出缕缕蒸汽，整个房间便有了烟火气。

刘天右已连续巡逻几天了，边防点的工作渐渐地熟悉起来。巡逻后都要写巡逻日记，界碑旁的一草一木都要记录，甚至越过界碑的动物几点几分，在几号界碑旁走出去，又何时走回来，事无巨细。写巡逻日记是他的工作之一，士兵们都休息了，他把煤油灯挑亮，坐在屋内唯一一张桌子前，日记写好，挂在墙上，墙上还挂着一支冲锋枪，这是排长的装备。士兵都是半自动步枪，边防点的军人总是枪不离手，士兵们的枪就架在门旁，只要有情况，士兵出门总能在第一时间握枪在手。

刘天右写完巡逻日记，士兵们有的发出了鼾声。此时，世界宁静下来，火炉上那把水壶里的水仍然翻滚着，发出气泡的碎裂声。他看了眼腕上那块上海牌手表，时间才八点刚过，他又想起在军部宣传队时，这个时间正是他们演出或排练的时候。宣传队的小楼里传来练嗓子、调试乐器的声音，把宣传队的小院填满了。院外，有士兵在操场上跑步，也会有三三两两的军官在马路上散步。这一切对刘天右来说，恍若隔世，他此时又不可遏制地想到了付瑶，付瑶此时在值班，还是回到了自己家中？转眼和付瑶已经分别半月有余。

他找出信封和信纸，想给付瑶写信，在信纸上刚写下“付瑶你好”几个字，他就有想哭的欲望。因和付瑶恋爱，他被下放到了边防三团最偏远的巡逻点，他们的爱情还没有真正开始，便夭折了。他的眼前又出现最后一次见付瑶的情景，她隔着车窗冲他喊：刘天右，你等着我……她的话，一直在他耳边回荡。此时，刘天右在边防点的夜晚想起付瑶，前所未有地感到温暖。于是，他写道：我已到了边防三团十三连，我这里一切都很好，我看到了界碑，这是我生平第一次看到界碑，站在祖国的土地上我感到那么神圣……刘天右也说不清，第一封给付瑶的信竟写得如此昂扬。他把信看了一遍，又想起郭队长责备自己的话：你不该和付瑶谈恋爱。他又激灵一下，似乎醒来。他现在是边防连一名普通排长，付瑶是秦参谋长女儿，她在军部，那么多年轻军官围绕在她身边，前途和家庭都比他优秀，他又算老几呢。想到这便悲从心生，他又把信看了一遍，最后三下两下将信撕碎了。

煤油灯“哔剥”一声，火苗在他眼前忽闪一下。北部边陲，地图鸡冠上的最北端就是他所在的位置，想到这，孤独感又一次袭来。桌子上放了几张一个月前的报纸，有《解放军报》《人民日报》，这些报纸他在军宣传队时都看过了，昨天刚由连部送达到排里。索性吹熄了油灯，最后一点亮光也灭了，世界就浑浊一片，士兵的鼾声和水壶里的水声搅拌在一起。他在心里和付瑶诀别着，泪也随之流了下来。

大约到了边防点一个月后，他接到了付瑶的来信，看日期却是一个月前写的，漫长的邮路足足让这封信在路上漂泊了一个月的时间。付瑶在信中先是嘘寒问暖，告诉他，自己正努力调到边防团来，让他等她。他真想写封信告诉她，他们不是一路人，让她别为自己劳神费心了。离开宣传队，离开舞台，自信早就消失得无影无踪了。在他心里自己就是个农民的儿子，一名边防哨所普普通通的排长，以前的一切就是自己做了个梦。想到这，他还是忍住没给她回信，他想让自己的无情拉开他们的距离，但却忍不住还是想她。她的音容笑貌一遍遍在他脑子里闪现，每次想她，都忍不住拿起照片，照片中的付瑶让他忍不住想哭。

又一个月后，他在一个月前的军区报纸上看到了一条关于秦参谋长的消息，秦参谋长已经升任军长了。报纸上登着秦军长的照片，还有履历，一长串履历透着秦军长的辉煌。当他看到这条消息时，心里竟出奇的平静，本来也是如此，因为付瑶的关系他开始关注秦军长，他和付瑶已经没关系了，秦军长又和自己有什么关系呢，和张军长、李军长没有任何区别。到了边防点他想清楚一个问题，自己被下放到边防三团一定是付瑶母亲指使的，但一定得到了秦军长的首肯。想到秦军长首肯自己下放到边防点的事，刘天右的心就凉个彻底。也就是说，自己怕很难再有出头之日了，如果有一天调离这里，也得秦军长首肯才行，解铃还需系铃人的道理他懂。全军那么多干部战士，秦军长怎么又会想起他呢？此时的刘天右是空前绝后地绝望。

在忍不住想起付瑶的日子里，他便一遍遍地看付瑶的照片，一只手表、一张照片，是付瑶送给他的定情物。当初他收下照片是心安理得的，但手表对他来说太贵重了，他拒绝，付瑶还是执意送给他。提干后他一直想找机会送给付瑶一样贵重的礼物，可他一直没找到合适机会。手表就戴在他的手腕上，秒针走动的声音时刻提醒他付瑶的存在。照片是他心里另一种慰藉，付瑶冲他笑着，依旧那么美好和娇艳。军装上红色的领章衬托着她的面庞是那么鲜活。他盯着照片中的付瑶，仿佛自己又回到了军部那片小树林里。他知道，此时这些也只是个念想罢了，现实中的付瑶和他的距离越拉越大了。他又接过两次付瑶的来信，责怪他为什么不给她回信，说自己如何思念他。他从信上抬起头时，不给她回信的念头又坚定起来。他不想因为付瑶再给自己惹是生非了。他认命了，命里没有的不强求。他要做一个称职的排长，一步一个脚印地走下去。他又一次想到母亲和弟弟，他要努力让自己出息。

大风口是他们每次巡逻的必经之地，时间已进入五月份了，远山近岭的积雪已开始融化，露出山的本色，有几块石头后面还长出了草的嫩芽，毛茸茸的，打量着外面的世界。可大风口依然没有化冻的迹象，所谓的大风口就是两山夹着的一个峡谷。每次途经大风口，他们要从这个山坡下来，走过峡谷，再爬到对面那个山坡上去。大风口终年刮风，忽大忽小。马班长跟他介绍，每年最热的七八月份，大风口最高温度也不会超过十摄氏度。常年低温造成了大风口寸草不生。在外人看来再普通不过的一条峡谷，竟和外界差别如此之大。士兵们每天都要从这经过，久了，也就习以为常了。只是每次途经大风口时，士兵们都不由得加快脚步，争分夺秒地爬到对面山坡上。山坡是他们的休息点，几块石头散落在半山坡上。经历了大风口的冷风，到了暖阳处人们就放松下来，士兵会散坐在山坡上，啃几口干粮，喝几口水，有几个老兵凑在一起抽自卷的烟。

刘天右独自一人坐在一块石头上，手又下意识地伸到怀里，那里放着付瑶的照片，虽然他对付瑶已经死了心，可每天看几次付瑶的照片成了他的习惯，也是精神支柱。每每看到照片中的付瑶，他都在心里说：你现在还好吗？把我忘了吧，咱们不是一个世界的人。他一遍遍地问寻着照片中的人，自己知道，每看一次照片，就是对她的又一次诀别。

他晃神时突然一股风刮过来，照片脱手，风在刘天右面前打了个旋，裹着照片向大风口飘去。他在心里惊叫一声，追过去，士兵们不知发生了什么，也随着排长大呼小叫地追过来。一群士兵随着刘天右奔到了沟底，那股邪风似乎和他们开了个玩笑，慢慢悠悠地越过了界碑另一侧，连同付瑶的照片，又翻滚了几圈消失不见了。

刘天右几乎不敢相信眼前发生的一切，他瞠目结舌地望着界碑另一侧，照片早就不在他的视线范围内了。马班长气喘吁吁地跑到他身边问：排长，怎么了，发生了什么情况？

刘天右如同在梦里，什么也没说，冲士兵挥下手道：没什么，就是张纸片。他一步三回头地又带着士兵向坡上爬过去。

照片被风吹到了界碑另一侧，刘天右似乎丢了魂，他虽然不回付瑶的信，可在他心里一天也没有把她忘记，通过她的照片，依稀觉得他与她还有某种联系。在他心里，这不仅是张照片，还是他对付瑶所有的寄托。此时，照片被吹到界碑另一侧，心便空了。

巡逻队伍再往前走，就能看到界碑另一侧的一个瞭望塔，塔上有邻国士兵的身影。有时他们站在界碑这一侧，冲对面瞭望塔上的士兵挥挥手，对方也会回应，还伴有吹口哨和呼喊的声音。能在漫长的边界上看到个人影，虽然是邻国士兵，对他们来说也是很开心和放松的一件事了。

偶尔，他们也能和对面的巡逻士兵遇上，各自走在自己边境的一侧，他们相互打量着，挥手示意，露出友好的微笑。对方带队的是名少尉，年纪不大，个子高挑。马班长给他介绍道：那个少尉叫巴哈罗夫，在这里已经待了两年了。每次边防会晤都是他牵头，我还和他握过手。

巴哈罗夫少尉的确很年轻，一张娃娃脸让他更显得稚嫩。今天又碰到了对方的巡逻队伍，双方士兵们骚动起来，脸上挂着笑容，冲对方挥着手。巴哈罗夫少尉似乎也很高兴，不停地冲他们微笑招手，两支巡逻队相向而来，都尽量放慢自己的脚步，延长这次相遇的时间。终于见到人了，两支队伍都洋溢着快乐。唯有刘天右高兴不起来，心就像掉到一个无边无际的暗洞里。当巴哈罗夫少尉盯着他，露出礼节性微笑时，他脑海里仍想着那张遗失的照片，满腹心事的样子。巴哈罗夫扭过头认真地看了他一眼。

付瑶的照片丢失了，刘天右觉得自己的心也丢了。他不给付瑶回信是因为自己的自卑胆怯，来到大风口边防点，想象着付瑶以及她身后的秦军长，还有机关年轻干部对她的殷勤笑脸，这种自卑越发强烈。在宣传队时，他是乐器队的台柱子，尤其是在自己登台时，所有人的目光都集中在他身上，音乐响起那一刻，他变成了另外一个自己，然而他来到边防点后，那种自信早就随着大风口的风冷却了下来。风吹醒了他，他觉得自己无论如何也配不上付瑶。如果不是因为付瑶，自己也许不会沦落到边防点来巡逻，这么想过，他无论如何没有给她回信的勇气了。虽然思念，他也知道，有一天自己会冷却下来的，照片被风吹走，也许是天意，他这么想。

一晃“八一”就快到了。

方连长带着两匹马驮着给养来到了边防点，方连长还带来一个消息，第二天要和对面的巡逻队进行一次会晤。这样的会晤有很多级别，高级别的会晤是双方的边防团长见面磋商，一般团长出面，磋商的都是一些大事。

巡逻点会晤是最低级别会晤了，每年不定期有一两次，时间一般都安排在双方的节日里。这些情况都是马班长向刘天右介绍的。

方连长介绍说：这次会晤是巴哈罗夫少尉提出来的，理由有两个，第一个是祝贺我们的八一建军节，第二个是巴哈罗夫少尉要调走了。两条理由让这次会晤显得与众不同。方连长还特意带来了礼物，是送给巴哈罗夫少尉的。是一只风铃。这是方连长特意在扎烂屯镇上买的。

会晤的地点在大风口对面的山坡上，两支队伍同时走到界碑旁，他们列队面向而立，刘天右如此近距离地面对着对方的士兵还是第一次，他看见了巴哈罗夫少尉脸上的茸毛。巴哈罗夫孩子气地冲他眨着眼睛，方连长先是把风铃送给了巴哈罗夫，他一脸阳光地笑了，嘴里不停地说着：哈拉哨（好）。最后，双方相互敬礼，然后相互握手，简短的会晤仪式就宣告结束了。刘天右伸出了手，他面对的是巴哈罗夫，巴哈罗夫冲他又神秘地眨了下眼睛，刘天右发现手里多了件东西，巴哈罗夫固执地把他的手推回来，又冲他调皮地眨眨眼睛。双方士兵向后转，各自离开界碑，会晤也就到此结束了。

刘天右转过身时，低头看了下自己的右手心，竟是那张遗失的照片，付瑶在他手里熟悉地笑着。他没想过照片又回到他手里，他的心狂跳起来，他回头望去，巴哈罗夫正在向他招手，还竖起了一个大拇指，嘴里一叠声地说道：哈拉哨。不知是夸付瑶，还是夸自己收到的礼物。刘天右不知道巴哈罗夫是怎么知道这张照片是他丢失的，他是排长，对方拾到他们的东西，理应归还给他。这么想过了，刘天右的心便安了下来。

照片终于失而复得，那天晚上回到宿舍，刘天右把付瑶的照片放到桌子上，凝视了许久。最后把那张照片收起来，夹在日记本里。就像他向付瑶关闭的心一样，把记忆锁在瞬间，只是个念想了。他痛苦地闭上眼睛，有两滴泪流了出来。

再次巡逻时，偶遇对方的巡逻队，队列里少了巴哈罗夫，却多了一位满脸胡子的少尉。那个少尉不知姓名，却依旧友好的样子，冲他们招手，微笑。刘天右开始思念孩子样的巴哈罗夫了，他在心里默默地为巴哈罗夫祝福着。

日子又回到了从前，付瑶依旧每十天半月给他来一封信，每次在信中都淋漓地表达着思念，以及责问他为什么不给她回信……每次接到她的信，他的心就跟针扎了一样，有几次，他想提笔给她回信，信写到一半了，猛地醒了过来，又把写了一半的信撕掉，他看着手里的信纸一片又一片地碎裂，就像那颗敏感受伤的心灵，他忘不了付瑶，却没勇气给她回一封信，只能独自默默承受着这种煎熬。弟弟偶有来信，说今年的庄稼和收成，还有母亲的身体，每封信的后面都会加上一笔以母亲的口吻说的话：老大，你要早日进步，全家都指望你了。他看了弟弟的信，每次心都沉甸甸的，他想尽快忘却付瑶，却不能，他恨自己，更恨自己的命运。小小的巡逻点，被荒原包围了，他看不到尽头，就像看不到自己的前途。他不知什么时候才能离开这里。他知道，许多战士从参军就在这里，一直到复员。还有许多连长、排长也是如此，也许自己将和其他官兵一样，永无出头之日，然后复员转业。脑子里不时地闪现出付瑶的影子，她此时在干什么，是在值班，还是在看书？这么想了，心里就火辣辣的，不是个味。

最近，他在军区报纸上看到了一条系列报道，秦军长带着军部工作组在走访边防连队，每到一处都会有照片登在军区报上。有时在哨所，也有时在营房，他的身边是一群仰望他的干部战士。这是系列报道，题目就叫《秦军长边防万里行》。每期报纸到来，他都会看到秦军长又出现在了一个新地方。

他想，秦军长会来边防三团吗？会来到他的边防点吗？如果见到秦军长，秦军长会说什么？他不敢想象，摇摇头把杂乱的思绪摇走，日子又如以前了。

这一年的第一场雪来得比往年都要早一些，九月份一过，天就变了，纷纷扬扬的雪花从天而降，夜半时分，窗外刮起了大风，风在四野里呼嚎着。宿舍内的炉火已经升起，火苗窜动着。

一阵敲门声就在这时响起。刘天右出现在门外时，他看见了一个牧民，身穿皮袄，抖颤着胡须喊道：解放军同志，救救我的女儿呀。

士兵们认识这个牧民，平时都叫他斯琴老爹，是这一带离哨所最近的一个牧民，他有个女儿叫斯琴塔亚，爷俩一直在这一带放牧。

今天女儿没回来，遇到了暴风雪，斯琴老爹寻找到半夜仍没能找到自己女儿，只能到边防点求助了。

刘天右吹响了紧急集合哨，连同炊事员都跑了出来。他们出发，走进风雪中寻找斯琴塔亚连同那群一起走失的羊。

风叫着，雪下着，四周漆黑一团，只有士兵手里手电筒的光束在夜空中摇晃着，他们一边呼喊着斯琴塔亚的名字，一边在荒原上奔跑着。

刘天右是在黎明时分发现斯琴塔亚的，她和一群羊挤在一个山坳里，几乎被雪覆盖了，虽然有光亮，倘若这时没有那只刚出生的奶羊发出的叫声，仍然不会被人发现。士兵们已经分散开了，刘天右就一个人，他奔跑过去，在羊群中看见了蜷着身子和羊群挤在一起的斯琴塔亚。一个月前，他见过斯琴老爹和他的女儿。那天是个黄昏，他站在边防点篮球架下正在吹唢呐，士兵们围在他的周围。也许是唢呐声把爷俩吸引了过来，他们骑着马风驰电掣地过来，跳下马匹，来到士兵堆里，他们被刘天右的唢呐声吸引了。斯琴老爹看不出实际年龄，也许五十岁，或许六十岁，常年的日晒让他的脸孔饱经风霜，然而斯琴塔亚却有如草原上的一枝鲜花，她二十岁左右的样子，穿着蒙古族女人的传统服装，两条辫子又粗又长，目光如朝露似的灼人。

因斯琴老爹的到来，刘天右让士兵们生起了篝火，他吹了一曲又一曲，斯琴塔亚还跳了支蒙古舞蹈，她身材修长，动作优美。在刘天右眼里，斯琴塔亚的舞蹈比宣传队舞蹈演员跳得还好，也许蒙古族人天性就能歌善舞吧。那天直到深夜，篝火熄灭了，斯琴老爹才带着女儿骑上马离开。草原上留下一串由近及远的马蹄声。

此时的斯琴塔亚身子已经僵硬了，身上落满了雪，他伸出手在她面前，发现还有鼻息，他站起身来大喊：有人吗？有人吗？没人回答他，只有弱下去的风夹着雪在四周呜咽。他脱掉身上的大衣，把她裹起来，俯下身把她背在身上。

天光亮了一些，他辨别了下方向，向前走去，太阳一出来，风便小了，四周白茫茫一片，刺得他睁不开眼睛。他不知自己背着她走了多远。他最后听见了马蹄声，那是斯琴老爹催促着身下的马匹传来的狂乱的马蹄声。他身上的汗湿了棉衣，又干了，又湿了，来来回回已经不知道湿了多少次，干了多少次，耳畔只有自己沉重的喘息声。当斯琴老爹从他背上接过女儿时，他也瘫坐在了雪地上，被两个士兵架回到了边防点。

斯琴塔亚得救了，这件事发生的第三天，斯琴老爹和斯琴塔亚骑着马来到了他们的边防点，他们从马背上卸下了一只烤好的羊，还有一桶酒，他们是为了感谢救命恩人的。

斯琴塔亚看见刘天右，奔过来，扶着他的手臂一下子跪在了他的脚前，他还没反应过来，头便磕在了地上，嘴里说着：救命恩人，谢谢你。

他忙把她扶起来，此时的塔亚一双眼里含了泪，她继续说着：刘排长，你的恩情塔亚永世不忘。他望着热烈火辣的塔亚，不知怎么又想到了付瑶。

那天晚上，他们又一次点燃了篝火，塔亚唱了两首歌，跳了三支舞，他吹着唢呐伴奏着，斯琴老爹喝了许多酒，说了许多感谢的话。

刘天右救人的事迹传到了连里，两天后，方连长和指导员来到了边防点，为刘天右宣读了一份连嘉奖。连队的奖励权限仅限于嘉奖。方连长和指导员在边防点的篮球架下还和刘天右谈了一次话，说的大都是鼓励的话，希望他再接再厉把边防点带好。方连长告诉他，在三团的排长中，他最年轻，又是军机关下来的，只要坚持，一定会有希望。送走连长和指导员之后，他望着群山和草原，他不知道自己的前途在哪里。刚来边防点时，并没有马上进入角色，总觉得他的身份还是宣传队乐器分队的分队长，一天天过去，没有人再记着他以前的身份了，调回宣传队的想法也破灭了，他丢掉了这份幻想。

十月底，马班长接到了退伍的命令，命令是方连长打电话通知到了边防点，让马班长到连队集合，和全连的老兵一起复员。

一大早，马班长就收拾好了自己所有的东西，一件行李，还有一只提包，这是马班长当满五年兵后所有的家当。

刘天右集合了所有的士兵为马班长送行，连队派来了一个战士还有一匹马，马班长的行头放到了马背上。马班长刚才还有说有笑的，转过身时，脸上挂满了泪水，他依次地和朝夕相处的士兵拥抱着。轮到刘天右时，他拥抱马班长用了些力气，嘴里说道：马班长，到了家乡来封信。马班长低低地在他耳边说：排长，这里虽然苦，可我却舍不得走。一句话让刘天右的眼睛湿润了。他理解马班长对边防点的感情，这里虽然艰苦，却刻印着每个士兵的青春。他举起手向马班长敬礼，所有人为老兵举起了右手。马班长咬着牙强忍泪水，狠狠地还礼，然后头也不回地跟着连队战士牵着的那匹马走了。快走到视线尽头，马班长又回过一次身，举起了右手，向战友和他生活过的边防点敬最后一个军礼。

刘天右想大哭一场，他想起了朝夕相处的马老兵的点点滴滴。他们是同年兵，在一起时就多了许多话题。马老兵也来自农村，当兵时才第一次坐火车，他见过最大的城市就是团部所在地扎烂屯镇。马班长对城市很好奇，他一遍遍地打听省城的样子，刘天右向他描绘着街道、楼房、汽车……马班长就仰起头，想象着高楼的样子。刘天右还跟他说军部的办公楼，还有那些热闹的男兵女兵，每天早晨出操都挤满了操场，马班长露出羡慕的眼神，神往地说：排长，我从没见过这么多人，那多威武哇。他一遍遍地描绘着，马班长一次次津津有味地听着，回味着。久了，刘天右觉得每一次描绘都增加了许多自己幻想的成分，融入了他对军部和宣传队的思念。他想郭队长，想念宣传队的每个战友，想军部大院内的一草一木，还有让他刻骨铭心的那片树林，一切一切，军部都给他留下了太多的美好回忆。

每次刘天右这么描绘，马班长都咂着嘴说：排长，我是没那个福气了，我最大的愿望是复员那天，在扎烂屯镇逛一逛，我就满足了。

那天，刘天右解散为马班长送行的队伍，回到了宿舍，摇通了连部的电话，他冲方连长说：连长，我替马班长请求，给他一天假期，在扎烂屯镇逛逛街吧。他说这话时，眼泪又快流出来了。方连长语气凝重，沉吟道：我们已经安排了，这些老兵一参军就到了边防点，再也没走出去过，连里要犒劳他们，由指导员陪着去扎烂屯镇洗次澡，看电影……这是对边防点老兵最好的奖励了。他想象着马班长在扎烂屯逛街时高兴又满足的样子。

那天巡逻队伍回来得早，天还没黑，斯琴老爹牵着两匹马已经等在院内了，见到刘天右不由分说便让他上马。刘天右不知发生了什么，斯琴老爹笑眯眯又不容置疑地说：刘排长，跟我走。说完打马就奔驰起来。刘天右就是和斯琴老爹学会骑马的。有几次，他们巡逻，斯琴老爹和塔亚也一边放牧一边伴行。边防点的士兵许多人都会骑马，师傅自然都是斯琴老爹。

斯琴老爹一直把他带到了自己的帐篷里，牧民没有固定的居所，牛羊到了哪里，哪里便是家。

塔亚正在蒙古包前烤羊，她今天换上了一套崭新的蒙古族服装，样子很鲜艳，她抿着嘴害羞地冲刘天右笑，斯琴老爹把他让到蒙古包里，里面已经摆好了奶茶和倒满酒的杯子。两人刚坐下，塔亚把一盘烤好的羊肉端了进来，她低着头，似乎不敢正视刘天右。

斯琴老爹就端起酒杯道：你是塔亚的救命恩人，我斯琴永生不忘。老爹喝酒，一饮而尽。

刘天右知道牧民喝酒的习惯，敬的酒一定要干杯，不然主人会不高兴。他只能喝下去，火辣辣的苞谷酒让刘天右一下子浑身发热。

斯琴老爹很高兴，叫来了塔亚，塔亚跪坐在桌前，为两人添酒添茶。斯琴老爹今天的话很多，很稠，但说的都是塔亚。塔亚的母亲几年前病死了，自己带着女儿，塔亚小的时候在牧民学校读到了小学毕业。女儿如今二十岁了，女儿就是自己全部的希望，自己像爱护明珠一样爱护着女儿。父亲说这些时，塔亚并不说话，低垂着眼睛默默地听着。

斯琴老爹就一遍遍地说：刘排长，你是恩人呢，没有你塔亚也许就不在了。

他只能说些祝福的话。浓烈的苞谷酒让他头晕目眩。

斯琴老爹又说：刘排长，你是军官，我知道你们部队上的规矩，军官就可以搞对象了。刘排长，有对象了吗？

斯琴老爹这么问，他脑子里瞬间闪过付瑶，他心疼了一下，面对斯琴老爹的问询，他只能摇摇头，斯琴老爹更开心了，为他们各自倒满了酒。又一杯苞谷酒下肚，他觉得自己快支撑不住了。

不知何时，斯琴老爹出去了，蒙古包里一下子安静下来，塔亚跪坐在自己的面前，摊开的蒙古袍的裙摆碰到了他的腿上。桌子上的油灯忽闪着，他再抬头时，塔亚已经仰起了脸，灯影里她的目光是那么娇羞，水汪汪的眼睛正深情地望着他，她的嘴唇饱满线条分明，像一颗鲜艳欲滴熟透的果子。在那一瞬间，他有一些错乱，付瑶的笑脸和塔亚的脸重叠在一起，他伸出手，几乎碰到了她的肩膀，她闭上了眼睛，沉醉迷离地等待着他……手伸出一半，他清醒过来，眼前的脸不是付瑶，她是塔亚，她仍微闭着眼，等待幸福的那一刻到来。从进门到现在，他才明白斯琴老爹的用意，牧民从不拐弯抹角，这一刻，清醒过来的刘天右忙站起身，他看到塔亚惊慌失措地睁开了眼睛。他在蒙古包门前慌乱地穿上鞋，奔出去。他看到了蒙古包前拴着的两匹马，他牵过一匹，翻身上马。直到这时，他才看清不远处歪脖树下坐着的斯琴老爹，他正在那里吸烟，他冲斯琴老爹喊了一声：明天把你的马送回来。

马蹄声打碎这宁静的夜晚，他回到边防点，拴好马匹，心还在狂跳不止。那天晚上，他久久不能入眠，睁眼闭眼都是塔亚那张渴望的脸。他承认塔亚是个纯洁善良的姑娘，可他不能。他想起了母亲说过的话：天右，你出息了，以后在大城市找个媳妇，让我和你弟也沾光……他知道，自己不能和塔亚有什么。

这件事过去许久，刘天右的心也无法平静。塔亚是个干净的姑娘，她就像山头上一朵正在绽放的野花，奔放热烈。可她却是牧民的女儿，他想起了母亲和弟弟，以及全村的老少，他们盼望着他进步，为刘家为全村增光添彩。他提干之后，再也没想过会找一个农村或牧民姑娘。他要在城里扎下根，为了自己，也为了他的亲人们。他知道，自己这么做辜负了斯琴老爹和塔亚对他的感情，但他别无选择。

从那以后，斯琴老爹和塔亚再也没有出现过，他们一定是换了一个地方去放牧了。他们一定很伤心。许久之后，刘天右仍忘不掉塔亚那张失望惊慌的脸。他在心里一遍遍为他们祝福着，希望塔亚找到心上人，更希望斯琴老爹身体健康。

在以后巡逻的日子里，没有塔亚和她那匹马相伴了，清脆的马蹄声和银铃般的笑声，也消失不见了。边防点的士兵觉得缺了什么，总是在巡逻时，不断地扭过头在寻找着，四周杳无人迹，只有一只孤独的苍鹰在天空下盘旋。

刘天右的心也空落落的，塔亚是他见过的最纯真的女孩，许久之后，她的笑声和天真的笑容仍不时地在他脑海中浮现。他脑子里甚至冒出了些奇怪的念头，倘若塔亚生活在大城市里该多好哇。想到塔亚，就又想到了斯琴老爹，善良的老人，大碗喝酒，朗声大笑。和他们交往，就像行走在草原上，坦荡无垠，心境也是天高地阔。

秦军长要来边防点的消息，刘天右是在方连长的电话中接到的。方连长还急迫地告诉他，秦军长的车队已经出发了，让他们做好准备。

他放下电话，愣怔了几秒，这段时间，他一直关注着军区报纸，秦军长边疆行的报道还在继续。他之前想过，秦军长也许有一天会来到边防三团，可一个团的边防点那么多，他做梦也不会想到秦军长真的会来到大风口边防点。他不知道这次秦军长来，对自己意味着什么。他把战士们集合到房前的空地上，把这消息告诉了战士们，连长让他们有所准备。小小的边防点又有什么可准备的呢，一排房子，早已里外打扫干净了，屋后瞭望塔上的国旗正在风中飘扬。他站在队列中，等待着秦军长的到来。

刘天右再抬眼时，远处的土路上腾起一片灰尘，然后是汽车的马达声，所有人的目光都被驶来的三辆吉普车所吸引了。

车停了，首先下来的是秦军长，还有从后面车上跑过来的一个中年军官。中年军官四十出头的样子，脸刮得铁青。铁青军官上前一步引领着秦军长向边防点走来，后面随着拿相机的军人，还有几个参谋模样的人。刘天右看到拿相机的军人就想：这应该就是记者了。秦军长边疆行的报道应该就出自这些记者之手。

他冲自己的士兵喊了一声立正的口令，迎接着秦军长的检查队伍。那一刻他有些慌乱，在他眼里，秦军长和当参谋长时有些不一样了，他的表情更加严肃，鬓边的白发又多了几许。他看到秦军长又想到了付瑶，秦军长又怎么看他，是装作认识，还是不认识？他不知道秦军长怎么对他，他只能立正站在原地，他面对的是一军之长，他是边防三团边防点的一名小小排长。这身份相差十万八千里。

他看见秦军长的目光由远及近地望着，秦军长一定看到了那排木格楞营房，还有房顶上冒出的炊烟，门前那半块篮球场，以及即将倒下的篮球架。除了这些，大风口边防点真的什么都没有了。秦军长把目光收回来落在他的脸上、身上，他挺立地站在那里，望着既熟悉又陌生的秦军长，心里却翻江倒海。

秦军长的目光定在他脸上，表情也松动了些，秦军长向他走了一步，又停下。秦军长叫了一声：刘天右。他应了声：到，报告军长，大风口边防点集合完毕，请你指示。他的报告是队列程序，从新兵到分队长又到排长，他对这一切早已烂熟于心。

秦军长向他走来，伸出了手，刘天右做梦也没想到，秦军长不仅叫了他的名字还和他主动握手。他又想起了第一次和秦军长握手的情景，那是他第一次登台演出，为欢送他们这批新兵结业奔赴老连队，在后台口秦军长也是这么握住了他的手。

秦军长的目光和他对视了一眼，他们身旁记者的相机快门声响个不停。秦军长放下他的手，转过身叫了声：胡团长。陪同秦军长的那个中年军官立正道：胡又钢在。在秦军长面前，他的样子就像一名士兵。

刘天右早就听过胡又钢的名字，他是他们团的团长，可从到三团报到，一直到边防点，他还是第一次见到自己的团长。

此时的胡团长像名士兵似的立在军长面前，秦军长指了一下刘天右说：胡团长，你知道刘排长吧？

胡团长望了眼刘天右，马上把目光又投到秦军长的脸上道：报告军长，他叫刘天右，一年半前由军里分配过来的。

秦军长点点头，又摇摇头，踱了两步，他的目光由远及近地又收回来：以前刘天右是军部宣传队的分队长，他可是个人才，曾在军区获过奖，还荣立过三等功。

胡团长的身子动了一下，若有所思的样子。他想起一年前，接到秦军长夫人王香梅的电话后，他派出了两名干事，在火车站把付瑶拦下，又强行送回到了军部。他不知道付瑶为什么要来他们边防三团，也不知道王香梅为什么要阻止付瑶来边防三团。机关的两个干事执行完任务之后，只向他汇报完成了任务，但任务的后果是什么，他压根没有问，只当成了一个小插曲。此时，见秦军长这么问，看到了眼前的刘天右，他马上联想到了付瑶。

他上前一步给秦军长敬了个军礼道：报告军长，我向你检讨，刘天右排长我还没有和他谈过话。大风口边防点我已经有两年没来了。全团一百三十五个边防点，每三年我们团领导才能走一遍。

秦军长似乎并不在意胡团长的检讨，嘴里喃喃地说：刘天右可是个人才。转过头冲刘天右道：刘排长，我好久没听你吹唢呐了，要是可以，麻烦你再表演一次。

刘天右没料到秦军长会这么指示他，又用的是商量口气，他跑步回到了宿舍，从墙上摘下了从军部带来的那支唢呐。他又一次站到了秦军长面前，立定之后，他吹出了第一个音符。音符一出，他自己也吓了一跳，他竟吹奏的是那首《九九艳阳天》，电影《柳堡的故事》里的插曲。以前在演出时，他应战士的邀请也吹奏过。他到了边防点之后，吹奏最多的就是这支曲子，欢快明亮的曲子背后有种淡淡的忧伤，每次吹这支曲子他就会想起付瑶，想起他夭折的爱情。此刻，天空晴朗，有一只苍鹰在天际处飞翔，地上的草正茂盛，七八月份是大风口边防点最优美的时候，他的唢呐声在静谧的天空下是那么悠远。

一曲终了，刘天右看见秦军长背着手，把目光投向了远方，似乎在欣赏也似乎被这曲调所陶醉。吹完一曲的刘天右，举着唢呐望向秦军长，他有些后悔当着秦军长的面吹这支曲子，他可以吹冲锋号，吹《战友之歌》，那种适合部队阳刚向上的曲子，此时的刘天右懊恼不已。

秦军长在刘天右一曲终了之后，收回目光，他的目光中多了几缕柔情。他走上前两步，又上下打量了一下刘天右，拍了拍他的肩膀道：刘排长，大风口哨所虽然艰苦，但是你一定会一生受用。说完，秦军长收回手，转身向前走去。众人紧紧跟上，一行人上了车。

刘天右不知道，他自己放弃了和付瑶的爱情，付瑶却一直在坚持着。刘天右刚到部队不久，付瑶利用休假登上了通往边防三团的火车，是王香梅发现付瑶失踪的，她的预感就是付瑶去了边防三团，她火速接通了边防三团的电话。三天之后，付瑶果然被边防三团的两名干事送回到了军部。直到这时，王香梅才如释重负。秦军长和王香梅不一样，在他的内心里，他同情刘天右和付瑶的爱情。他每次想到刘天右都会想到自己的出身，参军前，他是个放羊的穷小子。是革命历练了他从一名普通司号员成长为一军之长。他和王香梅组成家庭，起初的日子是幸福的，直到儿子陈三斤的出现，家里往昔的平静被打破了。因为陈三斤，他又想起了那个碎花衣服的女人，一想起前妻，心里便不是个味。

有一次，陈三斤又来到家里，一进门就红了眼圈，叫了声：爹，我娘没了。在这之前，陈三斤一直想把自己的娘带到城里来，让他再看一看。当时，他没否定也没肯定，陈三斤的娘毕竟是他结发妻子，他不敢想象这些年那个穿碎花衣服的女人是怎么过来的。他有愧于那个女人，还有眼前的儿子。

那个在他记忆里模糊的女人终于走了，陈三斤留给他一张照片，是一家人的合影。女人抱着最小的三毛，另两个孙子一左一右地站在女人两侧，陈三斤站在母亲身后，张大嘴巴似乎在笑。那个女人干瘦如柴，穿了件青色布衣，目光浑浊空洞地望着前方。显然，照片中这个女人就是他前妻了。他从儿子嘴里得知她死了，瞬间，他的心里被杂草一样的东西塞满了。在大风口边防点见到刘天右，秦军长心绪也是复杂的，他觉得对不住刘天右，不是因为这里的艰苦，而是他和付瑶的爱情，虽然他不是拆散他们的主谋，但却是个帮凶。

秦军长离开后的一周，胡团长带着方连长一行又来到了大风口边防点。在宿舍里坐了坐，又走到瞭望塔上看了看目光所及的边境线，最后胡团长单独找刘天右谈了一次话。两人站在半块篮球场上，胡团长一只手扶着即将歪倒的篮球架。

胡团长说：刘排长，秦军长说得对，艰苦的环境下才能出真正的士兵。

这是刘天右第一次如此近距离地面对自己的团长，他保持立正姿势，答道：团长，你的工作忙，能来到大风口边防点看望我们，我代表全排的官兵向你表示感谢。这个话，在胡团长刚来时，他已经讲过一遍了。此时，他真不知怎样向胡团长表达了。

胡团长又说：秦军长都说了，你是军里的才子，怪我以前对你关心不够。胡团长说完用目光探究地望了眼刘天右。秦军长虽没有道明和刘天右的关系，但秦军长走后，他就意识到秦军长养女和刘天右的关系了，也大致明白刘天右为什么调到他们边防三团了。

胡团长拍一拍他的肩膀道：天右，好好干，是人才就不会被埋没的。

刘天右挺了下身子，真诚地望着胡团长。

胡团长走后，大风口边防点又恢复到了往日的平静。

哨所又一次落雪时，刘天右接到了团部的任命。他被任命为十三连的副连长。

8

第八章

军区文工团

刘天右告别了生活了一年半的大风口边防点，来到了十三连连部。他到十三连报到时，曾在连部住过一晚，这里不仅是连部所在地，还驻扎着另外一个排，和其他哨所比起来，连部显得热闹了许多。这里有两排房子，围成了一个院落，有院墙，有门岗。沙土铺成的院子此时已落满了积雪。

他是主管后勤的副连长，经常带着一名战士，牵着那两匹老马到连属的边防点送给养，也给边防点带去报纸和信件。士兵们最开心的就是收到信件，他们每到一处，都被战士们热情地围上，在他身上的信件包里哄抢信件。他看着战士们幸福又急切的样子，便想到了自己。几天前接到郭队长的来信，郭队长在信中告诉他，部队马上开始裁军了，估计宣传队保不住了，他们将集体离开。信中还告诉他，付瑶已经调到省军区医院工作了。听说找了个男朋友，是军区医院的医生，姓宋。付瑶已经好久不给他来信了，在这之前，他怕她来信，又盼着她来信，他在矛盾中折磨着自己，听郭队长说，她已找了男朋友，心还是被重重地击了一下。那天他跑到连部外的空地上，哭了许久，一直到风把他眼泪吹干。他只能认命了，不认命又能怎样，本来他和付瑶就不是一种人。他在心里只能默默地为付瑶祝福了。

关于部队裁军的事已不是什么新闻了，他早在两个月前的报纸上就看到了这条消息，现在报纸的宣传都是关于百万大裁军的消息。

郭队长告诉他宣传队保不住了，马上要被减编了。得到郭队长的消息，他心一下子凉了半截，他一直认为宣传队才是他的家。此时，宣传队不复存在了，他只能把边防点当成自己的家了。他已经熟悉并习惯了这里的一切，偶尔想起在宣传队的三年多时光，仿佛已经是久远的往事了。

他知道这次能提拔当上副连长，都是因为秦军长的到来，让团首长有了一个了解自己的机会，他在心里感激着秦军长。他知道，部队不论如何减编，边防点是不会裁掉的，漫长的边防线，矗立在边防线上的界碑是需要士兵守卫的。想起即将被撤编的宣传队，他又开始暗自庆幸。如果没有来边防三团，自己也将在这次裁编之列，和郭队长一样，也将卷铺盖转业走人了，真是此一时彼一时。他又为郭队长的命运抱不平，郭队长的最大愿望就是当上营职干部，只有到那时，他才可以让老婆孩子随军。郭队长的随军梦随着裁军的到来也破灭了。

母亲和弟弟得知了他被提升副连长的消息，弟弟以母亲的口吻又给自己写来了一封信。母亲对他的前途充满了鼓励和希望，接到母亲的信，他并没有真心高兴起来，他知道自己未来的路还很漫长，也许有一天自己会当连长，会调到团部队。调到那里又如何呢，铁打的营盘流水的兵，自己迟早有一天也会转业的。他想起郭队长，还有那些朝夕相处的宣传队战友，心里不免又难过了一次。

一天中午，他刚和一名战士牵着马走回连部，就看见站在连部门口的方连长火急火燎地冲自己招手。他走过去，方连长一把握住了他的手，从认识方连长那天开始，方连长还没有对他如此热情过。方连长把他拉到连部办公桌前坐下，还亲自为他倒了杯水，水杯里还加了一撮茶叶末子。方连长脸上挂着前所未有的热情和微笑道：天右副连长，你是个高人呢！他不解地望着方连长，希望在方连长脸上读出某种信息，方连长坐在他对面喜气洋洋地说：刘副连长，你高升了，以后千万别忘了兄弟呀。方连长这么说，他更加云里雾里，自己就任副连长的职务满打满算也不过两三个月时间，自己怎么可能再高升呢。他见方连长这么说，忙摆了摆手说：连长，你可别拿我开玩笑，我还想在咱们十三连扎根呢。

方连长这才收住笑，认真地说：我接到团政治处通知，你被调到军区文工团工作了。让你即刻报到，团里接你的车估计已经在路上了。

刘天右得知这一消息时，怔了足有十几秒钟，这条消息对他来说是做梦也没想到的。当他得知宣传队即将撤销的消息后，他把自己调回军部的最后希望从脑子里抹去了，心里已把边防连当成自己的家了。军区是什么概念，他荣获军区汇演吹奏比赛一等奖时，都不敢想和军区文工团有半点关系。军区文工团里都是专业演员，卧虎藏龙，他一个普通的军部宣传队的队员怎么敢有如此的想法，而且这条消息来得如此突然，他因此云里雾里地飘了好长一阵子。

团部接他的车还是如期到了，这次不是送给养的卡车了，而是团部首长坐的吉普车。当他坐上吉普车时，方连长带着所有官兵站在车下为他送行。当他坐着的车驶离十三连大门时，他回头凝望，突然眼里涌出泪水，默默地抬起手，隔着车窗向战友和连队敬礼。此刻，他是由衷的，虽然来到边防连时间不长，边防连带给了他许多不一样的东西，沉甸甸地装在他心里。许久，他才扭过头，看见车窗外又飘起了雪。

以前在宣传队参加比赛时来过两次军区文工团，坐落在省城中心的一所驻军院里，是一栋四层小楼，楼的墙上爬满了树藤，古色古香的样子。在小楼的后院，是各种练功房和排练场所。

直到见到文工团乐队的侯队长他才如梦方醒。侯队长可以说是他这次调动的大贵人。他在当新兵时就认识侯队长，那会儿侯队长还不是队长，但在军区乐队也是个人物了，吹拉弹唱样样精通。以前军宣传队请侯队长来军里辅导过他们的业务，那会儿侯队长就很欣赏刘天右，经常拍着他的肩膀说：天右好好努力，以后争取调到军区来。他当时只把侯队长这话当成了一种鼓励。

那次军区乐器汇演时，侯队长就已经是队长了，他还是那次汇演吹奏乐器比赛的评委之一，就是侯队长上台为他颁的奖。当时侯队长握着他的手说了许多鼓励的话。

这次裁军，侯队长突然想起了刘天右，这么优秀的乐器人才被减编复员太可惜了，于是他向文工团打报告希望把刘天右调到军区。军区文工团也在做裁员，许多老文工团员不能登台演出的也都在这次裁员之列，正好空出个位置，这才有了刘天右做梦也没想到的好事。

侯队长听了刘天右这两年的经历也一阵唏嘘，他替刘天右惋惜错失了两年的大好时光，也庆幸他终于调到了专业演出团体。

他见到郭队长时，是他调到军区文工团一个月以后的事了，一个月的时间，他已经熟悉并习惯了文工团的节奏。和那些他崇拜已久的演员同台，他感到既欣慰又幸福。他的演奏水平也在慢慢地恢复之中。郭队长已被宣布转业了，摘去领章帽徽的郭队长到文工团是和各位老师告别的，军部和军区都在省城里，相距并不远，郭队长是宣传队的老人了，军区文工团有许多老朋友。郭队长告别了一圈，最后找到了刘天右，他拉着刘天右的手百感交集，刘天右一直把郭队长当成恩人。如果没有郭队长把他从靠山屯接出来，就不会有他的今天。两人在刘天右的宿舍里说了许多离别的话，最后郭队长要告辞了，突然想起了什么似的问：你没见到付瑶吗？他摇摇头，自从得知付瑶调到军区医院，又有了一位姓宋的男朋友，他努力着把她忘掉，却不时地又在他脑海里出现，他安慰自己道：就把这当成一场梦吧。他调到军区文工团，潜意识里他真希望能再一次见到付瑶，哪怕远远地看上一眼。郭队长这么说，他这种想法又强烈起来。郭队长见他不说话，低声道：天右，把付瑶忘掉吧，她和你不是一种人，你要靠自己的本事长大成人，边防连的生活让你变了，但别忘了铁打的营盘流水的兵，不论到哪，像咱们这种人，都要靠本事吃饭。天右想起当初离开宣传队时郭队长对他说过的话：下连队也许不是一件坏事。现在他才体会到这句话的含义。

恩人郭队长走了，但他的话却落到了自己的心间。他又想到了在边防十三连那两年时间，他一肚子苦闷却无人诉说，只能对着春夏秋冬的满天繁星寄托着自己的衷肠。他连最坏的想法都有了，在边防连扎根生活一辈子，之前做梦也没想到，他又回到了省城，凭本事吃饭，命运在自己手里。

他果然又见到了付瑶，那是一天的黄昏。在部队营区里，他看见付瑶随着一个戴眼镜的青年军官，两人成双入对地往家属院方向走去。他当时正站在一棵树下，准备去寄一封给母亲写的信，付瑶随着眼镜男从斜对面走来，付瑶显然没有看见他，低声地和那个眼镜男说着什么。付瑶似乎还是两年前的样子，只是脸上多了些许的端庄。他看见付瑶，下意识让自己躲到一棵树后，远远地看着付瑶和那个男人向家属院方向走去。

那一刻，不知为什么，他沉静下去的心，仿佛被人丢了一块大石头，一波波涟漪拍打着他的心。眼镜男显然就是郭队长说过的宋医生。他忍不住拐弯抹角地向侯队长打听宋医生，侯队长显然不知道他和付瑶的插曲，告诉他，军区总院的宋医生的父亲是军区的一位部长。当他得知宋医生的家庭后，一股悲愤的情绪在心里弥漫开来，以前付瑶在信里对他的海誓山盟都化作了乌有。是的，他就是一个农村孩子，除了自己的勤奋努力之外，便什么都没有了。但他不甘心，有股说不清道不明的情绪在心底里燃起来。有股火焰让他浑身上下充满了一种莫名的力量。

刘天右又一次见到付瑶时，是在一天的晚饭后，天还没有黑，刘天右正在马路上跑步，迎面看到走过来的付瑶，今天她穿了身便装，手里提了两个袋子，里面装着大红的被罩。她刚从商场回来，去采购结婚用品。刘天右看见她时，她也看见了刘天右，她惊愕地立住脚，睁圆了一双吃惊的眼睛。刘天右调到军区文工团她并不知情，刘天右调到边防三团之后，她一直在给他写信，在一年半的时间里，她给他写过无数封信，他的地址是她在一个宣传队员那得到的，可她并没有收到刘天右的哪怕只言片语。她不知道刘天右这样做到底为了什么，她还曾去过边防三团，希望见到他。可是被三团两名干事给拦住，又送了回来。这一年多的时间里，她哭过无数次，想象着他不回信的理由。后来母亲强行让她调到军区总院。她心灰意冷，任凭母亲摆布了，没有爱情支撑，反抗又有何意义呢。没多久，在母亲王香梅的号召下，熟悉不熟悉的人开始给她介绍男朋友，首选便是军区宋部长的儿子宋一达，一名戴眼镜的外科医生。事已至此，她只能去见了，在她的心里，除刘天右之外，其他的男人并无二致。见过之后她没说好也没说不好，在母亲的眼里这就是默认了。

两家人见了面，军区宋部长和秦军长喜结亲家的消息在军区内外便传开了。在外人眼里，他们是那么般配的一对。在整个交往过程中，宋一达无疑是主动的一方，他经常约付瑶去吃饭，看电影，去家里见父母，无非是恋爱之初最通常的一些做法。麻木的付瑶像木偶一样被牵着走，她不拒绝也不迎合，一切都是顺其自然的样子，最近他们在张罗结婚，新房已布置好了，就在宋部长家里。今天医院下班后，宋一达本来说好和她一起去商场购买早就看好的被面，刚出医院大门又被叫了回去，有台急诊的手术等着他去做。付瑶只能一个人去商场了，她做梦也没想到在这里却见到了刘天右。

她确信眼前的男人就是刘天右，她还看见一串汗珠从刘天右的额头滚落下来，她下意识地叫了一声：师傅。

刘天右又听到了这声熟悉的称呼，他定住脚，在离她两米开外的地方望着付瑶，他下意识地又望了眼提在付瑶手里的大红被面。他勉强挤出一丝笑意道：听说你要结婚了。

付瑶似乎想把那两套被面藏到身后，手臂移了一半又停住了，她说：什么时候调这来的？

他说：快两个月了。接着又补充道：祝贺你呀。

付瑶的眼圈突然红了，她再用力地看了眼刘天右，别过身向家属楼方向走去。

刘天右被调到边防三团她一直怨恨母亲，怪母亲不该这样做，对无形中给刘天右带来的伤害她也深感不安。如果没有她的出现，刘天右会在宣传队生活得好好的。她下定决心去看他，却被边防三团截回来，她也知道这是母亲的授意，生活在这个家庭里，她只感到压抑，她想逃离却没有办法。调到军区总院后，她借此搬离了自己的家，住到了医院宿舍里，虽然是集体宿舍，但她也觉得自由和快乐。后来又认识了宋一达，甚至准备和这个男人结婚。在这之前她一直不理解刘天右为什么不回她的信，思念变成了恨，最后在心里结成了网。可见到刘天右那一刻，她在心里积攒起来的恨又土崩瓦解了。她快速离开，她怕自己在刘天右面前哭出声来。

她之前已下定决心，只要刘天右不离她就不弃，她甚至做好了调到边防三团的打算。那时，她心里只有一个信念，为了爱情她可以什么都不管，只要和刘天右在一起。但现在早已物是人非了，她就要结婚了，和一个自己并不爱的男人，一切恍如一场梦。

刘天右看着付瑶那熟悉的身影从自己的面前消失，心里涌过一阵莫名的失落。他在大风口边防点时，无数次想过和付瑶再见面的情景，可他从没想到竟是在这样的地点和情形下相见。他在原地立了好久，最后才拖着沉重的脚步向文工团宿舍走去。得知付瑶要结婚的消息时，他已心如止水了，以为付瑶再也不会在他心中激起任何涟漪了，不料想，刘天右的内心又一次惊涛拍岸了，他知道一切只能留在心里了。

文工团舞蹈队的吴小红最近有事没事总来找刘天右聊天。刘天右和乐器队的另一个小伙子住在一个宿舍里，那小伙子姓韩，吹长管的，最近刚谈了一个女朋友，平时很少在宿舍待着。

吴小红年纪和刘天右相仿，却是文工团的老资格了，十二岁入伍就在舞蹈队，最初入伍时她的身份是战士学员，五年后，十七岁就提干了，她现在是名副连级舞蹈队员。吴小红和所有舞蹈队员一样，身材娇好，一双跳舞的腿结实饱满，她经常迈着那双结实修长的腿敲开刘天右宿舍的门。往往此时，刘天右正坐在桌前背乐谱。他珍惜这次调到军区文工团的机会，文工团所有的人都是专业的，唯有他是业余出身，他不想辜负侯队长对他的栽培，他努力让自己在强手如林的文工团站稳脚跟。

之前，侯队长介绍过吴小红，她的父亲以前也是军区的一名二级部长，前两年到部队任职，现在是某军的副政委。他到了文工团之后，竟发现大部分人的出身都是干部家庭，有的是部队，有的在地方，不是干部家庭的那些人，也大都是知识分子，医生教授什么的，农村出身的几乎就他一个人。了解了这些人的身世后，浓烈的自卑感又一次把他笼罩了，同宿舍的小韩也问过他的家庭，他含混着，面对着出身优越的战友和同事，他没有勇气报出自己来自哪个县，哪个乡，甚至哪个村。

他的自卑让他从来不和文工团的女演员主动搭讪，他认为她们是属于另外一个世界的，这些女演员不仅年轻漂亮，还有她们显赫的家庭背景。付瑶事件是他最好的教训，他对靓丽的她们只能敬而远之，包括吴小红在内。吴小红是文工团舞蹈演员里的台柱子，年纪不大，已经获过几次全军文艺汇演大奖了，军区文工团每次汇演都是去北京。她现在是文工团独舞不二人选。能跳独舞，一个人把整个舞台撑起来，不是所有舞蹈演员都能做到的，况且吴小红的父亲还是副军职干部，私下里，他越加对她敬而远之了。

吴小红每次来找他时，都是刚刚洗过澡，身上散发着洗发香波的气味，无拘无束地坐在他的床头，微笑地冲他说：刘天右，你怎么这么高傲呢，平时话都不说。

他只浅笑一下，吴小红误把他的自卑当成了高傲。他不知说什么，目光仍盯着眼前的乐谱。吴小红伸出手把他的乐谱抽走，嗔怪道：刘天右，没你这么骄傲的，怎么谁都不理啊。

他笑笑，也只能笑笑，然后在心里发着出人头地的狠劲，这些优秀的高干子弟不会懂他的心思。

吴小红随意地拍了一下他肩膀道：团里的姑娘你是不是谁也没看上？

他忙摇头，心里悲哀地想：我是地球人，你们是火星人。

吴小红就神秘地说：听说你在边防连巡逻过，天天能和邻国士兵打照面，你说说巡逻的事呗。

在她们眼里，巡逻是件好玩的事，他又想到了大雪纷飞的边境线上，一支巡逻的队伍在艰难行走，眼前没有高楼大厦，只有望不见尽头的雪山和草原。他此时，已没有叙说边境线的心境了，只搪塞地说：以后有机会到边境线上演出，你们会感受到的。

吴小红对刘天右的话并不在意，歪着头又问：咱们团的女队员给你起了个外号，你听说了吗？

他瞟一眼吴小红又马上转移了视线，摇摇头。

吴小红一笑：冷漠王子。说完咯咯地笑了起来。

刘天右也觉得好笑，她们竟把他的自卑当成了高傲，只有他自己清楚，他只是不想浪费自己的热情罢了。

吴小红喋喋不休地说：我们都猜，你一定是爱上了邻国女兵了，他们国家的女兵是不是特别漂亮？

天方夜谭的猜想，他只能苦笑了。

吴小红有些不耐烦了：说你是块石头，你还真是石头哇。说完把放在自己腿上的乐谱丢到他面前，气哼哼地走了。

过两天，她又会找到刘天右问长问短，大部分时间都是吴小红在说，他在听，用最短的话语回答她的问话，更多时候回报以苦笑。

一天傍晚，他又在营区跑步，碰到了遛弯的侯队长。侯队长现在是团职干部，也住在家属区里。他见到侯队长，便陪侯队长一起散步。

侯队长说：天右，年龄不小了，该谈个恋爱了。

他笑一笑，又下意识地想起付瑶，他不知付瑶的婚礼是何时举行。

侯队长说：你们郭队长介绍过你的情况，大山沟里能熬到现在不容易。听说咱们部队还要第二次军改，裁军一百万分三年完成，现在才过去一半，要那时候咱们文工团被裁掉，你在这里连个根都没有，还得回老家。

这句话让刘天右心动了，最近弟弟给他写信母亲都在问他的个人问题，希望他早日成家。弟弟每次都喜气洋洋地在信中说：哥，等你在城里有了家，我带着妈就去城里看你。让妈也过几天城里人的日子……他每次接到家信都想哭。能在城里安个家，是他毕生的追求。侯队长和他聊完的那天晚上，他几乎又是一夜没睡，在城里成家的愿望越发地强烈起来，可自己又该找一个什么样的姑娘呢？他又一次迷惘了起来。

他又收到了弟弟的来信，弟弟说自己就要结婚了，希望他能来参加自己的婚礼。并说，他调到军区的事，乡邻们都知道了，都希望再看看在军区工作的他是什么模样了。

在“十一”前夕，他又一次休假，回到了故乡靠山屯。

9

第九章

婚　　礼

弟弟的婚礼定在十月一日这天举行。刘天右提前一天回到了靠山屯自己的家中。十月份的天气无论如何都算得上好天，家里的房子已经被粉刷过了，院子也打扫了，门口处贴了两张大红喜字。

从部队出发时，侯队长无意中说了句：宋部长儿子也是“十一”结婚。从那次和付瑶见过之后，自己一直在躲避着付瑶。无论走在营区里，还是办事，他都低着头，匆匆走过。他说不清为什么要躲避付瑶，但在军区礼堂演出时，他又希望付瑶能来看他演出。每次演出各单位所坐的位置是固定的，他所有的目光都被总院的人吸引了，他在总院人群里寻找着付瑶的身影，可惜几次演出，他一次也没有看见付瑶的身影。不知是付瑶回避着他，还是她都恰巧值班。每次演出心里都空空的，他真希望她能来，看到他演出的样子。

母亲似乎又老了一些，身子更加瘦小，为操持弟弟的婚礼，母亲的眼睛里挂满了血丝。

弟弟比以前又成熟了些，黑红的脸上挂着满足的笑。弟弟望着他，眼里闪过一丝光亮，笑着说：哥，听说你当大官了，都调到军区去了。

他望着弟弟憨厚的脸，弟弟把自己的副连职军官当成了大官。在军区文工团，副连职干部是级别最低的那一种，营职、团职一抓一大把，他们的团长和政委都是副师职干部，他的副连职就是个小萝卜头。弟弟这么说，他只能苦笑一下，农村生活让弟弟和农民已经毫无二致了，粗糙的手接过他的旅行箱，他和弟弟的手碰了一下，便把目光移开了。他无数次设想过，若是弟弟参军，自己留在家里会怎么样，眼前的弟弟也许就是自己。想到这，他悲哀起来，不知是为自己还是为弟弟。

弟弟的婚礼来了许多人，有许多乡邻并不是对弟弟的婚礼感兴趣，而是冲他来的。十里八村的人都知道，靠山屯出了个刘天右，在军文工团当演员。他们慕名而来，就是为了看一眼军区文工团的演员到底长什么样。当然还包括乡长，乡长姓麻，门牙上还镶了两颗金牙，无论是说话还是微笑，两颗门牙都一闪一闪的。在靠山屯人的婚礼上能见到乡长亲自参加，一定是了不起的人物家里，虽然是弟弟结婚，但所有人的焦点都落在了自己的身上。

婚礼还没开始，母亲就冲他说：老大，你是一家之长，今天你弟弟的婚礼，你出头，妈就不出面了。弟弟整个婚礼的过程，母亲一直躲在自己的房间里。有几次，他回头向窗内望时，都看见母亲贴在窗后那张脸，写满了骄傲和幸福。

弟弟的婚礼如期进行着，他看到了穿着新衣的弟媳何凤娇，这个代课老师已经转正了，是名副其实的人民教师了。弟媳何凤娇的脸上写满了矜持和知识分子的骄傲。这时他听到参加弟弟婚礼的人们议论：凤娇嫁给刘天左可真委屈。另一个说：要不是因为他哥哥刘天右，凤娇怎么能嫁给他家。还有人说：何有奎真是老糊涂了，刘天左又不是刘天右，凤娇这么漂亮，工作又好，竟嫁给了一个农民……

众人议论的虽然是弟弟，他的脸上却火烧火燎的。他偷眼去看身边的何有奎，何有奎正咧着嘴冲他微笑着，一把捉过他的手道：天右，以后咱们两家就是亲戚了，天左一家就靠你这个当哥哥的了。他用手捏了一下何有奎的大手，他又何尝不为弟弟着想呢。他希望母亲和弟弟都过上好日子，可自己还在风雨飘摇中，要不是因为恩人侯队长，此时，他还在边防十三连给边防点送给养呢。此时他又想到了边防点，十月份的边防点早已是冰封雪冻了，也许此时天空正飘着雪花，北风呜咽地吹着，一排战士顶风冒雪地行走在边境线上。

金牙乡长为弟弟和何凤娇主持婚礼，讲着花好月圆的话。眼前在讲话的乡长，在刘天右的眼里幻化成了一位部队首长，眼前站着的两位新人却是宋医生和付瑶。付瑶的手被宋医生牵起，两人一起向到来的战友敬礼……

恍惚中的刘天右不知弟弟的婚礼何时结束的，又和到场的客人说了些什么，也不知在弟弟的婚礼上敬了多少杯酒，又被人敬了多少杯酒。一直到晚上，众人散去，他才头重脚轻地走回到了母亲居住的房间，母亲已经替他冲了杯红糖水，递到他眼前说：老大，把它喝下去，你今天可喝了不少的酒。父亲在时，每次喝完酒回来，母亲都会为父亲冲碗红糖水。父亲喝完糖水，似乎就好受多了，躺在炕脚呼呼大睡。他喝了母亲递给他的红糖水，并没有睡的意思，一遍遍地想起此刻的付瑶。

付瑶如约地和宋一达举行了婚礼，她说不上高兴，也谈不上悲哀。最高兴的那个人就是母亲王香梅，宋部长和王香梅是老熟人，后来她曾听医院的护士长说，宋部长是母亲当年在文工团的崇拜者。母亲是舞蹈演员，宋部长只不过是机关里的一名小干部，后来宋部长当上部长后还逢人便说：王香梅年轻时可真漂亮，舞蹈跳得那么迷人，倘若当年不是自己结婚早，一定会给王香梅写情书的。当然这都是宋部长的玩笑话了。现在两个人的下一代终于成了一家人，宋部长和王香梅是最高兴的。

付瑶和宋一达的婚礼是在军区礼堂办的，来了许多干部战士，几乎坐满了整个礼堂。她站在舞台上，一直用目光搜索台下坐着的人，她多么希望能看到刘天右的身影呀。如果刘天右能参加她的婚礼，情形又该是怎样的？结果是徒劳的，此刻，她不知自己是庆幸还是遗憾没有看见刘天右。她问过自己，倘若她在婚礼的人群中看见刘天右，自己会哭吗，刘天右又会是什么样子？那天整个婚礼现场，她心里都平静似水，觉得婚礼是为母亲和宋部长举办的，她看着台下第一排坐着的王香梅和宋部长眉开眼笑的样子，心里突然冒出了这样一个念头。

宋一达医生并没有哪点配不上她，宋一达毕业于军医大学，现在是军区总院外科的主刀大夫，前途无量。她自己只是名普通护士，母亲和宋部长已为她想好了后路，婚礼结束，她就要去军医大学进修了。自己的命运一直被母亲操弄着，她无法也不可能去左右，既然自己无法和心爱的人在一起，宋一达和王一达是一样的，她平静地接受了这桩婚姻。

此时母亲幸福地望着刘天右，他是他们刘家的希望。母亲为自己的儿子幸福自豪着。母亲用粗糙的手拉过儿子的手道：老大，你也该成个家了，成了家在城里就算是有根的人了。妈早点过去和你享福，趁妈身子骨还硬朗，帮你带孩子，做饭。他望着母亲一张殷殷的脸，不知为什么，没忍住，眼泪流了下来。母亲有些慌，用袖口去擦拭他的眼睛，一叠声地问：老大，你咋了？此刻的刘天右终于被脆弱和悲伤击倒了，他向母亲叙说了和付瑶的爱情，也说到了大风口边防点，那排木格楞外的朔风和大雪……这是他第一次向母亲叙说自己的委屈和遭遇，以前，每次给母亲回信时，怕母亲为他担心，总是把一切都说得花好月圆生机勃勃。

母亲一边听着他的叙说，一边低头抹眼泪。刘天右说完，母亲咬了咬嘴角，突然把身子坐直了，又捋了捋头发道：老大，是咱们这个家拖累了你。你要出生在城里干部人家，哪会受这么多委屈，要怪只能怪你没托生到好人家。

刘天右无力地叫了一声：妈，我会努力的，让你和弟弟过上好生活。

母亲抬眼望向窗外，窗外黑黑的一片，什么也看不到，又把目光定在刘天右的脸上，一字一顿地说：老大，你记住，别管我和你弟，你要自己过好，以后你和别人说，你就是个孤儿。只要你过得好，我和你弟再难也不拖累你。

他吃惊地望着母亲。

母亲又清晰地说：既然这个家帮不上你，就不能拖累你。从现在开始，你就把自己当成孤儿，你弟弟已经结婚了，妈还能照顾自己，以后你不要再想这个家了，也不要回来了。只要你能奔好你自己的前程……

他又叫了一声：妈，我怎么忍心这么做，这个家我认了。他抱住了母亲，母亲有泪洒在了他的臂弯里。母亲把他推开，认真地看着他说：老大，你要狠下心来，做个男人没狠心啥也做不成。他吃惊地望着母亲。母亲一张严肃的脸让他看到了坚强和决绝。

母亲果然说到做到，弟弟婚礼的第二天，便催他回部队了。

告别靠山屯那天，他去长途车站坐车，母亲和弟弟相送，三个人从家一直到长途车站谁也没有说话。他走在前面，弟弟扶着母亲走在后面。到了车站，母亲才开口道：老大，你再好好看一眼你身后的靠山屯，看眼我和你弟弟。他望了母亲也望了弟弟，母亲尽量把眼睛睁大，似乎要在这一瞬，把他装到自己的瞳孔里。弟弟回避着他的目光，憨憨地望着自己的脚尖。半晌，弟弟说：哥，你放心，家里有我呢，我会照顾咱妈的。显然，母亲已经和弟弟交代了。

长途车驶来，在他们面前打开车门，他登上了汽车，车门在他身后关闭了。他透过车窗望着站在原地的母亲和弟弟，母亲的目光坚硬地望向了别处，弟弟仰起脸冲他挥了下手，还露出一缕僵硬的笑容。

长途车启动了，他看见母亲转过头来，目光和他交织在一起，母亲嘴角一抽，脸上有泪流下来。车向前驶去，母亲和弟弟在他的视线里开始变得模糊，靠山屯渐渐地在他视线中隐去，他再也控制不住自己，坐到长途车最后一排的空位上，捂住自己的脸和嘴，让汹涌的眼泪在掌心里流淌。他在心里呜咽着，一个声音告诉他：自己就是个孤儿了。想到这，悲凉的心境已经是一塌糊涂了。同时发着狠，告诫自己一定混出个人样来，否则对不住母亲和弟弟，对不住生他养他的这片土地。这么想过，他擦干眼泪，目光变得坚毅起来。

10

第十章

恋　爱

刘天右从老家回来，情绪跌落到了极点。付瑶结婚的事实就像有一把匕首深深地刺在了自己的心脏，他压抑，悲哀。在边防哨所的两年，他已意识到和付瑶的爱情无望了，但隐隐地仍期待奇迹的发生，心里还没那么绝望。他回到文工团的当天晚上，鬼使神差地走进了营区的家属院。他知道付瑶的新房就在这里，他不知道宋部长家住在几号楼，更不知门牌号，但他还是鬼使神差地来了，他不知自己的目的，觉得看一眼付瑶新房里的灯光也是种慰藉。他看到了家属院大门口的红喜字，喜字一半已离开了墙面，在秋风中瑟瑟地张扬着。再往里走，他看到了一个楼门洞上的喜字，他站在楼下仰起头向每层的房间望去，每个房间内的灯火都那么温暖。他不知宋部长住在几层，他用目光依次把每个房间的灯火看了，此刻，他多么希望能够再看一眼付瑶呀，哪怕就半个身影。结果除了满眼的灯火，他什么都没看到，落寞地走回来。走到家属院门口时，他又被那两张张扬的大红喜字吸引了，见四周无人，他把喜字撕下来，揉成一团扔到垃圾桶里。刘天右不知道，付瑶已经到军医大学报到去了。

他无精打采地向文工团宿舍走回去，在文工团院内看见了刚洗澡回来的吴小红。公共浴池在文工团院外，吴小红端着脸盆，湿着头发，发现新大陆似的冲刘天右道：冷漠王子，你不是休假了吗，怎么这么快就回来了？

他望着刚出浴的吴小红，又一次想到了付瑶。他没有说话，摆了下头，示意吴小红先进宿舍楼门，吴小红走到刘天右身边用手拍了下他的肩，神秘地说：你是不是失恋了，怎么没精打采的？他冲吴小红苦笑一下。

刘天右还不知道，付瑶一结婚，他和付瑶的事已经在文工团传开了。之前，很少有人知道他和付瑶的关系，包括侯队长在内。可付瑶一结婚，刘天右的旧账被扒了出来，风言风语在文工团传开了。

第二天在排练场，他看见吴小红等几个女队员一边望着他，一边嘀咕着什么，不停地发出一阵阵窃笑。他背过身去，吹响了手里的长号。他羡慕这些出身好的女队员，也回避着她们，他不想再一次遭受到凌辱。他想起了母亲说过的话：从现在开始你就是孤儿了，别惦记我和你弟弟……他倔强地把身子挺直，心里只有一个念想，努力再努力。

几日之后的一个午后，侯队长来到了乐器训练厅，先是指导乐器队队员的训练，然后走到他的身边坐下，他知道侯队长有话要说，便把手里的乐器放下。果然，侯队长小声地冲他说：我有位战友老领导的女儿看上你了，想约你见个面。

他望着侯队长，侯队长一直关心他，像当年的郭队长。部队第一批裁员的人已经离开了部队，他在报纸和文件里看到，部队裁军一百万要分三年完成。第一年裁军刚刚开始，还有两批被裁的人员，谁知道会不会轮到自己身上。如果那样，他所有努力都将前功尽弃，他将又回到原点。

侯队长见他不接话，又笑笑，把嘴巴凑近一些道：省城商业厅，葛厅长的女儿，叫葛笑笑，在市商业局工作。

他心怦怦跳了起来，侯队长介绍的这个葛笑笑，仅凭条件他是满意的，可他不知道在女方了解了他的情况后，人家是不是还愿意。一朝被蛇咬，十年怕井绳，他又想到母亲说过的话，还有落在他脸上坚硬的目光，也许是母亲的目光让他鬼使神差地压低声音对侯队长说：你跟女方说，我是个孤儿。他说完这句话，被自己的声音吓了一跳，这是他自己第一次说出这样的话。侯队长也吓了一跳，睁着眼盯他半晌才道：你这次休假没回老家？他摇摇头，又点点头。侯队长没有深问，拍拍他的肩膀安慰道：孤儿好，无牵无挂。对方也挑不出什么来。

侯队长说完，母亲和弟弟的身影又一次出现在他的眼前，他的心似乎被掏空了。侯队长又说：你的事怪我以前了解得太少。父母是何时走的？他扭过头，忍着即将落下的眼泪，侯队长在他肩上又拍了拍。

他和葛笑笑见面，是在一个周六的午后，地点是在一个公园里，进门左手有一个石狮子，葛笑笑手里拿着一本杂志，穿米色风衣。这是侯队长告诉他的接头信息。他出现在石狮子面前时，就看到了葛笑笑，女孩长得和她的名字一样普通，脸有些苍白，属于那种骨感型的。她一袭头发很漂亮，秋风吹着她的头发在空中飘荡，也掀开了她风衣的一角，她立在石狮子前很文艺的样子。

刘天右从一棵树后走过去，他换了身便衣，深色夹克，穿着军裤和部队给每名军官配备的三接头皮鞋，裤子熨烫过，皮鞋擦了几遍，光可照人的样子。皮鞋后跟钉了铁掌，想着侯队长一定把孤儿的身份传达给她了，身子就又挺直一些，昂首阔步地向葛笑笑走过去，脸上挂着演出时带有的微笑。

葛笑笑的目光落到他脸上，停留了足有三秒，然后叫了一声：刘天右？他应了声：葛笑笑。便伸出手去，葛笑笑有些慌乱地把一只手从杂志上移开，轻轻碰了碰他的手，他发现她的手有些凉。她还红了脸，拢了一下被风吹散的头发说：咱们走走吧。

他走在她的身旁，发现比她高出了一头，又想到此时的身份，把胸挺了起来，便越发显得高大伟岸了。他从第一眼见到她时便有了自信，论长相气质，和付瑶以及文工团的女兵比，葛笑笑都相差得很远。但想到她的身份和背景，心里也觉得和她相配了几分。侯队长还介绍说：葛笑笑看过他几次演出，对他很中意。此时，他用余光看了眼葛笑笑，发现她脸颊上还荡漾着一缕红晕。自信心又增加了几许。

他问：平时爱看演出哇？

她答：也不经常，偶尔会。我喜欢看你表演的节目。

他又想起付瑶说过的话：我就喜欢看你演出时的样子。

他把心思收回来，再问：你在市商业局工作？

她再答：我财经中专毕业，毕业后就到了商业局了。

他又问：你家人也在商业系统工作？

他把“你父亲”这三个字省略掉，故意换成了“你家人”，装出漫不经心的样子。侯队长已对她家庭做过介绍。他又这么问，无非是再一次验证一遍而已。

她又牵起嘴角笑着答：我爸爸在省厅。

交流到这，刘天右心里便踏实了，厅长对他来说太有诱惑力了，足以让他少了后顾之忧。他说完这话，一直等待葛笑笑问他的家庭。他把孤儿这个词都放到嘴边了，果然她问：听说你是孤儿？他点点头，“嗯”了一声。这次比和侯队长第一次说时自然了许多，但他的心还是又疼了一次，眼前又出现母亲和弟弟的样子。他摇摇头，把这一切从眼前驱走。

她没再说什么，脸上一直挂着微笑。

一连见了几面之后，他发现葛笑笑是个文艺青年，每次总喋喋不休地和他讨论文学和作家。文学书他看过几本，作家的名字他也知道几个，可她讨论的范畴早就超出了他熟悉的那几本书和几个作家了。每当这时，他总是接不上茬，听葛笑笑很投入地说。有一次他插入话题问：你的名字真喜庆。她腼腆地一笑道：许多人都这么说。

她也问过他：你们文工团那么多漂亮的女孩子，为什么不和这些女孩子谈恋爱？

他是这么回答的：文工团的女孩子从小就参军，没多少文化，况且，追求她们的人很多，她们心浮气躁，不是过日子的女人。他这么回答她，有一半是他真实的想法，另一半是为了掩饰自卑而说的，说完这话时，他又想到了付瑶和吴小红，恨不能抽自己两个耳光。

他的回答显然让她很开心，她抿了嘴唇道：以后你也多看点文学作品吧，文学是我们最好的老师。

自从知道她是个文学爱好者后，他已经偷偷地买了几本期刊正在读。见她这么说，便“嗯”了一声。

从那以后，他不仅在业余时间看文学杂志，还留意起当地的报纸，报纸上偶尔会发一些本省的商业信息，他知道省商业厅的厅长叫葛胜利。有次报纸上还登了一张商业厅厅长葛胜利的照片，一个中年男人梳着三七分的头在一个会场上讲话。

又一次见到葛笑笑时，他说：你爸可真像领导。

她望了他一眼道：我爸可是个好领导，他从来没为自己和家里人谋过什么好处。

他想到自己，万一以后和她结婚，自己的事葛胜利也不会管吗？他听了葛笑笑的话，只是笑一笑。

不知为什么，和付瑶以及吴小红这些女兵交往的自卑感在悄悄溜走，自信又一点点找了回来，是葛笑笑不如她们漂亮还是什么别的原因，他一时说不清。有次晚上失眠，他想象自己和葛笑笑结婚，方方面面都想到了，突然意识到，谈恋爱不是简单两个人的事，如果葛笑笑的父亲不是商业厅厅长，自己会同意吗？葛笑笑和付瑶、吴小红等人比，长相不算难看，但肯定不如她们。他又想到了自己，如果自己不说是孤儿，葛笑笑又会同意吗？他不敢想了，摇摇头把杂乱驱走。

她和他在一起时，她的话题总是从他身上展开。她说，她爱看他在舞台演出的样子，像一棵挺立在风中的松树。她这么文学化地比喻着。

他不知道自己演出时是个什么样子，只知道唯有在台上时，他才是自信的，仿佛这个世界上只有自己。

在他们认识前，葛笑笑早对他有所了解了，她单位有不少从军区转业的干部，是这些转业干部带她到军区礼堂看过文工团的演出。她对那些歌舞不感兴趣，对他的演出却印象深刻，他当时用萨克斯吹奏了一曲《血染的风采》，浑厚的音乐打动了她，让她心潮澎湃，热血沸腾。后来，她又偷偷看过几次他的演出，她便很艺术化地爱上了他。在他们的交往中，刘天右自信起来，这是他以前接触其他女性时都没有过的感觉。他放松自然，一直想着自己是个孤儿，出身虽不显贵，但也不会拖谁后腿，这么想过了，挺胸抬头，目光也就看得更远了。偶尔，一个人时，他会想起母亲和弟弟，悲哀便弥漫上来，他摇摇头，把这些赶走。他一直盼望她有一天能把他引荐给她的父母，可她迟迟不提这个茬，他心里急，嘴上又不能说。只能装作没事人似的，和她从公园到电影院，从图书馆又到溜冰场。

在元旦的前一天，他突然接到了她在单位里打来的电话，先是问：明晚你们有演出吗？他答：演出在二号。她就说：那好，明晚你来我家吧，我父母要见你一下。

他放下电话，终于等到接近她父母的机会了，他知道自己的大考终于来了。他又想到了两次去付瑶家的样子，一朝被蛇咬，十年怕井绳。他把和葛笑笑从交往到现在的关系捋了捋，她从没在他面前展现过自己的优越。甚至和葛笑笑接触，他觉得很放松，他曾经幻想着和她结婚后的样子，他会在这座城市里有个属于自己的家。偶尔，他的眼前也会闪现出葛笑笑那张缺少血色的脸，这时他就会想起付瑶那张生动活泼的脸。他自己也说不清到底是爱葛笑笑还是她的家庭。一个农村孩子，赤手空拳在外面打拼，有一个出身优越的女人爱上你，并愿意在这座城市里给你一个家庭，他无法拒绝这一切。也许世上没有纯粹的爱情，有的只是现实。他自从提干那天开始，觉得人生才完成了一半，另一半还在半空悬着。

刘天右是现实的，只有现实才会让他的心在半空中落到地上。

元旦那一天傍晚，依据葛笑笑在电话里的指点，他从军区出发，换了两路公交车，来到了铁西区一个站点下了车。他提着酒，还有烟，网兜里装着几种水果，沉甸甸地下了车。葛笑笑站在离站牌不远的人群外向他挥了一下手，她穿了件呢子大衣，在腊月的天气里显得有些单薄。她不停地跺脚哈气，脸色又苍白了几许。她奔过来，接过他手上提着的水果，在前面带路，转个弯，就进入了一片红楼小区，院子不大，几个孩子在空地上堆着雪人。不知为什么，又想起了第一次去付瑶家的情景，心不由得紧了起来。他知道这次来葛笑笑家里的意义，他是在接受葛家的大考，成败也在此一举。进楼门时，她拉了一下他的衣袖道：你不用紧张，你的事我和父母都说过了。他笑一笑，发现脸上的肌肉仍是僵硬的。

葛笑笑家住在三楼左手边，打开门时，葛笑笑的母亲正在往桌子上摆菜，葛厅长手里端着一个保温杯正在屋里踱步，随着他们的进来，葛厅长把保温杯放到茶几上，温和地打量着他。葛笑笑就说：这是我爸。一边说一边脱大衣。他上前一步，恭敬地说：叔叔好。称呼他已经想好了，在家里叫厅长显得生疏，于是他就叫了叔叔，甚至他还想给厅长敬个礼，看见葛厅长已坐到了沙发上，并指着空下来的沙发道：小刘，坐吧。他把举到半空的手顺势放下来。

他小心地坐下，挺直了身子，抬眼时看见笑笑母亲正站在桌边打量着他，他又忙站起来，温暖着声音叫了声：阿姨好。笑笑母亲露出微笑，招呼道：小刘吧。然后又认真地上下把他打量了，嘴里不停地说：真不错，不愧是军人，坐有坐相。扫了眼葛笑笑才说：菜好了，上桌吧。

沙发旁堆了一些小孩子的玩具，起身时，有个搭好的积木被碰倒了，他忙蹲下身去捡。葛笑笑过来拉了他一把道：不用，这积木是我侄子玩的。他记得葛笑笑说过，他哥哥和嫂子和他们住在一起。进门时他扫了眼屋内的陈设，这是三居室的老式楼房，面积不大，比他想象的厅长的房子小了一些，也简单了些。事后他才知道，为了他这次来家里，哥哥带着孩子去了岳母家。

他坐在葛笑笑身边，发现酒杯里已经倒满了酒。葛厅长端起酒杯说：小刘，你随意呀。说完喝光杯中酒，自己又拿起酒瓶倒上，等他喝完，又给他倒上，他忙说：叔，我来。这么叫过了，感觉一切都对了，身子就放松了下来。

葛笑笑母亲已在他眼前的空碗里夹满了菜，他忙欠身又一次谢了阿姨。这一切和去付瑶家那一次的冷遇有着天壤之别，他心里一下子热了起来，眼眶竟有点发潮。没来前，他心里演练了各种情景，却没有想到会是这种结果。

葛厅长连喝三杯后，便把杯子放到一边：我好了，小刘你随意。便埋下头开始吃饭。刘天右也不再喝了，也开始吃饭，发现眼前的空碗里已被葛笑笑母亲夹了像小山一样的菜。他热乎乎地吃着，心里便感慨万千，竟有一种回家的感觉。再瞟身边的葛笑笑时，发现她的脸竟比以前生动了许多。

很快，他吃完了，放下筷子，吃饭的速度是在部队练就的。一家人也放下筷子，笑笑母亲又端了盘橘子放到桌上，他忙拿过一个橘子剥了一颗递给葛厅长，嘴里说：叔，你吃。

葛笑笑母亲仰起脸，在他脸上定住，他知道，笑笑母亲有话要说，忙正襟危坐，他在心里又一次提示自己：我是个孤儿了。他从进门开始，就有些喜欢这个家了。家虽然不大，但足够温暖。他不想因为自己的身世让自己的幸福前功尽弃。他知道若不是因为自己的农民出身，王香梅就不会那么百般阻挠他和付瑶的恋爱。

果然，笑笑母亲温和地，似乎漫不经心地说：听笑笑说，你是个孤儿？

他忙答：阿姨，我是孤儿。说完这话，他脸在发烧，心怦怦地跳着。

笑笑母亲轻轻地叹了口气，小声地说：不容易呀。

他暗中观察着笑笑母亲的脸色，见笑笑妈除了一声不容易外并没别的反应，他这才放下心来，就像一个撒谎成功的孩子。他当着这么多人的面第一次肯定地说自己是孤儿，之前和侯队长说过一次，便再也没有当着别人的面说过了。

笑笑妈又叹了口气，神情戚然地把一颗橘子递给他，湿着声音说：小刘，你吃。后来，笑笑告诉他，她母亲也是个孤儿，父母在抗日战争中牺牲了，母亲是在根据地保育院长大的。笑笑母亲姓朱，朱阿姨似乎对他格外温暖，他不知是不是朱阿姨也是孤儿的缘故。总之从那天开始，朱阿姨对他百般照顾。

从那晚开始，刘天右找到了家，找到了母爱，在以后的生活中，朱阿姨的确把他当成了自己的孩子。朱阿姨越是对他这样，他愈加地思念母亲。每次想到母亲和弟弟，他恨不能抽自己两个耳光，脸上也就火辣辣地难受。

那天晚上，葛厅长还和他聊了聊部队上的事。

葛厅长说：部队减编已经第几批了？

他答：过完元旦第三批就开始了，据说这次要裁掉二十万。

葛厅长喝口茶，嗯了声：地方压力大呀，这么多军转干部一下子来到地方，地方上没那么多位置。

他想起了几天前接到的郭队长的来信，郭队长一直希望自己能在老家的县城上安置，结果县城的单位安置满了，只能安排到镇上的文化站。在信中郭队长的情绪透着低落。

葛厅长又说：你们军区文工团会减人吗？

第一批裁军，劝退了一些即将退休和不能参加演出的人员，他就是因为空出的名额才调到军区文工团的。这次如何裁人他一直听战友们议论，有的说，文工团保不住了，要整体裁掉；还有人说，文工团会保留，但要裁掉一批。裁军方案还没公布，各种小道消息莫衷一是。

他答：我还年轻，不论是在部队还是到地方，我都有机会。说完冲葛厅长笑笑。

葛厅长拍拍大腿没再说什么，顺手打开电视，《新闻联播》便如约而至了。

笑笑陪着他来到了他下车时的站牌下，不知何时，天空又飘下了雪花。雪不大，雪花破碎地落下来，灯火也显得雾蒙蒙一片。车还没有来，他和笑笑站在那里等车。他伸出手握住了她，她的手又有些凉了，他终于说：咱们结婚吧。这话从见到葛笑笑几次之后就想说了，他知道那会儿时机还不成熟，从葛厅长家出来，他感到了温暖，说这话也恰是时候。

笑笑听了这话，怔了一下道：为什么要这么急？

公共汽车远远地驶来，结婚的理由不是一两句话就能对她说清楚的。他没再说什么，登上公交车，在车窗里冲笑笑招了招手。其实他一直担心，下次裁军会裁到自己头上，如果这时宣布让他转业，之前所有的努力都将前功尽弃，他此时的条件，只能回到原籍接受安置。

果然，元旦后一上班，裁军的方案就下来了，文工团裁军名额是十人。文工团党委很快就确定了人选，让他没有想到的是侯队长也在这次被裁人员的名单中。侯队长好在已经是团职干部了，他比别人多了项选择，因职务和入伍年限达标，可以选择提前退休。四十出头的侯队长从文工团政委办公室里走出来，脸就白了，站在外面的台阶上一支接一支地吸烟，整个人感觉都不好了。刘天右已经知道侯队长这一结果了，小心地过来安慰着侯队长。侯队长勉强挤出一缕微笑，望着文工团的院落道：我从入伍就来到这里，二十多年了，从没想过离开。

他也叹口气，不知为侯队长还是为自己。自己的恩人郭队长走了，现在又轮到侯队长了，他莫名地觉得孤单。

侯队长把半截烟扔到脚下：我想好了，接受转业，不选择退休，我才四十二岁，后面还有那么长的路，我不想吃闲饭。此时的侯队长眼神坚定了起来。他在侯队长的眼神中看到一股力量。这种力量也传染给了他，他挺直腰板和侯队长站在一起。他又想到了大风口边防点的风雪，还有那里的官兵，此时的困惑在他眼里似乎不值得一提了。

侯队长拍下他的肩膀说：改天我请你们喝酒。

他望着侯队长说：要请也是我张罗，算是为你送行。

侯队长没说什么，挥了下手，似乎就把眼前的烦恼挥走了，然后直着身子向前走去。

他下意识抬起手向侯队长的背影敬了个礼。

在他眼里，侯队长仍是名军人。

他又一次见到葛笑笑时说：咱们抓紧结婚吧。结完婚我就没有后顾之忧了。

葛笑笑的脸就苍白了一些，她抿紧嘴唇，想了想说：结婚就得有房子，我哥还住在我家，咱们结婚没地方去。

他说：大不了咱们去租房子。他不想让房子成为他们结婚的障碍。

按部队规定，营职以上干部才能享受分房子待遇，他是副连职干部，只能住集体宿舍。

那天他和葛笑笑分开后，没有马上回文工团，而是漫无目的地又在街上走了一会儿。他抬头望见万家灯火，又想到了边防哨所，还有扎烂屯小镇、漆黑一片的团部，眼前的困苦，就被风吹走了。

侯队长确定转业之后，在乐队办理了移交，接替他的是吕副队长，吕副队长三十五六岁的样子，在文工团也算是老人了。铁打的营盘流水的兵，文工团并没有因为他们走而有什么改变，工作还得继续，他们投入到新春文艺晚会的节目编排中。

进入二月初的一天下午，他从文工团出来去军区礼堂，下午是他们晚会的彩排时间，他的节目安排得比较靠后，就晚出来一会儿。走在营区的路上，他竟看到了一个熟悉的身影，他在心里叫了一声：付瑶。果然是付瑶，她也看见了他，惊讶地立在他面前，他上下打量着她，她还是原来那个样子，军装胸前多了枚大学校徽，上面写着某某军医大学的字样。

她主动道：天右，你还好吗？

他点了一下头说：你呢？

说这话时，他回头向家属院方向望了一眼，在付瑶结婚后，他找到过宋部长家那个楼门。

她淡笑一下说：学校放假，过完十五就开学了，你这是排练去？

他说：后天有庆新春文艺演出，你有空来看看吧。

她点下头。

他想起了什么，又问：现在还有时间学乐器吗？

她脸上掠过不易察觉的失望表情，摇了下头，便快速地向家属院方向走去，刘天右也向礼堂方向走去。他回了一次头，付瑶的背影已走进家属院了。

新春晚会当天，他找到了几张票，送给葛笑笑，他希望他们全家都来。演出前，他躲在舞台的幕后，看见葛笑笑陪着父母已经找到座位了，他的目光又在人群中寻找，他看见了偏侧的位置上的付瑶和宋一达，两人坐在座位上低声交流着什么。

那天的演出，他除了给歌舞伴奏之外，还有一个人演奏的节目。他当晚演奏的萨克斯曲目是美国演奏家肯尼•基的《回家》，这是他最喜欢的一首作品，曲调悠长，还有淡淡的伤感。每当演奏这首作品时，他都会想起坐在灯下的母亲，心里就多了许多说不清道不明的滋味。他的演奏是成功的，当他演奏完毕谢幕时，台下的观众传来了经久不息的掌声。在大幕闭合的一瞬间，他的目光找到了付瑶，她也在望着他，她的眼里有光在闪动。那一瞬，心不知为什么狠狠地疼了一下。他还看到了葛笑笑一家三口，他们望着他由衷地拍着手。

春节放假那几天，他去过葛厅长家几次。朱阿姨有一次就说：你和笑笑差不多了就把婚结了吧。

之前他一直盼着结婚，只有结了婚，不论是走是留，在这个城市里他也算是有家的人了。自从侯队长宣布转业后，侯队长的坚定似乎传染了他，不知为什么，对结婚没那么迫切了，总觉得车到山前必有路。当然，他也不反对结婚。

11

第十一章

转　　折

新房是葛笑笑的哥哥葛笑林帮忙找到的。葛笑林在市外贸局分管后勤工作，外贸局有一处库房，其中有一间里面曾住过人。看库房的是黄师傅，后来这位黄师傅退休了，这间住人的房子也空了出来，再后来这片库房建起了院墙，留了一处大铁门把守，便没人在这里居住了。

一个星期天的下午，葛笑林带着刘天右和葛笑笑来看过这间空着的库房，房间不大，后墙上开了一扇小窗户，有少许的光漏进来，四壁都用白石灰刷了，样子还能让人接受。看过之后，葛笑笑没有说话，白着一张脸望向刘天右。刘天右从兜里掏出盒烟，抽出一支递给葛笑林说了声：谢谢哥了。葛笑林比他大三岁，孩子都两岁了。葛笑林吐出口烟雾，看了眼妹妹道：你们要觉得行，我就找人帮你们收拾下。

葛笑笑在台阶上跺了两次脚，仍没说话，用目光打量着身边的一溜库房。

刘天右忙道：那就谢谢哥了，我觉得挺好的。

他是真心觉得挺好的，住过边防点的木格楞，经过风雪，眼前的一切他都觉得比边防点的条件要好上几倍，甚至有天上地下的感觉。

几个人从库房院里出来，葛笑林把铁门锁上，把钥匙交到刘天右手上：这里安全，你放心，我们的人经常会过来出货，进货。葛笑林交代完就走了。

葛笑林一走，葛笑笑无助地望着刘天右道：这行吗？连个暖气都没有。

刘天右把手伸出来：现在一天比一天暖和了，你看都不冻手了。咱们弄个电暖气，凑合俩月，天就热了。我觉得这地方挺好，安静。说完又回望了一眼已经锁上的铁门，他的心里突然多出了份踏实。虽然房子是临时的，他摆弄着手里那枚钥匙还有种主人的感觉。

一周后，葛笑林给刘天右打了个电话，告诉他，房子已经收拾好了，让他过去看看。

文工团排练一结束，他没顾上吃饭就来到了外贸局仓库。打开房门，里面果然焕然一新，窗子被开大了，窗框上还散发着油漆味，灯被换成了日光灯，把新刷的白墙照耀得刺眼。屋内还摆了张木制床，对面还摆了一张三屉桌，床是旧床，桌子也不是新桌子，桌面上还留有擦不去的包浆，油浸浸地闪着亮光。即便如此，他看着眼前的一切，幸福和温暖还是从心底里升了起来。

又用了一周时间，他为新房添置了电暖气，被褥也都是全新的，他还裁剪了一块碎花布盖在那张满是包浆的三屉桌上，桌上添了台灯，他知道，葛笑笑要在这里读书。装饰一新的婚房在他的眼里是那么温馨，此时的刘天右内心里洋溢着无比的幸福和欢愉。笑笑却不以为意，始终高兴不起来的样子。他就安慰她：这是咱们梦开始的地方。你嫁给我，我以后一定让你有一个属于自己的家。葛笑笑就抿着嘴望着他。他就说：你以前没吃过苦，我以后也不会让你吃苦。她就湿了一双眼睛。他在心里发下誓言：一定要让笑笑过上好日子。

他和葛笑笑是在一个天气晴朗的午后到民政局的婚姻登记处领的结婚登记证。在回来的路上，两人并排骑着车行驶在马路上，路旁的柳树刚冒出新芽。在刘天右眼里，这座城市从来也没有这么亲切，他暗想：从今以后，我就是这座城市的主人了，这就是我的家了。

婚礼前，葛笑笑的母亲朱阿姨来到了他们的新房看了看，朱阿姨在屋里转了一圈，看了也摸了，然后出来站在新房的台阶上，忧伤地望着葛笑笑说：闺女，让你受苦了。笑笑没说话，目光望向了他，他就说：妈，你放心，我们以后一定会过上好日子的。

朱阿姨抹了下湿润的眼角，低声说：你哥说他们单位就快分房子了，等他们搬走，你们就搬回家里去住。朱阿姨留下了一声叹息。他为朱阿姨这句话感动，但心底有另一个声音告诉他：靠自己努力，一定能在这座城市有一个属于自己的家。

晚上，他们在街上散步，刘天右牵着她的手，望着天空中的星星道：你嫁给我让你受苦了，但我以后一定让你过上好日子。我是个男人，一定说到做到。她就在月光朦胧中幸福地把目光投在他的脸上。

婚礼那天是个周日，整个婚礼都是葛笑林帮忙操持的，这是葛厅长交代给儿子的任务，他说：你妹妹的婚礼，你张罗下，我不好出面，你妈年纪大了。

婚礼很热闹，来了许多厅长和局长，当然更多的是处长、科长什么的，都是葛厅长的同事和老部下。相比女方家里的热闹，刘天右这边也堪称豪华。文工团长、政委，还有一些文工团员都来了，侯队长为他们主持的婚礼。侯队长刚宣布转业没多久，工作还没有分配，这并没有影响到他的情绪，先是指挥文工团乐队演奏了一曲《婚礼进行曲》，随着刘天右和葛笑笑走上台来，婚礼便达到了高峰。

刘天右站在台上，看见了台下坐着的人群，也看到了坐在主桌上的葛笑笑父母，他突然想起了自己的母亲和弟弟。结婚前，他曾给母亲写了封信，告诉母亲和弟弟自己就要结婚了，还把葛笑笑的身世介绍了一番，在信里还夹了一张他和葛笑笑的结婚照。这是他自上次离家后，第一次给母亲和弟弟写信。

此刻，他多么希望母亲和弟弟能见证自己幸福的时刻呀。然而母亲和弟弟却不能出现在他的婚礼上，他的情绪有些低落。

当侯队长让他讲话时，他说：谢谢笑笑能嫁给我，谢谢这么多人来参加我的婚礼。一张口便说不下去了，他强忍着不让泪水流出来。他脑子里闪过父母、弟弟，大风口哨所里的官兵，还有斯琴老爹、塔亚，最后付瑶的一张脸定格在他眼前，突然又冒出个念头，要是自己和付瑶结婚又会怎么样呢……想到这，他忙把心中的杂念驱走，侧过身子用力抓住笑笑的手，他发现笑笑的手心是潮湿的。

结婚后的两人和所有新婚夫妻一样，经历了甜蜜之后，日子就回归平常了。

周末的时候，葛笑笑就住回到自己家里，她要在家里把他们一周换洗的衣服洗掉。他就回到文工团的集体宿舍里，偶尔他们会去葛厅长家吃顿晚饭。葛厅长快退休了，外面应酬也少了，经常托着保温杯，杯子里泡着枸杞子和西洋参什么的。他两眼经常望着窗外发呆，没人知道他想的是什么。笑笑母亲已经在两个月前宣布退休了，做了一辈子的会计工作，再也不为那些枯燥的数字劳神费力了。更多的时间留在家里，织织毛衣，做做饭，把他们召到家里来，品尝她烧出的菜。

两个月后，葛厅长终于被组织部的一纸命令宣布退居二线了。也就是说，不远的将来，他就是一个名副其实的退休的老干部了。过惯了朝九晚五的日子，一下子松懈下来，葛厅长的精气神似乎大不如前，平时梳理得整齐的头发也失去了光泽。

葛厅长退休，刘天右比葛厅长还要失落，他本打算自己万一转业，在安排工作上葛厅长会帮一下自己。虽然，葛笑笑说自己的父亲是个清官，从没为自己家人做过什么。但他仍抱着希望，总不至于，自己穷途末路时，葛厅长会不管自己吧。人算不如天算，葛厅长退休了。他失落之后，觉得自己肩上的担子一下子就重了许多，结婚前，他答应过笑笑，一定让她过上好日子。他知道，好日子不是想出来的，要靠自己一步步走出来。

刘天右经常被夜晚卸货的卡车声吵醒，窗外卡车的灯光雪亮地照在窗户上，卸货的工人大呼小叫，叮叮当当的声音很久才会平息下去。他睁开眼睛时，看到葛笑笑把被子蒙在头上，嘴里咕噜着：吵死了。他们自从住进库房之后，半夜经常被卸货、装货的声音吵醒。每每这时，刘天右就望着天棚想：我一定要过上好日子。好日子在现实中又是那么遥远，他要改变自己的现状，就不能被动等待。刘天右想到了转业，在没结婚前，他是那么惧怕转业。现在不一样了，他和葛笑笑结婚了，不论何时转业，按着政策，他都可以名正言顺地留在这座城市里。他把自己转业的想法冲葛笑笑说了，葛笑笑睁着眼睛惊愕地望着他好久没有说话，半晌才说：那么多部队转业的人都找不到工作，你现在离开部队，不等于失业吗？他笑笑道：人挪活树挪死，我就不信，别人能活，我刘天右就不行。他话这么说了，其实心里还不是很有底气，但他不想这么被动地熬日子，能进军区文工团是他的梦想，可进了文工团才知道，他就是名普通演员而已。想要改变自己，给笑笑一个美好的生活的愿望却那么遥远。他只想改变自己的现状。走与留，刘天右心里是矛盾的。他怕离开文工团最后沦落到侯队长这般模样，若是不走，又怕失去最后的机会。在矛盾困惑中，时间终于来到年底。文工团上上下下又动荡了起来，纷纷打听今年被裁的名额有多少，谁会走。那些日子，团长和政委办公室里的人络绎不绝，所有人的心思都在动荡着，地方上的改革开放如火如荼地进行着，让有些野心的人心里也长了草。

他鼓足勇气，终于也走进了政委办公室，他急三火四地说：政委，我想转业，把留队指标留给战友。他怕自己不一口气说完而改变主意。

政委吃惊地望着他，半晌才道：天右，你可想好，你这么年轻，业务又好，你不在我们减编的名单里。

他又鼓足了勇气道：我想到地方上试一试，不试就无法改变自己。

政委望了他许久，才说：你的事我们会研究的。

他离开政委办公室，心才放松下来。他有些吃惊于自己的决定，他暗自在心里说：刘天右你把自己逼到墙角了，以后的路你行吗？另一个声音又告诉他：刘天右你行的。他怀疑着自己也坚定着自己。

元旦一过，文工团转业名单公布了，刘天右的名字赫然在列，他本来悬着的心一下子又踏实下来。他给葛笑笑打了一个电话，并没有告诉她自己已确定转业的事，而是说：今天你早点下班吧，咱们回趟家。他这里说的家，指的是岳父葛厅长的家。

傍晚，他和葛笑笑来到了葛厅长家，他买了一些吃食和酒提在手里，葛笑笑不解地问：不年不节的你买这些东西干什么？他没说话，只是笑一笑。

吃饭时，他端起酒杯叫了声：爸，妈，哥，我已经被确定转业了。他的话一出口，空气似乎凝固了。所有人的目光都盯着他的脸。半晌，又是半晌，岳母说：没有余地了？他率先把杯中的酒喝下去道：我自己申请的。

那顿饭一家人吃得很沉闷，哥哥葛笑林说：天右，你转业真不是时候，百万大裁军，转业下来的军官那么多，把地方单位快挤爆炸了，你说现在怎么安置？

他也知道自己转业不是时候，但还是说：机会是人把握的。我最大的优势是年轻。我相信我以后一定会有机会。

一家人就不再说话了，各自想着心事，都为他捏了把汗。

接下来的日子里，他和所有转业干部一样，为自己制作了一份简历，寄到省市各个机关，希望在渺茫中出现一丝生机。葛厅长虽然嘴上没说什么，疼女莫如父，刘天右好，女儿才会好。

葛厅长真是破例了，为刘天右的工作安置一事，打了许多电话。电话簿摊在茶几上，那部黑色的电话，他不知拨了多少遍号。刘天右也知道，凭他的资历不可能进入党政机关。百万大裁军安置工作给地方带来了巨大的压力，有接收转业军人指标的单位都相应地抬高了门槛。那些日子，刘天右心里也承担了巨大的压力，自己投出的简历也石沉大海。他嘴上不说什么，怕葛笑笑受不了。每天葛笑笑下班回来，他都会站在库房门前，为她吹上一支曲子，他穿着军装，一丝不苟地吹奏着。葛笑笑蹲在一旁就痴痴地望着他，仿佛要把他吹号的样子刻在心里，她爱上他就是因为他演出时自信潇洒的样子。此时，他马上就要转业了，虽然她接受了这一现实，心里还是有些惋惜。

有一天，葛笑笑听着他为她吹奏的曲子，突然一把抱住了他，抽泣着说：天右，你别有压力，其实我现在挺满足的。他拍着她的后背，心里涌起无限思绪，这些天他明白了一个道理，是笑笑让他找到了自信，她无怨无悔地嫁给他，他就有责任让她过上好日子。是信念让他坚定了自己的决心。他没有回头路了，再苦再难也要把眼前的路走下去。他又想到了母亲和弟弟殷殷期盼的目光。他们让他成为孤儿，不就是想让他过上好日子吗？

一天葛笑笑下班后，给他带来一个消息，省外贸厅下属有个二级企业，外贸公司可以接收他。这是父亲找到了外贸厅厅长争取来的结果，外贸公司对他来说是这么陌生，他知道自己没有更多的选择权利，外贸公司这来之不易的工作，他还是爽快地答应了。葛笑笑说：我父亲为你的事真是破例了，当初我和我哥找工作他也没这么上心过。他在心里感激着自己的岳父。岳父能主动帮他联系工作，还是岳母的话起了作用。他宣布自己转业后，岳母对岳父说：天右是个孤儿，孩子这么可怜，没家没靠的，他生活过好了，笑笑才会享福，咱们不帮他谁帮他。岳父听了岳母的话长长地叹了口气。有了接收单位，他很快办理了转业手续。办完手续那天，他站在文工团门口让人为他拍了张穿着军装的照片，这是他最后一次穿军装了，心里五味杂陈，他又想起了父亲出殡那天早晨，他见到了郭队长，从此命运发生了改变。几经努力，终于提干，然后是大风口哨所，一转眼，自己似乎又回到了出发的原点。他期待着人生机会就此改变。他望向远方，眼里充满期待，在文工团门前拍了张照片。不仅是记忆，这也是他又一次出发的地方。

文工团的人都来向他告别，吴小红也是其中之一，吴小红已经恋爱了，她的男朋友是机关宣传部的文化干事。这个干事他见过，长得一表人才，经常夹着公文包在大楼里出入。吴小红大咧咧地说：刘天右，等十一来喝我们喜酒呀。他把笑容堆在脸上，一叠声地说：我一定来。嘴上应了，心却是复杂的，总觉得有些对不住吴小红，每次见到吴小红他就会想起付瑶。他努力地把这些杂念驱走，每次想到葛笑笑他心里就很温暖，如果没有笑笑，自己也许还下不了转业重新开始的决心。吴小红恋爱了，他衷心地祝福着她，希望她和付瑶一样都会好。不知为什么，一想起付瑶，仍有些淡淡的忧伤。

办完手续那一天，他离开文工团的营院，总觉得少了什么，他走在营区的路上，竟莫名其妙地走到了军区家属院，站到了宋部长家的楼门口，楼门口的喜字早就不见了。他抬起头向楼上望去，此时正是上班时间，家家户户的窗内都是空空荡荡的。他突然意识到离开部队他最牵挂的人是付瑶，他这是来向她告别的，他知道付瑶并不在家，还在军医大学进修，心里还想把这个仪式完成。他默立了一会儿，又朝楼上看了最后一眼，才不舍地转过身，向外走去。他明白该和过往的一切画上句号了，要往前看，虽然前方的路仍然莫测难辨。他又想起了边防点的风雪，身子就坚挺起来，似乎他此时正迎着风雪走在巡逻的路上，下一站是又一块界碑。走出营区，他立住脚回望着，下意识地举起手向营区敬礼。眼泪在眼圈打转，这里承载了他的青春和梦想，他在向军营告别，也是在向自己的过往告别。

12

第十二章

单　　位

外贸进出口公司是刘天右的单位了，八十年代中期的某一天，到处都是欣欣向荣的样子，第一天上班，他要记住这个特别的日子。从库房院里出来，坐了公交车，又倒了一次，他在一个胡同口下了车。外贸公司坐落在一条胡同内，门上挂着白底黑字的牌子，院内是一栋小楼，这就是新单位了，突然有种幸福感，自己终于是城里人了。他站在外贸公司门前，突然想到了母亲和弟弟，心痛了一下，然后就想：妈，弟，我以后一定让你们过上好日子。

他被公司分到了采购科，科长姓顾，四十岁左右的样子，个子不高，却很结实。顾科长把他领到采购科办公室，里面已经坐了六七个人，此时似乎没有要紧的事要办，有的在抽烟，有的在喝茶聊天，见他进来，所有人都把好奇的目光投在他脸上。他礼节性地微笑，冲纷杂的目光点头。

顾科长把他介绍给了大家，并把他领到一张空桌前交代道：这就是你的办公桌。又回头招呼着一个三十多岁的高个头男子说：大李，小刘刚来，以后业务上的事你多带带他。被称作大李的人打了个响指，爽快地应了句：明白科长。说完冲他咧着嘴笑。

顾科长一走，大李叼着烟拉着把椅子坐到了他对面：刘天右，你大舅哥叫葛笑林，对吧？

他点了一下头，众人又把目光纷纷集中在他脸上，没有恶意，只有探寻。

大李就说：你老岳父是商业厅长，怎么没把你留在机关，跑到这来，以后可有你受的。

他不知道有你受的到底会有多难受。他听了大李的话，只能把笑挂在脸上。

几天之后，刘天右终于了解了外贸公司的性质。他没来之前，听到外贸两个字觉得很时髦，也很神秘。进出口他懂，把自己的产品出口，再把外国的东西引进来，天天和外国公司打交道，听起来就让人激动和羡慕。可来到公司他才知道，出口进口的事根本轮不到他们，他们的工作就是在甲地采购一批东西，再以出口转内销的方式卖到乙地。他们说白了就是挂羊头卖狗肉，利用信息不对称，挣中间的差价。他们的工资是绩效制，采购的物品卖得好，便会有提成，卖得不好，基本工资也要下调。

刘天右转业后第一个梦想就是为自己买个房子，他和葛笑笑已经结婚快一年了，还暂住在库房里。夜半时分，他们经常被库房外的装货和卸货声音吵醒，白天市内交通对卡车有限制，这些运货的卡车大都晚上工作。他们经常被吵醒，有时一夜连续几次。两人休息不好，葛笑笑的脸色就越发苍白，人也没有精神的样子。

葛笑笑每次被吵醒之后，用两只手把耳朵堵上，无助地望着他说：刘天右，说什么咱们也不能在这儿要孩子，孩子会被吓坏的。他下决心转业也和这个梦想有关，他想换一个环境重新开始，靠着自己的努力，一定要让笑笑过上好日子。当初结婚时，他就这么暗自发过誓。

现实并没有他想象的那么美好，每天上班，采购科的人都在不停地打电话，采购科一共七个人，却有三部电话。每个人办公桌上都拉了一个电话分机。打电话是获取信息，这是他们的工作。有打听螺纹钢材的，也有剜门子盗洞联系煤的，采购科内电话声此起彼伏，就像战斗中的指挥部。他插不上手，也不知电话打给谁，只能天天看着别人热闹地忙碌着。

大李打完电话，点了支烟踱到他面前，手指敲着他的桌面道：天右，你也别傻坐着呀，赶快联系呀。他一脸茫然，真不知道自己该联系点什么，他转业到地方才意识到，除了战友，他谁也不认识。大李吐出口烟道：联系什么都行，只要能挣到钱。正说着，大李桌上的电话响了，他忙去接电话，意思是他在山西联系的煤有希望了，对方答应给他留五百吨的指标。大李得到这消息，打个响指，兴奋地把电话扣上，一屋子人都羡慕地望着他。其中一个人说：大李，做成了，你得请客。大李很大度地说：行，我请咱们科的人去唱歌，找几个漂亮妹子陪着。一屋人除了刘天右都在笑。

还有一个人说：光唱歌不行，外加巴西烤肉。

大李也应了，甩了一下头发，又抽出支烟。

刘天右觉得自己和眼前的一切格格不入，他又想起了在部队的时光，他的工作就是排练和演出。走在营区里，一切都是那么肃穆井然，只能听到士兵队列行走喊号的声音，那会儿他是单纯的。看到眼前的景象，他迷惘又悲凉，看不清自己的出路在哪里。

一天下午刚上班，顾科长把他叫到了自己的办公室，顾科长的办公室是个单间，有办公桌椅也有一个两人的小沙发。他坐在门口的沙发上，顾科长喝了口茶，品味着道：天右，还习惯吧。他拧着手指苦笑一下。顾科长神秘地说：我得到了一个消息，林业厅手里有一批木材要销售，好多单位都在做工作，要是这批木材能让我们公司做，一年的奖金都有了。

顾科长这么说，刘天右就像在听别人的事。

顾科长讲完了，盯着他，见他没反应，便说：天右，你找林业厅的人做工作，争取把这笔业务拉到咱们这儿来。

刘天右一脸为难地说：科长，林业厅的人我一个也不认识呀。

顾科长拍了下腿道：你不认识很正常，可你岳父总该认识吧。他可是商业厅长，虽说退二线了，老关系的面子总有人会买的。

顾科长的话点醒了他，但他不知道岳父会不会帮这个忙。自己找工作时，岳父为他打了不少电话，他已经觉得很对不起岳父了。笑笑对他说过：我爸这个人没求过人，为你的事他才破了例。想到这，他说：科长，我试试吧。顾科长一拍大腿道：不是试，是一定要成功。林业厅这批木材我打听了，都是上好的红松，如果能给我们，我们转手卖给南方，利润最少这些。说完举起三根指头。刘天右弄不清那三根指头到底代表的是什么，是三千还是三万，抑或更多。

来到新单位上班已经一个多月了，他还没做成一宗生意，看到其他业务员接二连三地把业务谈成了，他无形中便有了压力。

晚上回家后，他把顾科长的意思和葛笑笑说了，葛笑笑是会计，她自然明白利润三成是什么意思。除了自己的会计工作，她业余时间都用来读书了，并不掺和社会上的各种人际关系，人便显得很单纯。她茫然地看着刘天右说：你又不认识林业厅的人，怎么能拿到这批木材的指标？

刘天右学着顾科长的样子，拍了一下腿道：这事，得让咱爸出面，他一定认识林业厅的领导。

葛笑笑为难地说：那你和爸说一说，看他能不能再帮你一次。

周六的晚上，刘天右和葛笑笑双双来到了葛厅长家，刘天右自从转业上班，已经好几周没登岳父的门了，那天他来之前去商场买了半斤西洋参，还有两瓶药酒，当然，他没忘记开发票。顾科长说过：为了这批木材，所有的关系费用都可以报销。

母亲见了这些东西惊呼一声，心疼地说：来自己家还带什么东西，不过日子了。葛笑笑拿眼睛看刘天右，刘天右脸上挂着笑，嘴上说：给我爸的，年纪大了该补一补。话一出口，恨不能扇自己一个耳光。在这之前，自己绝不可能说出这种话。

那天晚上，他陪着岳父坐在沙发上说了许多话，介绍了自己外贸公司的工作。葛厅长虽退居二线了，国家大事仍一如既往地关心着。看完《新闻联播》，葛笑林在外面应酬完，满身酒气地回来了，以前这个时候，他就该起身告辞了。可他还没把该说的话说出来，便坐在那硬挺着。坐在饭桌上和母亲说话的葛笑笑不时地看表，并向他投来催促的目光。他终于忍不住道：爸，林业厅的领导你熟不熟？葛厅长放下手里的遥控器，望着他：你有事？于是，他就把木材的事说了。

还没等葛厅长表态，葛笑林便摇身过来说：天右，你想都别想，这批木材的事我早就知道，有好几家公司都盯着呢，林业厅的崔厅长为这事把自己的电话都拔了，谁的电话也不接。

岳母听刘天右说，也凑了过来，葛笑笑坐到父亲身边，拉了下父亲的衣袖道：爸，你要是能帮天右就帮一下。利润有三成，天右他们的工资都靠业绩提成，要是能把这事做成了，一年的奖金就到手了。

葛厅长望了眼刘天右，刘天右一双眼睛正渴盼地望着他。葛厅长又拿起遥控器，冲电视按了一会儿，调出一个频道。

岳母就插话说：你爸这辈子没干过违反原则的事，天右刚转业，无依无靠的，要啥没啥，能帮就帮。

女儿见母亲这么说了，便也趁热打铁地说：爸，你帮帮天右吧，为这事他几天都没睡好了。停了停又补充道：这事要是能成，天右拿了奖金，我们买房子就有希望了。

直到这时，葛厅长才认真地看了眼女儿，满眼怜惜，半晌又把目光落在刘天右脸上，刘天右也点了点头。

提到房子，葛笑林也不说话了，他住在家里，妹妹就没了地方住。本来，他们外贸局年底前是要分一批房子的，他的排名也算靠前，宿舍盖好了，但很多人不满意分房政策，联名写信上告，一直告到省里，省里派出工作组调查，最后一直没有消息，分房子的事便遥遥无期了。

葛厅长拉开茶几的抽屉，拿出一个电话簿，是一本内部电话簿，印着“绝密”字样。里面有各级政府和各厅领导的电话。葛厅长沉重地拿出电话簿，向卧室走去。卧室里也有一部电话和客厅的电话连在一起，每逢有重要电话，葛厅长都在卧室里打。葛厅长走进卧室，把门关上。

刘天右看到了茶几上的遥控器，拿过来把电视音量调小，唯恐影响到岳父打电话。接下来的时间，客厅里的空气似乎凝固了，大家都在望着电视里的画面，可谁的心思都不在电视上。

过了一会儿，又过了一会儿，葛父从卧室里走出来，手里仍捏着那个电话簿，鼻子上多了一副花镜。他吁口气，又坐回到刚才的位子上，慢条斯理地从电话簿里抽出一张纸条，纸条上写着一串电话号码，递给刘天右道：这是林业厅严副厅长的电话。崔厅长口头答应了，但要找严副厅长办，他会和严副厅长交代的。

刘天右绷紧的神经一下子松弛下来，感激的心情无以言表，他真想找几句感谢的话谢谢岳父，可又没找到合适的词，他郑重地把那张写有严副厅长电话的纸条揣起来，站起身，用湿润哽咽的声音说：爸，这是我最后一次求你了，以后再也不让你为难了。

葛厅长就苦涩着脸挥了挥手。

第二天一上班，刘天右就把这一消息汇报给了顾科长。顾科长把手里的喝水杯子差点扔到桌子上，一边拍着大腿一边说：天右，我没看错你。这事成了，不光你日子好过，咱们科的日子也好过了。当即，顾科长亲自去公司财务借出了两千元钱，他把这些钱塞到刘天右的衣袋里，又拍了拍说：这是以咱们科的名义借来的活动经费，记住，别忘了开发票。

刘天右捂着揣钱的兜有些犯难，他没有送过礼，也没搞过这种关系，便征求地问顾科长：科长，这礼怎么送？

顾科长挥下手道：这礼不能送到办公室去，一定要送到家里去，你白天可以去办公室勾兑关系，晚上再去严副厅长家，只要他把礼收下，这事就成了。

严副厅长他见到了，严副厅长的态度却很暧昧，不停地说些原则性的话，也说了许多为难的话。刘天右把笑僵在脸上，一直到严副厅长送客，他也没在严副厅长嘴里得到明确的答复。

他把这一结果又一次汇报给了顾科长，顾科长也没了当初的兴奋，背着手在办公室里踱了一会，突然转过身，从抽屉里拿出个信封，伸手把刘天右兜里的两千元钱要回去，又在自己兜里掏出五百元钱，加在一起放到信封里，又一次递到刘天右手里说：不要买东西，把这信封送到严副厅长家去。只要他收下，这事就成了八成。

他接过那个装钱的信封，重如泰山地离开顾科长办公室，第一次敲严副厅长家门时，得到保姆告诉他的消息，严副厅长还没回来，他退出去，回到小区院子里，目光一直没离开过严副厅长家的楼门。夜渐渐地深了，小区里散步的人也渐渐散去，他看到了远天的星星，突然想起在边防点的日子，他也无数次地望过远天的星星，那时，他多么热切地期盼着早一天离开边防点，回到灯红酒绿的城市里呀。此时，他身在城市，却莫名其妙地开始思念大风口边防点了，这个季节或许已经下雪了，宿舍里的炉火生得旺不旺，战士们冷不冷……他胡思乱想了一会儿，突然看到一辆车驶来，在楼门口停下了，车上下来的果然是严副厅长。他看见严副厅长走进楼门，送他的车驶离，他深吸一口气，鼓起勇气向严副厅长家走去。这次开门的是严副厅长，满面红光、一身酒气的严副厅长此时已换好了拖鞋，看到他怔了一下，他脸上堆着笑道：厅长，我是白天找你的外贸公司的小刘。显然，严副厅长想起了他，嘴上说：这么晚了，你怎么找来了？

他尴尬地站在门外，严副厅长不情愿地把门打开，他忙把鞋脱在门外，光着脚走进去。严副厅长没有让他坐的意思，客厅里只开了盏台灯，几个房间都关了门，想必是家人都休息了。他忙把信封掏出来，堆着笑，声音空洞地说：打扰严副厅长了，不好意思。他忙把信封放到茶几上。

严副厅长换了口气说：小刘，你这是做什么？虽是指责，声音却透着亲切。

刘天右忙不迭地说：拜托严副厅长了，打扰了。说完逃也似的离开严副厅长家，他走出楼门洞，还能听到心脏乱七八糟地跳着。风一吹他清醒了一些，想着自己的所作所为，恨不能抽自己一顿耳光，心里说着：这是第一次也是最后一次。

两天后，刘天右还是接到了严副厅长的电话，让他去木材公司找杨经理拿指标。他赶到木材公司时，才发现前来拿指标的人不止他一个，杨经理的屋子里围了十几个人。杨经理坐在桌后，把脚跷到桌子上，很优越地扫视着围在他身边的十几个人，翻着眼皮说：都别吵别嚷，厅里那帮当官的把球踢到我这里，木材就这么多，你们来了这么多人，让我怎么分？

刘天右这才明白，能得到这批木材的关键是眼前的杨经理，他们这些人显然都是林业厅踢来的球，具体能得到多少木材还是杨经理说了算。

杨经理突然站起身：你们都排好队，这样争来吵去的像什么话。

杨经理站起来的一瞬间，刘天右断定杨经理一定当过兵，这是只有当过兵的人才有的第六感觉。他的一句话让所有人安静下来，却不知如何是好的样子，刘天右挺身站在人群中，冲发呆的众人道：以我为基准，分两边站。众人这才缓过神来，纷纷乱乱地以刘天右为中心站好。

杨经理抬起眼看了眼刘天右，但很快就把目光移开，他从队伍里指着第一个人说：从你这开始，报上姓名。说完又从抽屉里拿出个笔记本打开，每报上一个单位，便会核实一次名字，看样子名单他早就有了。轮到刘天右时，他像军人在队列里汇报一样利索地答：报告杨经理，刘天右，外贸进出口公司的。杨经理又重重地看了他一眼。

结束之后，杨经理挥下手说：狼多肉少，木材就这么多，给多给少我合计一下。回去等消息。

众人立在那仍没走的意思，杨经理怒了：我们还得研究，总不能现在就告诉你们吧。说完他挥了下手：解散。

大家都心有不甘地从杨经理办公室出来，怏怏不乐地散去，刘天右走到木材公司门口又停住，他觉得不能就这么走了，便趁人不备，又一次来到了杨经理办公室。杨经理人已经不在了，他又退回到公司门外去等。中午时分，他似乎又听到了杨经理在办公室打电话的声音，复又走进去。杨经理把电话扣上，看着刘天右。刘天右站在门前向杨经理敬个礼，笑着说：杨经理，我猜你一定是战友。

杨经理抬起手指着刘天右：我看过你的演出，五年前，你到过我们海岛边防营慰问，你吹的是《解放军进行曲》。刘天右一惊道：杨经理你是海岛五团的？他记得自己当战士时，去过海岛五团慰问演出，那次他们走了几个驻军哨所。

杨经理：你一进门我就看你眼熟，刘天右，对，你就叫刘天右。你怎么也转业了？

那天中午，他请杨经理喝酒。在聊天中他才知道，杨经理在边防五团的三营当过副营长，那次他们慰问演出不久，他就转业了。刘天右也说出了自己的经历，从宣传队又去了边防三团，说到胡团长，还有方连长。一提到方连长，杨经理就道：方垒和我是同年兵，是老乡。他还告诉刘天右一个信息，方连长已经调到边防五团了，在一营当营长了。

他离开十三连后，和方连长通过几次信。后来就断了联系，他从杨经理这里才知道方连长还在部队，已经当上了营长。两人都为方连长感到高兴。

话说到这个份儿上，杨经理才说了实话：厅里把关系户踢到他这里，是做做样子，其实，这是厅领导解决矛盾的一种手段，他并没有分配那些木材的权力，最后还得厅领导拍板。

刘天右最初的判断又错了，杨经理最后告诉他：想多要指标，还得找严副厅长，这批木材就是严副厅长说了算。

转了一圈根子还在严副厅长那里，这时他才真正意识到，地方才是真正的社会，社会是复杂的浑浊的，他开始怀念在部队的日子了，甚至怀念满天飞雪不见人烟的大风口哨所。他甚至想起了斯琴老爹和塔亚，他们还好吗？他的情绪低落下来，觉得自己丢了什么东西似的空落落的。

事情发生得有些突然，饭后他和杨经理在路口道别，杨经理背对着马路向他伸出了手。他突然看见一辆小车歪歪扭扭地飞快驶来，他来不及多想，大叫了一声，一把把杨经理推开。之后他觉得自己飞了出去，后来他就失去了知觉。

醒来的时候，他发现自己躺在医院里，浑身的骨头似乎碎裂了，头上腿上缠满了纱布，一位护士正在给他换药。一股剧痛让他倒吸了口凉气。护士说：你终于醒了。他呻吟着说：我这是在哪儿？护士说：我们这是军区总院。他不知自己怎么就来到了军区总院，他断续地想起了那辆歪歪扭扭的汽车，还有和杨经理告别时的情景。

那次，他在医院里躺了半个多月，顾科长、杨经理都来看过他。顾科长握着他的手说：你好好养病，木材的事先不着急，等你伤好了再说。见到杨经理，他才回忆起当时的情景，他把杨经理推开，自己被车撞飞出去。那辆车的司机是酒后驾驶，是杨经理把他送到了军区总院，杨经理说：天右，被撞的应该是我，你是我的救命恩人。杨经理含着泪用力地握着他的手。他冲杨经理说：还是和战友交往心里踏实。杨经理也哽着声音说：那是，咱们都是当过兵的人嘛。

那几天，妻子葛笑笑一天要往医院里跑两次来送饭，葛笑林也来了一次，站在床边同情地望着他，开玩笑地说：天右，在部队好还是在地方好？他没有说话，只是冲葛笑林笑笑。他明白，不论未来的路有千难万难，他不能倒下。这么多部队转业下来的军人，他们都能生活，自己为什么不能。

一天下午，他嗅着一阵花香醒了过来，他看见床前站立的付瑶，她穿着医生的白大褂，就那么静静地望着他，他的床头多了束花，显然这束花是付瑶带来的。

他认为自己在做梦。他听见她说：师傅你受苦了。她的声音把他牵到现实中来。

他一时不知说什么好，欠起身子坐了起来。

付瑶说：我听宋一达说你住在这里。

他见过宋一达，他是他的主治医生，前两天查房时，他来过。虽然宋一达戴着口罩，但他还是认出了宋一达。他看到宋一达就想到了付瑶，付瑶虽然已成了往事，但仍在他心底里某个角落里躲藏着，不知何时就会被翻晒出来。

付瑶又说：师傅你不该转业，你的事业在舞台上。

他扭过头望着她，这是他转业后第一次听见有人这么说自己。

她盯着他的眼睛说：师傅，就是转业，你也该去文艺团体，别的单位不适合你。

付瑶的话一下子击中了他。虽然转业不久，他看到的经历的，总让他觉得自己和那些人不是一路人，当初转业时只想着重新开始干一番事业，他现在才意识到，他是多么怀恋舞台和那些乐器了。可眼下又能让他回到过去吗？

他岔开她的话：你还好吧？他说完这话就后悔了，她现在是军区总院的一名医生，丈夫也是。他们工作稳定，门当户对，她理应幸福。

她听了这话，只是浅笑一下，目光定在他脸上，后来有护士进来给他换药，她告辞了，看着她穿着白大褂的身影消失在门口，他的心一下子空落下来。

后来，他可以下床活动了，走到军区总院的院子里散步，有几次，他被一种熟悉的音乐声吸引了。那是萨克斯发出的声音，低沉的音乐声散发着淡淡的伤感。起初，他以为是院外传来的，后来发现这声音并不远，他循着声音走过去，竟发现在总院的后院还有一片树林，这声音就是从这里发出来的。他走过去，发现竟然是付瑶站在这里吹奏。此时，她已脱去医生的白大褂，只穿着军装，背对着他，专注地吹奏着。他久久地立在树林外，望着付瑶熟悉又陌生的背影，往事如烟似雾地在脑海里闪过。多么熟悉的场景，还是小树林，还是傍晚。眼前的一切宛如梦境。他似乎又回到了当年。

他下意识地向前移动着脚步，她回了一下头，发现了他，她轻轻地叫了声：师傅。两人相互凝视着，他瞬间似被子弹击中了，一时动弹不得。

她向他走过来，在离他两步远的地方停下来，认真地望着他说：你还能当我的师傅吗？

他嘴里干干的，不知如何回答。

她说：我要考省里的歌舞团。

他知道，省里的歌舞团有乐队，他在文工团时，看过省歌舞团的演出。他不知道付瑶竟有如此想法。

他嗫嚅地说：你是医生，干吗要这样？

她说：音乐是我的梦想，我不会放弃。

他听了她的话，想到自己，他有些脸红，他放弃了初心，可她仍在坚持着。

她又说：我知道自己离梦想有距离，但我不会放弃，你还能再教我吗？

他又想起了她刚和他学习乐器时说过的话：我叫你师傅，以后我终生都是你的徒弟。那会儿，他只把她的话当成了玩笑话。

此时，他们虽已物是人非，她仍记着自己说过的话，他心里百感交集。

在住院的那几天，每天的傍晚，付瑶下班后，都会来到树林里等他，他从病房里拐着腿出来，也来到了这片树林，仿佛他们又回到了当初在军部院内那片树林里一样。他看她吹奏，不时地指点，还不停地做着示范。那些天，时光似乎又倒流了，他甚至忘记了外面的纷杂，还有那批木材的命运。

直到出院那天，杨经理来接他，把一张提货的纸条塞到他手上。他看着那张纸，这是他之前想都不敢想的数字，这批木材百分之八十都批给了他。他感激地望着杨经理，杨经理说：这次我自己做了回主，谁让咱们是战友，算是我报答救命恩人的。

他和杨经理拥抱了一下，一瞬间又回到了部队，战友情让他心又热了一次。

按着外贸公司奖励机制，这批木材出手后，他可以拿到三万元的奖金，三万元对他来说是天文数字。他和笑笑的梦想就是拥有一套属于自己的房子，有了这三万元奖金，加上他的转业费和他们平时攒下的钱，虽不够，但离梦想还是近了一步。

那些日子，他带着葛笑笑到处看房子，看着一处处的售楼处，他充满了激情和渴盼，终于在城市的北部看中了一套两室一厅的房子，价格在他的接受范围内。房子正在盖着，他们虽只看了样板间，仍依稀地看到了自己未来房子的模样。他和葛笑笑计划好了，一间做卧室，另一间就做书房。葛笑笑再也不用躲在阴暗潮湿的库房里看书了。他发现结婚后葛笑笑的脸愈发地苍白了，他总结的原因就是见不到阳光。为了能够拥有自己的家，他现在付出的所有牺牲都值得。

他三天两头去找顾科长，打听那批木材的回款情况。顾科长每次都稳如泰山的样子，吸着烟，吞云吐雾地说：天右，你碗里的肉别人抢不走，咱们这次合作很愉快，你要和老丈人搞好关系，下次说不定什么时候还要动用你老丈人出山。

刘天右在心里说：不会再有下次了，即便岳父不退休，他也不应该为了自己的工作麻烦别人，岳父虽然帮了他，一想到岳父一脸的难色和不情愿，他就在心里发誓：再也不会让岳父为难了。未来的路一定要靠自己。

盼星星盼月亮，木材的那笔奖金终于发下来了。那天，刘天右刚上班，便一个电话被顾科长叫到了办公室，顾科长见到他，在抽屉里拿出一个鼓鼓囊囊的信封，笑着说：这是你的奖金，五千，你收好。

他摸了一下顾科长递过来的信封，不解地问：怎么是五千？应该是三万才对呀。

顾科长靠在椅子上，又点燃了支烟道：公司给的奖金是三万，但是呢，我和其他同事商量了，这笔生意最后完成，也不能都算到你一个人的头上，我不把这个业务交给你去做，你就没有机会，况且，这么多钱都给你一个人，科里其他人也会有意见。

他瞟了眼墙上挂着的奖励制度问：公司的规定就不算数了吗？

顾科长皮笑肉不笑地说：怎么能不算数呢，奖励给你的数字是我和公司领导商量的，你有什么意见可以去找公司领导。说到这儿，顾科长站起来，把那个信封塞到他怀里又说：拿着吧，藏好，别让其他人看见。说完还把那个鼓鼓囊囊的信封往他怀里更深处又用劲塞了塞。

刘天右真想把那个信封砸在顾科长的脸上，在这之前，科里的大李提醒过他，让他小心这笔奖金别让顾科长截和。以前顾科长经常对他们这么做。他当时单纯地想，这笔木材生意从头到尾都是他一个人做的，顾科长凭什么截和他的奖金。可眼前一切都应验了。

他盯着顾科长足足有几秒，弄得顾科长脸红一阵白一阵的，顾科长结巴地说：天右，你的辛苦我记住了。

他抓住顾科长的衣领，拳头都举起来了，顾科长挣扎着说：你敢打我，刘天右你反了？刘天右狠狠地把顾科长推出去，又狠狠地剜了他一眼，他真想打人，可还是忍住了。

晚上回到家里，他把装有五千块钱的信封放到桌子上，便一头倒在了床上。他气愤失落，刚转业到地方就被上司戏耍了一道，他想起这些日子为这笔生意的奔波。他是为自己的梦想在奔波，可现在梦醒了，他觉得自己受到了顾科长的侮辱，委屈像潮水一样淹没了他。

葛笑笑下班回来时，看到桌上的那个大信封，还惊呼一声：你发奖金了，有三万吗？

他看着葛笑笑兴高采烈的样子，真想痛哭一场，房子买不成了，他的希望破灭了。他把原委告诉了葛笑笑，她倒没有像他一样那么失落，安慰他道：不错了，这是你第一笔业务，以后我们还有机会，咱们住在库房里也没什么。

她越是这么说，他心里越觉得憋屈，他看着自己的妻子，自从嫁给他，经常半夜会被大货车装卸货物的声音吵醒，她没有抱怨过，睡不着就把灯打开，拿起一本书看，他在一旁唉声叹气替妻子难过，她反而安慰他说：没事，我睡眠好，一会儿他们装完货，我倒头就能睡着。她这是在安慰他，他经常看见早晨起床后的笑笑眼里布满了血丝。此刻，一个大胆的想法在心里酝酿着。

奖金的事还是让葛笑林知道了，他也不平地说：你们这个科长太操蛋了，那两万五一定被他独吞了。

大李和其他同事私下里也这么对他说。

他终于把自己酝酿的决定说出了口：我要自己干，别人能行，我也一定行。

说这话时，他们正在葛厅长家里。一家人被点了穴似的立在那里，不知如何是好地望着他。

葛厅长沉吟半晌，仍没说话，手里颠三倒四地把玩着电视遥控器。

葛笑林说：我支持天右自己干，别再受这个窝囊气。

葛笑笑在一旁叫了一声：哥，天右刚上班才几天呢，自己干哪有那么容易的。你别乱说。

葛笑林对妹妹说：天右有这个决心，我看行，要不是爸妈拦着，我也自己干了。省得在单位看那些领导胡作非为，憋气。

岳母就冲葛笑林道：你少说两句吧，天右转业找这份工作不容易。

岳母这么说，大家都不说话了，葛厅长打开电视，又是正点的《新闻联播》，新闻里正在播送一则中央出台的鼓励个体经营的新闻。刘天右认真地把那则新闻看完了，回去的路上，他对葛笑笑说：其实没有奖金的事我也想自己干了。葛笑笑立住脚吃惊地说：你刚才不是开玩笑？他说：开什么玩笑，我是认真的。

葛笑笑沉默了。

那一晚，他几乎一夜也没睡，他一直在思考着自己的决定。最初转业到外贸公司，他是激动和兴奋的，可到了单位才知道，每天都碌碌无为，心里便开始焦虑了。他时常想，放弃自己的专业到外贸公司上班，这一切到底为什么，不是为了改变自己，当初又为什么转业。他知道如果自己不主动提出转业，裁军也轮不到自己。与其平庸地忙碌，还不如破釜沉舟。他知道，葛笑笑不会支持自己下海。岳父虽然没说什么，他的沉默就是他的态度。从参军到现在，他似乎没为自己选择过，这次，他无论如何要替自己选择一回。他要让笑笑过上好日子。

第二天一上班，他伏在桌子上写了一份停薪留职的报告，写好后，他马不停蹄地把这份报告送到了顾科长面前，他怕时间久了，自己会改变主意。

当顾科长看到他这份报告时，脸上没有一丝一毫的惊讶，有些幸灾乐祸地道：你可想好了，不后悔？

他恨不能抽顾科长几个耳光，他压住火气：不后悔。

已经没有留恋了，他用一天时间在公司办完了离职手续，大李等同事惊讶过后就是祝贺，大李甚至提议晚上找个地方为他送行，他婉拒了。比平时提前一个多小时回到了家中，他买了些熟食，又炒了两个菜。葛笑笑回来时，他已经把饭菜摆到了桌子上，还开了瓶酒，给自己倒了一杯。

葛笑笑看到这一切惊讶地问：不年不节的怎么做这么多菜？

他等葛笑笑坐下，才说：我离职了。

葛笑笑拿起的筷子又放下了，呆呆地望着他，半晌才说：你没开玩笑？！

他知道她在为他担心，便安慰她道：我办的是停薪留职，万一不行，我还可以回来上班。但在心里却鼓励自己：开弓没有回头箭，自己一定能行。不知何时，他开始自信起来，许是葛笑笑对他的通情达理，或者是葛笑笑一家人对自己的默默支持。

13

第十三章

商　　海

刘天右做的第一笔业务是饲料，把北方土产公司收购的玉米倒腾到南方。这个主意是木材公司杨经理给他出的，杨经理与土产公司经理也是战友，以最低的价格出售了一批玉米。说是玉米，大都是积压了几年的陈粮，一部分已经发霉变质。南方的养殖场是葛笑林提供给他的，这个养殖场和葛笑林有过往来。第一笔生意就这么联系成功了，几乎没费太多周折，他有些不敢相信自己会这么顺。一进一出，双方签好合同，一直到装满火车的饲料发走，刘天右悬着的心才落地。第一笔生意，挣得虽然不多，但足可以买套房子了。以前看好的房子早就卖没了，在另一个楼盘他又看中了一套，房子是现房，装修后就能立马搬过去了。他毫不犹豫地把这套房子买下，他太想在城里有个属于自己的家了。

刘天右初战告捷，一家人悬着的心放回到了肚子里。这段时间，刘天右一边忙着装修房子，一边联系着生意。

一天，马来西亚的一个客户找到了他，告诉他有笔大生意，马来西亚要进口一批饲料，并且数额不限，又提出了收购价格，比南方省份收购价格高出许多。他为这事专门出了趟差，经杨经理战友介绍，他认识了不少土产公司的经理，因为所收购的数额巨大，又涉及出口，他们对分期付款的方式不能接受，低价出售可以，但一定要全款。这难住了刘天右，买完房子后，他手里的钱已经所剩无几了。就是不买这套房子，他手里的资金要收购这么多粮食，也相差十万八千里，他收购的不是几吨饲料，而是上千吨。他想到了贷款，他去银行打听了，贷款就要有相同价值的财产做抵押。他能够抵押的就是刚买的那套房子，可这个对于贷款数额也是杯水车薪。

那些日子，他如坐针毡，吃不下睡不着，睁眼闭眼都是去哪儿凑够这批买饲料的钱。到最后他几乎放弃了做这笔生意的想法。

建军节的前两天，他突然接到了侯队长的传呼，他把电话回过去，侯队长通知他，在建军节那一天把战友凑到一起聚一聚。他这才想起，离开文工团后，他已经好久没有和战友们相聚了。

侯队长这次张罗的聚会来了许多战友，天各一方的战友再次相聚就多了许多感慨，互相打听各自的情况，无论失意还是得意都相视一笑，一个拥抱，所有的幸与不幸都烟消云散了。

刘天右先是被一阵香气笼罩了，又被一只手重重地拍了肩头，他回头时看到了珠光宝气的吴小红，她正朱颜红唇地冲他笑。他差点没认出她来，她比以前胖了，雍容华贵的样子让他吃了一惊。他曾听人说，吴小红结婚不久便也转业了，没有找工作，自己单干，具体干什么却没人知道。

吴小红就说：天右，听说你也下海了？

这正是刘天右的痛，为了这批出口饲料的事他正焦头烂额。他只苦笑一下说：还不知能走多远呢。

吴小红就豪气地说：有什么困难跟姐妹说，没什么大不了的。

他只笑笑。那次聚会，他得知吴小红在做化妆品生意。之前侯队长对他说过：吴小红的母亲以前是个处长，几年前就开始辞职做化妆品生意了，吴小红是和她母亲一块儿干。刘天右此刻羡慕地望着吴小红，心想有个好家庭是多么重要哇。在这一瞬间，他又想到了自己的母亲和弟弟，他突然想起，自从弟弟结婚，他离开靠山屯，便再也没接到过家里一封信。偶尔，他会想起老家的母亲和弟弟，也会想，老家的庄稼收成好不好，冬天又想老家冷不冷。有时，他会站在某处发呆，目光望着天际家乡的方向，心想，那就是他老家了。一想起老家，便有种说不清的情绪在他心里弥漫。想到了母亲和弟弟，他的情绪就低落下来。

战友聚会的酒已过了三巡，有人已经脸热耳酣了，话便多了起来，聚会的场面也就热烈了起来。就在这时，侯队长站了起来，他拍拍手，众人的目光就被侯队长吸引过去，他是在座这些战友中职务最高、年纪最长的，又是这次聚会的发起人，人们没有理由不尊重侯队长。侯队长就把刘天右遇到的困难说了。侯队长在战友聚会上说自己生意遇到的困难，让刘天右大出意外，他尴尬地望着侯队长。几天前，他和侯队长为聚会的事通过一次电话，两人聊了各自的工作，刘天右把当前遇到的困难和侯队长汇报了。侯队长当时在电话里并没有多说什么，只是安慰他几句。没料到，在这个场合侯队长竟当着这么多人面，把自己的困难说给了大伙。

战友把目光集中到了他身上，他坐也不是，站起来也不是，脸红一阵白一阵地冲大家伙儿笑。

侯队长介绍完刘天右的情况，清清嗓子说：天右是我们战友，战友遇到困难，我们要伸出我们的手，不求他以后发达了回报我们，只让他记住我们曾经是战友。

侯队长的话让刘天右感动，他立起来，冲四面八方的战友敬了个礼。

众人响起了掌声，吴小红大着声音说：天右，什么也不说了，姐们儿出十万。说完还一口把杯中的酒喝光了。

吴小红一带头，众人便也热烈起来。

他站起来，心跳加速，红着眼圈哽咽地说：算我借大家的，以后我会连本带利把这些钱还给你们。

那天战友聚会，变成了募捐大会，有的身上没带现金，把他的银行账号要走了，聚会结束很长时间了，他的卡上还能收到战友打过来的钱，有许多那天没参加聚会的战友，也表达了对他的支持。

他都一笔笔地把战友的资金记到一个小本上，他明白，这份战友情有多重，是情谊也是信任。他心里发誓道：只要自己还活着，就把这份情还上。

资金解决了，作为饲料的玉米陆续地运到了码头上，下一步饲料要在这里装船运往马来西亚。就在最后一批饲料装上船之后，意外发生了，他收到了马来西亚那个陈姓商人的一封电报：暂勿发货。

他看着港口里装满饲料沉甸甸的船只，一种不祥的预感笼罩了他。

三天后，陈姓商人夹着个公文包匆匆地出现在了码头上。见到他，在公文包里拿出一张当地的中文报纸递给他，报纸上说：马来西亚正在闹鸡瘟和猪瘟，政府为了遏制瘟疫的蔓延，已下令屠杀所有的鸡和猪。商人陈为了证明自己所言不虚，还拿出了一张政府发布的通告，那是张写着英文的通告，他看不懂，也没心情去看。

刘天右的天塌了，整个世界都黑了下来。

当初和商人陈签署的合同有一条款，就是不可抗拒力使合同无法履行，所有的损失只能由乙方承担。他就是乙方，在不可抗拒力面前，刘天右手足无措。

他坐在码头上的一个包装箱上，此时他的耳朵嗡鸣声一片，似乎什么都想了，又似乎什么也没想，就那么呆呆地坐在码头上。商人陈什么时候走的他也没有察觉到，他伸出手，一沓钞票掉到地上，他才意识到，这钱是商人陈塞到他手上的。他看着散落在地上的那沓钱，心想：这是商人陈表达的歉意吗？

他想到了老婆葛笑笑，为了这批饲料，他已经好几个月没顾得上回家了。他记得离开家门时，葛笑笑把一张医院的化验单递给他，他才知道她怀孕了。那会儿他有说不出的欣喜，心想：好日子就要来了。妻子怀孕，现在算起来已经有几个月了。当初他们把库房做了新房，他就发誓一定要让笑笑跟自己过上好日子。后来，他们买了新房，并顺利地搬进了新家。搬新家那天，岳父岳母都来了，岳父没说什么，只是背着手在两个房间里走了一圈。岳母仔细地把房间的每个角落都打量了，摸摸这，看看那，冲他意味深长地说：天右，以后我们就把笑笑交给你了。岳母这话应该在他们结婚时说，岳母当时却没说，而是在他们搬进新家后把这话说了出来。他知道，直到这时，岳母才真正地对他放心。

为了出口这批饲料，他把自己的新房也押上了，在银行里贷了款，他满心希望这批饲料顺利运送出去。他甚至想好了，这批货一出手，要请所有帮助过他的战友再聚一次，连本带利地把欠战友的钱还上，让战友们相信他是一个说话算话的人。

此时，他望着整装待发的商船仍静静地停靠在码头上，远处有商船的汽笛鸣响，他知道那是启航的笛声，可装载他心血的商船再也不会启航了。

他呆呆地立在码头上，不知多久，星星出来了，太阳又在东方升起，他就立在那里，最后他看着属于他的饲料又从船上卸下来，在码头的空地上堆成了一座又一座山峰。金灿灿的玉米在他眼前连成一片，他是个农民的儿子，还是第一次看到这么多粮食如此威风地堆积在一起，那是他所有的希望和心血。

他不知道下一步该怎么办，但他明白，他要看守属于他的这批饲料。他拖着僵直的腿找到了一个公用电话，拨通了葛笑笑办公室的电话，接电话的正是葛笑笑，他听见她在电话里“喂”了一声，半晌没有说出话来。葛笑笑就在电话那端说：是天右吗，你到家了吗？这座码头城市距离省城还有几个小时的车程，在饲料装船的头一天，他和葛笑笑通了一次电话，告诉她，自己很快就要回去了。她听到他就要回去的消息，声音哽咽地告诉他，他们的孩子已经在她肚子里长大了，已经会用脚踢她了。她说到这，又幸福地在电话里笑了。此时，他只能在电话里说：遇到点情况，船还没有装，还要等几天。他说这话时，又望了眼堆在码头上那一片金灿灿的玉米，他怕自己哭出来，又说了几句话便把电话挂上了。

接下来的日子里，他一边守候他的饲料，一边联系国内的商家，希望有人能够接手他这批货。所有的下家，都遇到了和他相同的问题，不仅马来西亚遭受了鸡瘟和猪瘟，整个东南亚，所有养殖的鸡猪都在大批地捕杀。

刘天右遭到了空前的绝境。

他没日没夜地守候在码头上，似乎想了许多，又似乎什么也没有想。他望着一座又一座如山峰般的玉米，觉得自己就像一个战败的指挥员，他们对视着。他心里告诉自己，不论多难，都不能退缩，这些玉米不仅是他的梦想和希望，还有自己建立起来的自信。此时，他站在码头上，又让他想到了边防哨所，那会儿他也是孤独的，正是这种孤独让他积攒起了一种力量，一直延续到现在。他又想到葛笑笑期待的眼神，这眼神让他感受到了温暖。他知道自己没有退路，只能像坚守阵地一样在这里坚持，即便他单枪匹马。

14

第十四章

付瑶的婚礼

当刘天右在码头上处于绝境之时，付瑶的婚姻也走到了尽头。

她和宋一达从民政局婚姻登记处的大门走出来，就像两个同事出了趟差回来，站在某处分手告别一样平静。他们站在马路旁的一棵树下，宋一达终于抬起头寻找到了付瑶的目光，他顺着她的目光说：那啥，没事我就走了。两小时后我还约了台手术。她嘴里“嗯”了一声，并没有马上离开的意思。他转过身子，犹豫一下还是走了。她望着他的背影消失在公共汽车站方向，又回望了一眼婚姻登记处的楼门，恍似做了一场冗长的梦，此时梦醒了。几年前他们也是在这儿领的结婚证。那天两人也一同从这里走出来，不知为什么，她的心很平静，一点也没有喜悦或冲动。宋一达却一直很兴奋的样子，他脸上堆着笑，扶一扶眼镜说：今天是咱们大喜的日子，晚上想吃啥，我请客。她说：晚上我还要值班，吃饭的事就改日吧。当时两人也是在婚姻登记处门前分的手，两人各自骑了自行车，一东一西回各自单位了。

付瑶回想起和宋一达几年的婚姻生活，心里一直水波不兴。在这些年中，她试想过要是和刘天右结婚会是什么样子，每次想到刘天右仍是意犹未尽。

为了争取和刘天右在一起，她努力挣扎过，她给他写信，他不回，她下定决心，偷偷地跑到了边防三团，结果一下火车就被送了回来。甚至三团什么样她都没机会去看。母亲用爱把她严严实实地包裹起来。在这期间，她恨过刘天右，她恨他为什么不给自己回信，哪怕一封也好，那样她就可以义无反顾地等他。为了刘天右什么结果她都想到了，如果能调到三团是最理想的，若是调不去，她可以为他转业，哪怕他去天涯海角，她也会追随。那会儿，爱情的力量在她身体里是无限的，只要能和刘天右在一起。

刘天右身上寄托着她的梦想。从认识他那一天开始，埋藏在身体里的某种东西就被唤醒了，然后在她身体里奔流不息，到最后她也说不清是因为爱刘天右才这么痴迷地喜欢音乐，还是因为音乐她才喜欢上了刘天右。她对刘天右的感情是复杂又多元的，她是个遗腹子，生下来便没见过父亲。她渐渐懂事后，母亲才偷偷拿出父亲生前的照片给她看。刚开始，父亲的形象在她眼里是陌生的，随着她慢慢长大，父亲的形象才熟悉起来。父亲留下了一本影集，大都是演出时留下的剧照，父亲站在舞台中央，身穿军装，聚光灯投射到父亲身上，是那么光彩照人。小时候，她和母亲总是偷偷摸摸地看那本影集，只要门外有动静，母亲很快就会把那本影集收起来，装作没事人似的该干什么就干什么。她大一点明白，母亲是为了避开养父看父亲的照片。记得上中学时，她从母亲的箱底里找到父亲的影集，拿到了自己的房间，锁在了抽屉里。有一次，母亲急三火四地质问她是否拿了父亲的影集，她刚开始不想承认，看到母亲急切的样子，便从抽屉里拿出了那本影集，母亲这才长吁一口气，抚着胸口，虚惊一场的样子。以后，母亲隔三岔五地会溜到她的房间一起和她看那本影集，当然，母亲做这一切都是养父不在家时。有几次放学回家，看到母亲就坐在自己的床沿上，手捧着那本影集发呆，似乎哭过，眼角还是湿的。从那以后，她明白母亲是爱父亲的，到现在母亲仍在思念父亲。她只知道父亲是军区文工团一名歌唱演员，母亲是名舞蹈演员，父亲和母亲是怎么相爱的，母亲又为什么在生下她之后义无反顾地脱下军装，转业到地方当了一名文化馆的干部，她试图走进母亲的内心，接近母亲的秘密，可当她提起这个话茬时，都会遭到母亲大声呵斥，母亲在回避着什么。

她参军要走时，征求母亲的意见，关于父亲那本影集是她带走还是留给母亲。母亲把影集又一次拿到手中，从头到尾一张张翻着，目光却不同以往，眼睛里似长出了钩子，最后还是把父亲的影集放到她的手上说：你带走吧，他是你父亲。她望着母亲，欲言又止。半晌母亲又叮嘱道：把它保管好。

她参军到了部队才突然醒悟，母亲仍然深爱着父亲，只不过那爱已埋在了心底。想到母亲心便疼了一下，再看父亲的照片时，便想，父亲是幸福的，因为有个女人一直爱着他，思念着他。

在付瑶眼里，母亲和养父的关系也是水波不兴的，养父对母亲很好，可以说百依百顺，母亲在养父面前也尽显知书达理的样子。在外人眼里他们是和谐的一对夫妻，郎才女貌，恩爱如初。只有她知道，母亲对养父并没有多少爱，或者说爱得没有那么深。母亲床头书柜里有几本书，有一套发黄的《红楼梦》，还有几个发黄的歌本，母亲会经常看那套《红楼梦》，为里面的人物暗自垂泪，有时也会拿着某一个歌本发愣。付瑶坚信母亲一定想起了父亲，说不定，这些歌本就是父亲的遗物。她从来没问过母亲，知道问了她也不会说。父亲在母亲的生活中虽然成了过往，但他们的秘密却是不可侵犯的，就像父亲那本影集一样。

起初她不明白母亲为什么要干涉她和刘天右的恋爱，仅仅因为他是农村出身的吗？出身没法选择，命运可以后天改变呀。她以为凭着自己对爱情的奋不顾身，据理力争，会让母亲妥协的。没想到，在自己的终身大事面前，母亲是那么顽强，全然不顾她的感受。自从那次她从三团被两名干事送回家里后，她的挣扎几近绝望。母亲开始为她张罗婚姻大事，不知从哪里冒出那么多未婚小伙子，他们从四面八方冒了出来，被母亲强行推到她的面前，有大学老师，也有军区机关的干事、参谋，甚至还有警察，他们在母亲眼里家庭良好，前途无量。她起初谁也不见，把自己关在房里，抱着被子默默地流泪，她的心里只装着一个刘天右。

后来她突然发现，在她躲在屋里流泪时，母亲也在门外哭泣。她把注意力放到了母亲身上，突然发现母亲一下子老了，不知何时，脸上的皱纹深了几许，鬓边的白发也多了起来，她突然觉得母亲很可怜。从那一刻开始，她有些心疼母亲了。虽然她不明白，母亲为什么要把她和刘天右拆散。

那些日子，母亲面目虚肿，目光迷离，是一副没有睡好的样子。因为心疼母亲，她不想再违背母亲了，最后她见到了宋一达，才华出众又年轻有为的军区总院的外科医生。母亲自然是满意的，自从她和宋一达交往后，母亲的脸上终于绽放出了久违的笑容。那会儿她就想，除了刘天右之外，她再也爱不起其他人了，是谁对她来说都一样了，只要母亲满意就好。她和宋一达彬彬有礼地交往了一段时间以后，母亲便开始张罗他们的婚礼了。在母亲的精心安排下，她又调到了军区总院，结婚后，她又到军医大学去进修，她听凭母亲的摆布，因为对刘天右感情的无望，她已经麻木了。因为她长大了，突然发现母亲很可怜，明明心里一直装着父亲，却和养父生活在一起。她不想因为自己的事再让母亲劳神费心了。

和宋一达结婚的前一天晚上，她在房间里收拾自己的东西，打开书桌抽屉上的锁，又看到了父亲那本影集。她想征求母亲的意见，是留给母亲还是自己带走。这时母亲突然推开她的房门走了进来。母亲立在她的身旁，目光又落到那本影集上。她默然着把影集举到母亲面前，母亲接过来，又从头至尾地翻看了一遍，眼里又露出了钩子，最后还是推到她眼前说：你带走吧。她没说什么，把影集放到旅行箱里。

母亲坐在床沿，看着她收拾东西，她抬起头发现母亲的目光一直追随着她，她把目光放到母亲脸上，母亲似乎想对她笑一笑，终于还是没笑出来。她又把目光移开，忙着手里的事。

母亲终于说：你是不是恨妈妈？

她听了这话，突然停下手里的动作，但没有回头。

母亲深吸了一口气，说了句没头没脑的话：要是你亲生父亲在，妈不会干涉你的婚姻。

她盯向母亲，母亲避开了，把目光定格在她旅行箱底放着的那本影集上。

她突然说：过一阵我抽空把父亲的照片再洗印一套。

母亲摇摇头，小声地说：不用。

母亲说完这话，便奔出门去，半晌，她听见客厅里传来母亲的抽泣声。

她不知母亲为什么要哭，是为了自己即将出嫁离开家门，还是又想起了父亲？

她大学进修回来，到军区礼堂看了一场文工团的演出，自从刘天右被调到边防三团后，不论什么演出她都没再去看过，看别人演出她心里难受。这次她看演出也是因为刘天右，她没坐到军区总院的队伍里，而是偷偷在最后一排找了个空位子。别的演出节目她没记住，在节目中间的位置是刘天右的萨克斯独奏，他吹奏的是那曲《回家》，在音乐的曲调里，她想到了那片树林里走过的春夏秋冬，他的一颦一笑，他教她吹奏乐器的样子，最后他的音容和舞台中的刘天右叠化在一起，猛然她发现，刘天右是那么熟悉，不，是某种亲切。她心里呼啦一下被拉开了一扇门，一下子透亮起来，最后，刘天右演出的样子和父亲影集里的形象叠合在一起。他们的神态，以及站在台上的样子是那么一致，她有了这个发现，再定睛去看刘天右时，恍若时光倒流，站在台上演出的不是刘天右而是自己的父亲。她在《回家》的尾音里慌不择路地奔出礼堂，一口气跑到家里，进门便迫不及待地找到父亲那本影集，父亲站在舞台中央，还是那个舞台，连场景都别无二致，父亲和刘天右的身影不停地在她眼前幻化着，最后他们叠合到一处，她突然泪水如注。

她又想起和刘天右交往的点点滴滴，她是在军部礼堂第一次看到刘天右演出，他演奏的是什么，她已经记不清了。总觉得他既熟悉又陌生，他吹奏的音乐唤醒了沉睡在心底里的某种渴望。后来，她又关注过几次刘天右的演出，那会儿她就下决心，要和刘天右学习音乐。她便和他交往了，也不知何时悄悄地爱上了他，自己竟然浑然不知。每次见到他，都觉得是那么亲切，这种亲切让她浑身放松，每个细胞都是那么自由舒畅。直到这时，她才突然明白，原来刘天右和父亲是那么相像，虽然他们眉宇之间并不相似，但那神态和演出时的自信，举手投足仿佛是父亲投胎转世到了刘天右身上。

那天她找到了爱上刘天右的原因了，是这本影集让她了解认识了不曾谋面的父亲，现实中刘天右唤醒了她的某种记忆，这种亲切自然的过程她竟毫无察觉。在嫁给宋一达之前，她一直相信缘分这种感觉。她那会儿一直认为，自己和刘天右就是缘分，上辈子两人似乎就在一起生活过了。

有了这个发现之后，她想到了母亲那么坚决又义无反顾地阻碍她和刘天右的交往，原来是因为这个？她没和母亲就这个话题探讨过，如果是，母亲这一切又是为了什么？不久，她把父亲这本影集送到了一家影楼，她要为母亲再冲洗一套父亲的照片。照片洗印好后，装置在一个精致的影集册里，她把这本影集送给了母亲，不知为什么，母亲当着她的面却变了脸色，责备地问：你这是干什么？她不解地望着母亲，一时觉得自己很委屈，眼泪就含在了眼圈内。母亲发现了，叹了口气道：那是你父亲，保管好吧。她又把那本新影集带了回来。她知道母亲一直没有忘记父亲，但母亲却又在回避父亲。她看到每天在她生活中进进出出的宋一达。宋一达是她的丈夫，出现在她的生活中合理合法，想到自己的生活，她突然理解了母亲。正如刘天右见或不见，在她心里一天也不曾离开一样。但她仍不明白，母亲拒绝她和刘天右的交往也是为了遗忘？

几次回家想和母亲交流，她还是忍住了，她想和母亲各自守护住心底里的隐私，也许对母亲来说是件好事。

付瑶和宋一达的婚姻正如自己预料的那样，水波不兴，两人交叉甚至不曾激起一点涟漪。宋一达的生活在她眼里就只有读书和工作，他这么年轻便成了外科的主刀医生，平时也没什么其他爱好，除了上班便是揣着一本医学书读，被冷落了的付瑶会经常想起在军部工作时那片小树林，那里埋藏了她和刘天右共同的记忆。想起刘天右，不知为什么心里便多了些恨意。刘天右调离宣传队时，她意识到一定是母亲从中做了手脚，她一面觉得对不起他，一面又深深思念他。那会儿，她甚至想过转业，然后去找远在边陲的刘天右，她的爱情之火是炽热的，甚至失去了理性。只要和自己心上人在一起，她什么苦都能受。她开始一封又一封地给刘天右写信，通信地址是从郭队长那里要来的，可他却没回过一封信。最初时，她以为又是母亲从中做了手脚，把她的信拦住了，有一阵子不等收发员到门诊部来送信，她直接去收发室等。收发室在军部正门旁的一个房间里，收发员是一个大眼睛男孩，每次见到她都要在信件堆里替她找信，有时会找到同学的来信，唯独没有三团刘天右的来信。一连许多天都是如此，后来她失望了。恨意就渐渐地从心底里升起，在车站他们分手时，她明明告诉过他，她会等他。她不相信刘天右不爱她了，只能理解刘天右害怕了。她为他的懦弱而心生恨意，后来她问过自己，哪怕刘天右当时再坚持一下，她也不会嫁给宋一达。嫁给宋一达，她的心已经冷了，她是为了母亲的心愿才结的婚，和嫁给张三李四并没有任何区别。

所幸自己结婚三天后，便去军医大学进修了，一年回来两次，一个寒假一个暑假。每次放假回来，婆婆总是把目光停在她的腰身上，满眼内容地打量她，起初她不明白这是何意，后来宋一达对她说：我母亲着急要抱孙子。她听了这话，心里就想发火，她结婚前和宋一达商量过，她几年内不想要孩子。当初母亲和养父结婚时也提出过这个条件，母亲是因为她，不想把爱分走。可她又为了什么呢，她说不清，反正就是不想那么早生孩子。宋一达也同意了，在他心里似乎也没把生孩子当回事，他沉浸在一例又一例外科手术成功的快乐中。

她军医大学进修毕业之后，便从宋一达父母家搬了出来，医院为他们分配了一间宿舍。他们的日子还是水波不兴的样子。自从嫁给宋一达之后，付瑶总是焦虑，一颗心总是忐忑着，做什么事情都安定不下来。直到她在医院后院发现了那片小树林，她一下子就想到了军部院内的那片树林，两片树林如此相像。有一次，她带着萨克斯来到这片树林里，第一个音符刚冒出来，那颗焦虑的心瞬间就安静了。这支萨克斯是她自己攒了半年工资买的，以前她和刘天右学习的乐器，都是刘天右从宣传队带出来的。刘天右走了，乐器自然也没有了。在思念刘天右的日子里，她独自一人无数次地光顾过那片小树林，物是人非，一切都不是原来的感受了。她想到了萨克斯，她记得刘天右说过的一句话：你吹萨克斯的样子真美。她记住了，从那以后，她对萨克斯便情有独钟。

此时她站在医院后院的树林里，只有一支孤独的萨克斯在陪伴着她。那会儿她对自己的未来还不明晰，只想让音乐陪伴着自己。她不知不觉又吹响了那曲《回家》，心里却是另一番情境了。

在见到刘天右之前，她自认为有许多话要对他说，踢他咬他，恨他。记得她第一次和刘天右重逢，是在军部的操场上，她提着两床被面横穿操场向宋一达家里走，突然抬头看见了刘天右。那一刻，她以为自己是在梦里，待定睛细看时，果然是刘天右。那会儿她才知道刘天右从边防三团调回到了军区文工团，不知为什么，她对他的怨气一下子就烟消云散了。在她眼里，刘天右黑了，瘦了，甚至比以前又长高了一些。他似乎已经不是她以前认识的那个刘天右了。就是这次重逢，她原本平静下来的心又一次被搅乱了。

在她的婚礼上，许多熟悉的战友都来了，她多么希望能够看到刘天右的身影啊，她在人群中寻找，从婚礼开始一直到结束也没发现刘天右，那一天，她是失落的。

后来她听说刘天右谈恋爱了，不知为什么，她又有了要见见那个女孩的冲动。从那以后，她开始留意起了刘天右的一举一动，有事没事地就在军区大院里搜寻，终于有一次，她见到了那个叫葛笑笑的女孩。刘天右送女孩往大院外走，她躲在一棵树后，女孩要比刘天右矮了大半个头，又瘦又小的样子。她无意评判那个女孩，但心底就像退潮时的海床，空空荡荡地失落着。

后来，她又听说刘天右结婚了，许多战友去了他的婚礼。她也想参加他们的婚礼，还专门买了捧鲜花，她要祝福师傅幸福。可她都来到了婚礼现场的门外，最终没有勇气走进去，她怕见到刘天右婚礼上的样子自己会哭出声。

再后来，他又听说刘天右转业了，去了一个什么公司，她不明白刘天右为什么离开自己热爱的音乐，去干和自己八竿子打不着的工作。她迷惑不解，为刘天右惋惜。刘天右转业后便从她的视线里消失了。她每天下班后，都会带着萨克斯到医院后的小树林里待上一会儿，可她总是走神，经常把一支曲子吹得支离破碎。然后眼前就会浮现出一幕幕曾经和刘天右练习乐器的场景。

她又一次见到刘天右，是他那次被车撞伤后。在这之前，她还近距离地见到了一次葛笑笑。葛笑笑提着保温桶走进刘天右的病房，她在医院的走廊里和葛笑笑擦肩而过，确定这就是刘天右的妻子时，她认真地看了她一眼，又看了一眼，当葛笑笑从她身边走过去时，莫名地，她有些羡慕起这个女人了。在这之前，她原本以为刘天右自然淡出了她的视野，也淡出了她的内心，让她没料到的是，他一直就不曾离去。

从那以后，她有意无意地都在关注着刘天右的消息。后来，她又听战友说，刘天右辞职下海了，在一次战友聚会时，许多战友还为刘天右捐过款。她多么希望自己也能参加这样的聚会呀，她也要为师傅分忧解难，不为别的，就为这一声师傅。她记得，师傅这称呼还是刘天右让她这么叫的，起初她称他为老师。后来叫惯了，觉得师傅这个称谓是那么亲切和自然。

然而自己的婚姻呢，仍是平淡如水，宋一达成了外科的学术带头人，着家的日子越来越少，带着一些从医大来到医院的实习生，不是开会就是临床研究，几乎每天在医院忙到深夜才回来。有时半夜还会被急诊电话叫走。

作为医生宋一达无疑是优秀的，付瑶现在也是名医生。可她心底里从来就提不起对医生这个职业的热爱。自己的职业是母亲为她选的，从护士到医生，她不想抗争了，听凭母亲的安排。

直到这时，她才明白母亲的用心良苦。母亲不想让她沾音乐，甚至在父亲去世后，不惜脱下军装，是为了遗忘。在那一瞬，她理解了母亲，母亲想用遗忘平复自己的内心。也是从这一刻开始，她才知道，母亲一天也没有忘记自己的亲生父亲。之前对母亲的不解和恨意顿时烟消云散了，自己又何尝不是如此呢。命运竟然有遗传，她正在走着和母亲一样的生活轨迹。这么想过了，她惊醒过来。在心里一次次告诫自己，不，自己还年轻，还有自己热爱的音乐。

也就是从那一刻开始，她冒出了离婚的想法。

在婆婆的眼里，她一直不是一个称职的儿媳妇，结婚几年了仍没生孩子就是一个硬伤。婆婆为此找过她几次，开始只是用目光表达着不满，后来干脆直截了当地问：你是不是有病呀？她吃惊地望着婆婆，她当然明白婆婆的话所指。她只能答：我没病，是不想这么早生孩子。婆婆又问：那你们准备什么时候要孩子？她不知自己何时想要孩子，只能在婆婆面前摇了摇头，婆婆脸阴沉得能拧出水来。在那以后，每次见到婆婆，除了阴沉的脸，还多了许多一声声的叹息，像省略号。

当她和宋一达提出离婚时，宋一达不解又困惑地望着她，后来她干脆挑明了，告诉宋一达，从一开始她就没有爱过他，这婚只是为母亲才结的。宋一达一副张口结舌的样子。后来宋一达又找母亲商量，母亲的结论是：这婚离了也好，有名无实的又有什么用？宋一达得到了母亲的指示，平静地冲她说：听你的，那就离吧。他仿佛说的是别人的事。

于是，两人平静地把婚离了。

15

第十五章

母　　亲

在刘天右绝望地在码头上守望他堆积如山的玉米时，母亲的生命也走到了最后时刻。

母亲是在两个月前病倒的，这次病倒便再也没有起来。母亲这次病倒是因为家庭的变故。

儿子刘天左和何凤娇离婚了。儿子这桩婚姻从一开始便注定了今天的结局，何凤娇能嫁给老实巴交的刘天左，完全是因为刘天右。所有人都以为刘天右出息了，弟弟刘天左的日子一定错不了。刘天右在边防当排长又当了副连长，最后又调到了军区，人们对刘天右的期待与日俱增。刘天右是靠山屯几十年来最有出息的人，在乡人们的想象里，未来的刘天右一定平步青云，当不上师长、军长，也会在省城里干一个处长、局长什么的，可从那以后，刘天右就像凭空消失了，再也没回过靠山屯。有消息灵通的人打探到了一些消息，刘天右和一个厅长的女儿结婚了。一个农村孩子能在大城市里娶上厅长的女儿，在小小的靠山屯人们又展开了丰富的联想，不久，又有人说，刘天右转业了，在一个公司里当业务员。人们从希望到失望，热烈地议论了一阵，便不再提了。仿佛，靠山屯从来没有走出过刘天右。省城一家公司的业务员对他们来说没什么稀奇的，许多村民开始陆续地外出打工，去广州，去上海，有的甚至去了北京，省城里的小小业务员已不在他们眼里了。况且，这么多年刘天右没为家里的改变做过一丝一毫，人们终于明白，刘天右是没这个本事，甚至是连自己都顾不了的人，还能指望帮助家里吗？

最先沉不住气的，还是何凤娇的父亲何有奎。半年前，何有奎敞着大衣，呼呼啦啦地找到了母亲，母亲见到亲家自然是热情招待，何有奎挥了下手，心浮气躁地说：那啥，亲家母，不用整这个了。我是问你那啥，天右有没有办法把天左安排一下呀。天左天天种地，这啥时候是个头哇。

母亲自然明白何有奎的心思，听了何有奎的话，便笑笑说：亲家，凤娇嫁给天左时他就是个农民，现在还是农民，咋的了这是？

何有奎把身穿的大衣抖了抖：当初都以为天右出息了，一定把天左安排一下，不去城里，在乡里找份工作也行呀。现在可倒好，听人说，天右转业离开部队，就在省城当了个业务员，他怕是没能力安排天左了。

母亲听了这话，心里顿了顿，脸上仍挂着笑说：亲家，天右和天左是哥俩，天左和凤娇是夫妻，不能往一块儿扯。

母亲知道何凤娇已经怀孕了，这几天反应很大，每天起床都干呕一会儿。她拉过天左悄悄问，天左含混着说：可能是吧。母亲是过来人，自然知道女人怀孕是怎么回事。母亲高兴，她年纪大了，对生活已没什么盼头了，但对家里添丁进口的事，她看得比什么都重。得知凤娇怀孕后，她暗地里把家里的活路都自己承担了，何凤娇每天下班还没进家门，她就跑出去，不仅热脸相迎，还把凤娇挎着的包、手里提着的学生作业本都接了过去。每到做饭时，她总询问儿媳妇的口味，是甜是苦，是辣是酸，她都一一询问过了。

何凤娇自从进入这个家门，很少笑，对天左对她也都是不冷不热的。有邻居看不下去了，偷偷地对母亲说：你家娶的不是儿媳妇，是娶了个妈。母亲忙打断道：凤娇身子金贵，人家是人民教师。

何凤娇隔三岔五地会回娘家，在娘家住的日子比在自己家还多。

刘天左就唉声叹气，母亲就劝：天左，凤娇能嫁到咱家来就不错了，人家是公家人，你多担待。不管她回不回家，都是你媳妇不是。

天左便低下头，默默地应一声：妈，听你的，就是心里憋屈。

母亲说：想想你哥，他虽在城里，他比你更憋屈。母亲每次提到天右，都眼泪汪汪的。

何有奎来到家里兴师问罪之后，又呼呼啦啦风风火火地走了，留给母亲的是愤怒的背影。

何凤娇又回了娘家，一连几天都没露面，一天傍晚，刘天左从田地里回到家，母亲就冲他说：天左，抽空去把你媳妇接回来，她有身子了，咱们要多担待她。

刘天左倚在门框上，点头应了。

还没等刘天左去接人，一位村民捎给他们一条消息：何凤娇在县医院把孩子打掉了。捎消息的人说得真真切切，他亲眼看见何凤娇走进县医院，又被何有奎背了出来。

母亲的世界就塌了。

何家看不上刘天左这事打一开头她就知道，那会儿她没想到事情会有这么麻烦，她也一直期盼老大刘天右有个出息，这样一来，两家的地位也彼此相配。天左和凤娇订婚时，她还只是个代课老师，转正是后来的事。她一直觉得，虽然凤娇地位高，夫妻生活在一起，有了孩子，日子不论谁高谁低不是还得过。

得知儿媳妇流掉了肚子里的孩子，她就像被打掉了门牙又咽到了肚子里，脸上挂着笑，为了儿子，为了这个家，她还是决定上门看一看。她手里提着坐月子才有的补品，何凤娇脸色苍白地躺在炕上，她热热地叫了一声：孩子，你受苦了。她还捉住了何凤娇的手，发现儿媳妇的手也是凉的，母亲忍不住泪水湿了眼眶。她想质问何凤娇为何把孩子打掉，看到儿媳妇虚弱的样子，她还是忍住了，一个劲地说：凤娇，在娘家住两天，咱就回家吧，妈伺候你。

何凤娇没有说话，把头别到了一旁。

母亲没能等来何凤娇回到这个家，而是等来了又一次登门的何有奎，何有奎带给她一个更惊人的消息：何凤娇要和刘天左离婚。

她无措地望着何有奎，弱弱地问：亲家，这是为啥呀？

何有奎又挥了挥手：凤娇嫁给你们家一开始就是错的，我们现在是改正纠错。话我捎到了，孩子决心下定了，离也得离，不离也得离。说完毅然决然地推门走了出去。

半月之后，何凤娇就从村小学调到了镇中心小学。何凤娇去镇中心小学报到前，回来过一次，不由分说把自己的东西都搬走了。

张口结舌的母亲和手足无措的刘天左只能面面相觑了。发生这事对他们来说比天塌了还严重，刘天左说：妈，家里发生这么大的事，给我哥写封信吧。

母亲没有说话，用手把自己的衣服从上捋到下，又从下捋到上，最后她摇摇头说：你哥最后一次离开家时，妈说过，家里发生了天大的事，也别影响你哥。

天左只能把头重重地垂下了。

母亲去了趟后山，在那棵老榆树下，她坐在了丈夫的坟前，这阵子她经常一个人来到这里坐一坐，遇到烦心事了，或者想不开了就过来，仿佛丈夫还在，说几句什么，有时什么也不说。

上次她送走天右后，就径直来到了丈夫的坟前。那会儿，她眼里还蓄着泪水，见到丈夫终于忍不住，让眼泪流了下来，她一边流泪一边说：老头子，天右走了。他去闯世界去了。咱家条件不好，咱不能扯孩子后腿。你要是在，也不会反对吧。

她蹲下身，拍了拍丈夫坟头落满的积雪，又说：老头子，咱们天右从此就是个孤儿了。以后的日子是好是歹全凭他自己了。她终于忍不住，趴在丈夫的坟上大哭了一回。半晌，她抹去泪，拢了拢头发，神态一如往常，又刚毅起来，叨咕道：好了，天右没了牵挂，他以后一定会娶个好姑娘，在城里扎下根，幸幸福福地过日子。老头子，你歇着吧，我没事了。

从那以后，她不让天左再给天右写信，虽然知道从此再也收不到天右的来信了。在乡邮递员每天路过门前的时候，她还是忍不住站在院子里巴望，起初乡邮递员见到她都会一脸歉意地说：老嫂子，没你家的信。后来，乡邮递员见到她忍不住问：天右怎么不给你来信了？她把笑挂在脸上，故作轻松地说：天右忙，他好着呢。从那以后，乡邮递员再路过门前时，不再停留，很快地消失在她的视线里。

母亲还经常去望那条通往长途汽车站的路，有时一望就是好久，碰到过几次熟人，人们都会问：大妹子，是不是天右要回来了？她忙摇手道：天右忙，还回不来。

她有时也会犹豫着向那条小路走去，一直走到长途车站，躲在远处，看着一辆长途车驶来，仔细地看着从车上下来的人，走了一拨，又下来一拨，不知过了多久，她又慢慢地往回走，一步三回头，恍惚中，觉得自己的儿子会突然出现在她的眼前，像以前一样热热地叫一声：妈……可这种幻觉一次也没成真，内心失落，脸上却挂着微笑。一想到儿子过上的好日子，便也没什么了。

天右结婚时，她接到了儿子的来信，这是天右上次离开家后第一次来信，不仅告诉她自己结婚的消息，信里还夹了张两人的结婚照片。她捏着那张小小的照片，手一直在抖，她抹了几次眼睛终于看清了儿子和儿媳妇的模样，两个人都笑着。她指着照片一次次冲邻居说：这是我大儿媳妇，是厅长的女儿。众人便啧啧赞叹，看后又问：天右啥时候把媳妇领回来，让我们看看厅长女儿到底长啥样。她收了照片，一脸严肃地说：我们家天右说了，现在忙，等有空了一定会回来。

这样的好消息，她自然也会和丈夫分享，她拿着照片，坐在老榆树下那座坟头旁，喜滋滋地说：老头子，你看看天右的媳妇，好看不？还是厅长女儿呢。我找人打听了，厅长的官比咱县长的官还大。老头子，天右以后一定能过上好日子了。她眯着眼睛又一次望向了那张小小的照片，依稀地看见天右和儿媳妇的幸福生活。

最后，她把这张照片插到墙上的相框里，每天一有时间就去望一望那张照片，幸福便从心底里升起。

不久，许多人在农闲时都进城打工了，走得近的去省城，走远一点的直接南下广州、深圳了。许多刚从学校毕业的学生，走出一批又一拨。每到春节，这些年轻人又从四面八方回来，带来了许多城市的信息，也带来了外面的变化。出去打工的人谈吐不一样了，穿着也和城里人没啥大区别了，他们描绘了大城市里的高楼大厦，还说一些村里人不懂的名词，GDP、股票、特区……

刘天左有一天就找到母亲道：妈，我也想出去闯闯。

母亲怪异地打量着天左。

天左又说：我想去找我哥，让他在城里帮我找份活干。

母亲立即制止了天左的想法：你哥是部队上的人，他怎么能给你找活干。

天左就说：妈，我哥的岳父是厅长，这点忙还帮不上？

你哥是你哥，你是你。我和你哥说好了，他现在是孤儿，你这时候去找你哥算怎么回事？母亲的声音有些严厉。

天左便不再说话了，母亲又补充道：你走了，家里的地谁种，还有凤娇呢，你把她一个人扔家里？母亲说的是实话。

母亲的内心多少是有些自私的，她不希望天左打扰天右。有许多进城打工的人，找到她想要天右的地址，意思是乡里乡亲出门在外，让天右照应一下。母亲狠下心没把天右的地址告诉任何人，在她心里，任何人都不能打扰天右，包括自己和天左。她要让天右干干净净无忧无虑地奔自己的前程。

刘天左和何凤娇的婚还是在两个月后离了。

天左从镇民政局回来，人就像丢了魂，两眼直勾勾地进门，一头扎进自己的房里，趴在炕上。

母亲小心地跟儿子进门，她看见儿子绝望落魄的眼神，母亲不知如何是好地立在地上，虽说自从何家提出离婚的请求，她已做好了心理准备，但面对天左的绝望，她起初还是有些手足无措。母亲立了一会儿，又立了一会儿才开口道：天左，晚上你想吃啥，妈去给你做。此时的母亲不知如何安慰儿子。

母亲看着儿子在流泪，又用手去捋衣襟，捋了两遍后，母亲把手放下，她走出去，在屋外站了会，又折回来，看着仍在那流泪的儿子说：天左，你还年轻，以后的日子还长着呢，有妈在，一定让你和你哥一样过上好日子。

刘天左抹一把泪，嘶着声音叫了声：妈……

那天晚上，母亲把天左叫到自己的面前道：天左，你不是一直想外出打工吗，从明天起你就可以出门了。啥事你都不用想了，家里有妈呢。

刘天左说：妈，这个家怎么能扔下你一个人。我不走。

母亲叹了口气。

天左就又说：跟我哥说一声吧。

母亲又拢了一下头发：不要打扰你哥，你哥刚从部队上转业，正到处找工作呢，他有他的难处，把这些事告诉你哥这不是添堵吗。家里天塌了，还有妈呢。

从那天开始，母亲便张罗给天左找对象，平时母亲是不爱串门的人，自从天左离婚后，她便开始不停地串门，从张家到李家，从屯西到屯东，她的目的只有一个，求四乡八邻为儿子找对象。

天左结过婚，年龄过了最佳时期，又是个农民，这种条件自然不好找。有乡亲开始介绍一些离异的女人，有的带孩子，有的没孩子，母亲依据这些线索便四处打探。天左离了一次婚了，她不想让儿子再受到同样的打击，她这次要为儿子把关，不求女方大富大贵，只求能和儿子好好过日子。

一天，母亲在回家的路上突然晕倒了，是好心的邻居把母亲送回到了家里。天左把母亲送到医院，诊断的结果是急性脑溢血。抢救了一天，母亲终于醒了过来，但人是不能动了，话也不会说了，又过了两天，终于能发出声音了，但话说不成句，只能一个字一个字地往外蹦。她说的第一句话竟是：我……要……回……家。天左无法违背母亲的意愿，还是把母亲从医院接到了家里。

躺在自家炕上的母亲，目光一直盯着墙上的相框，相框里装满了天右的照片，从参军一直到结婚，母亲把天右寄到家里的所有照片都装到了相框里。母亲把目光投向相框，天左就说：是不是给我哥发份电报，让他回来。母亲瞪大眼睛吐出几个字：不……不……用……目光仍盯着墙上的相框。天左只好把墙上的相框摘下来，凑到母亲眼前，母亲的目光就定在相框上，眼神活泛了起来。

母亲这一病便再也没能起来，后来能断续地说出一些话了，但腿脚还是不能动。一天早晨，天左在给母亲擦脸，母亲睁开眼睛说：天左，昨天我做梦了，梦见你哥了。

天左把毛巾从母亲的脸上移开，望着母亲。母亲说：我梦见你哥遭难了。母亲说到这，有两行泪水从眼角里滑落下来。

天左有些无措，安慰道：妈，梦都是反的，你一定是想我哥了。说完，他拿过毛巾把母亲脸上的泪拭去。

母亲说：老大一个人在外面，咱们又帮不上他，他就靠自个儿，不容易。我要是死了，你以后记住，别打扰你哥，让他利手利脚地过自己的生活。你哥是孤儿，咱不能自己打自己的脸。母亲说到这，眼里又噙满了泪水，就那么盯着天左。

刘天左忙应了，用力点点头。

母亲又说：你哥不找咱们，他一准有自己的难处，他要是过好了，一定会来找咱们的。

天左就说：妈，你的话我记住了，为了我哥过上好日子，咱们再苦再难也不拖累他。

母亲听了天左的复述，用力点了点头。

天左像往常一样，早晨起床，喂了母亲半碗粥，便外出做农活去了。他中午进门时，喊了声：妈……没人应他，他推门进去，看见母亲已经僵在炕上，胸前放着装满哥哥照片的相框。

16

第十六章

风 雨 彩 虹

刘天右在码头上已经苦苦守候一个多月了。在这一个多月的时间里，他每天都在打电话联系下家，做饲料出口的就那么几家，遇到的问题和他相同，这时候谁也不会冒这个风险去收购他的饲料，即便降价卖，这么多饲料，别人有心收购也没地方放。

他每天住在码头附近一家小宾馆的地下室里，一个房间里住了四个人。住在码头宾馆的人，有的是赶客船的，还有跑业务的，也有的是在码头上干临时工的。刘天右就是和几个跑临时工的人挤在四人一个房间的地下室里。这间地下室他很少回，白天大多数时间，他都会来到码头上，看着属于自己的饲料在眼前堆积如山。金灿灿的玉米似乎望不到尽头，码头的货运管理员三天两头找他，让他缴存储费用。占人家码头的地方，缴纳费用天经地义，他身上带的钱已经所剩无几了。管理员姓张，一个三十多岁的年轻人，心眼不错。每次见到刘天右，也跟着他一起愁眉苦脸，望着一眼看不到头的玉米山，叹口气说：天右，这样下去怕不行啊，码头上潮，再过些日子玉米都该发霉了。此时正是夏季，码头上又热又潮，像蒸笼。在这之前，刘天右也意识到了这个问题，他找来一把铁锹，在玉米堆里翻晒着玉米。他从早干到晚，天潮得似乎衣服都能拧出水来，便把上衣脱了，不知流了多少汗，也不知磨破了多少次手掌。从日出到日落，他翻动的玉米还不到十分之一。他绝望无助，直到夜半才拖着疲惫的身子回到宾馆地下室，找到那张属于自己的床，一头扎下去，昏死样地睡去。早晨，他又挣扎着出门，在街边随便吃一口，便一头又扎到他的玉米堆里。他发现，这种劳累治愈了他的失眠，自从这些饲料被卸到码头上，他就没睡过一个安稳觉，睁眼闭眼都是这些玉米。

辞职后，他做的第一笔生意就是饲料，虽然挣得不多，却让他尝到了甜头，终于有了属于自己的房子，夜间再也没有货车在门口装卸货物了。搬进新房那几天，他很快就入睡了，不知何时又醒来了，四周安静得很不真实，只有葛笑笑的鼻息有节有律地响着。他轻手轻脚地下床，来到了客厅，客厅没拉窗帘，站在客厅里能够望到城市的灯火。在装修房子时，他无数次站在客厅的窗前，望着目光所及的城市一角，他在心里感叹着：在这个城市里我终于有家了。想到这，心里便热热的，一种自豪感和幸福感从心底里慢慢升起。此时，他借着外面的光亮，看到了卧室，也看到了书房，那是为葛笑笑精心设计的书房，有一溜书柜，书柜里装满了笑笑平时看的书，还有一张书桌，书桌一角摆放着一盏台灯。从今以后，笑笑就可以坐在灯光下安静地看书了，再也不用躲到库房的角落里去看书了。他来到厨房，那里整洁如新，锅碗瓢盆整齐有序地摆放着，这就是他的家。他发过誓，要让笑笑过上好日子，他感谢笑笑无怨无悔地嫁给他。笑笑虽然不漂亮，但从认识笑笑那天开始，她就那么温柔地待他。他和笑笑的交往过程中，是笑笑的善解人意，让他一点点地找回自信。房本上写着两个人的名字，自从有了房子后，笑笑便把户口也迁到了这里，他现在是户主。一想到户主身份，心里既幸福又自豪，就多了保护笑笑的冲动。他是个男人，是一家之主。当初辞职下海，就是为了让笑笑过上好日子。偶尔他也会想起付瑶，虽然这么久了，心里仍是五味杂陈。他也想过自己以前文工团员的身份，心底里是无尽的留恋。站在台上演出那一刻，他是光彩照人的。很快他就明白了一个道理，梦想不能当饭吃，他要把自己的日子过好，再谈梦想。他现在正朝这个目标在努力。

此刻码头上的刘天右又想到了家，想到了笑笑，心里便疼了一下，又疼了一下。他三天两头地会和笑笑通一次电话，他不想给笑笑增加任何负担。每次和笑笑通话前，他都要做深呼吸，让自己的心平复下来，说：很快就有希望了，过两天就有客户来看货，放心，这批饲料很快就会出去。他把这一切都描绘得简单而又轻松。笑笑也千叮万嘱地让他注意身体，吃好睡好的话说了一遍又一遍。他应着。他也会叮嘱着：你怀孕几个月了，身子不舒服就请假在家里歇歇，别累坏了身子。笑笑也就愉快地应了。后来再通电话时，他的语气仍风轻云淡，笑笑在电话那端便沉默了，半晌才说：天右，你别骗我了，这批饲料是不是出不去了？他一怔，还是很快说：怎么会，明天还来一拨客户，我不出手的原因是他们开的价格太低了。笑笑在电话那端叹口气道：天右，要不咱们把房子卖了吧，咱还去住库房，把借的钱还上，咱们再也不做生意了，回来就好好地上班。外贸公司你不喜欢，咱们再找新工作。说到此处的笑笑已带了哭腔。

结束和笑笑的电话，他望着眼前堆积如山的玉米，心想，卖了房子也还不上战友凑的那些钱，还有从银行贷的款。他几次走到无人处，望着不断拍打着礁石的海水，他甚至萌生了从高处跳下去的冲动。那天，他在岸边的岩石上坐了很久，望着海水一次又一次拍打着岸，他的心绪也如同这海水，翻卷着喧腾着。

先是侯队长来到了码头上，那天他正站在玉米堆上，蚂蚁似的在那翻晒着玉米，侯队长就站在玉米堆下望着他。他给侯队长打过电话，把真实情况向侯队长说过。当时侯队长并没多说什么，只是重重地叹了口气，并安慰他，让他挺住。他看见了侯队长，从玉米堆上滑下来，汗湿着身子气喘吁吁地道：侯队长，你怎么来了？侯队长没说话，望着眼前的玉米，又把目光停留在他的脸上，半晌才道：天右，能挺住吗？他听了这话，眼睛又有些发热，他知道这时在侯队长面前一定要挺住，伸手狠狠地在自己腿上掐了一把，笑着说：做生意嘛，哪能没风险。只要这些饲料在，就天无绝人之路。这些天，他也一直用这句话激励自己。转念时他也会想，什么时候才会是个头呢，希望又在哪里呢？

那天，侯队长把他拉到街上，点了许多菜和酒，请他吃了一次饭，侯队长端起酒杯时，突然哽咽地说：天右，我都快认不出你了。他笑一笑，他已经许久没照镜子了。侯队长放下杯子说：我是受咱们文工团战友之托来看你，我来之前和他们通了话，他们一致决定让我给你捎话，他们凑的钱什么时候还都行。他望着侯队长，这次终于忍不住眼泪，所有的矜持和刚强，瞬间崩塌了。他孩子似的哭泣起来。那天他和侯队长都喝多了，又一起说到了在文工团的幸福时光，他们沉浸在对往事的追忆中。他迷恋着那样的日子。

侯队长告别时，一字一顿地说：天右，坚持不下去就放弃，别把自己逼到绝路上。战友们说了，以后有我们一口吃的，就有你的。侯队长把兜里的钱掏出来，强行塞到他的手里，走了几步又回过头说：天右，你要照顾好你自己，别干傻事。

侯队长走了，他望着侯队长远去的背影，似乎看到了那一张张战友真诚的脸在冲他微笑，冲他说话。平时在一起时觉得并没有什么，反而转业到了地方，所有的战友似乎一下子加深了感情。平时少来往的，交往也多了起来。刘天右品咂着这份感情，这就是人们常说的战友情吧。他久久地立在那里，手里攥着侯队长塞给他的钱，他知道，战友们转业后，也大都不如意，他们要工作养家糊口，本想把多余的钱投资给他，让他创造出价值，可他却做成了眼前的局面。自己要是真有一天血本无归，他又有何脸面去见这些战友啊。想到这，他又一次迷惘起来，晚上还做了一个梦，又回到了大风口哨所，他在巡逻中迷路了，被大雪困在山坳里，他拼命呼喊着战友们的名字……

葛笑笑出现在他眼前是一天傍晚，他从码头上回来，正往自己住的宾馆里走，他看到一个熟悉的身影站在宾馆的台阶上，他看了一眼，又看了一眼，惊叫一声：笑笑。葛笑笑把目光落到他的身上，不认识似的从头到脚地打量着他。他露出一口白牙嬉笑道：笑笑，你都认不出我了。葛笑笑在最初那一瞬真的没有认出他来，他的头发已经好久没有剪过了，打着绺被汗水浸在头皮上，又黑又瘦，衣服也许久没有洗过了，差不多都辨别不出原本的颜色了。

他的语调让笑笑认出了他，惊呼一声：天右……便一头扑在他的怀里。他不想让妻子看到他这个样子，忙掩饰道：笑笑，这两天忙没顾上。

笑笑泪眼婆娑地望着他。她坚持要看看他住的地方，他只好把她带到地下室，那个四个人住的地方。地下室阴暗潮湿，房间里散发着一股霉味。当葛笑笑走进房间，看到他的床铺，床单贴在床垫上，差不多都能拧出水来了。她跑出门外。那天，她伏在他的肩上哭了好久。最后，葛笑笑强行拉着他去街上理了发，又把她带来换洗的衣服让他换上。葛笑笑又自作主张在宾馆开了一个大床房，此时葛笑笑的心情似乎才稍稍平静了一些，她仍闪着泪眼望着他，自从见到妻子，他就一直装作轻松的样子。只有他轻松，笑笑才不会那么担心，不料葛笑笑说：从今天起，我要在这里陪你。他望着她挺起来的腰身，笑一笑道：那可不行，你受得了，咱们孩子可受不了。放心，困难只是暂时的。他这么安慰自己也安慰笑笑。他揽过妻子，手抚在她凸起的下腹上。她把头埋在他怀里，狠狠地咬了他一口，一边哭一边说：天右，你受苦了。他强忍着泪不让自己哭出来，故作轻松地说：做生意嘛，哪有一帆风顺的时候。

葛笑笑第二天陪他去了码头，当她第一次看着码头上那一座座玉米山时，惊讶地问：这都是你进来的货？他只能承认。她看着眼前的一切，神情便严峻起来，她明白，这些购买玉米的钱别说他们把房子卖了，就是卖十个房子也换不来这些玉米。她是会计，这笔账不用细算，她心里也清楚。她回头再望刘天右时，只叫了声：天右，这些天你是怎么扛过来的……眼泪又一次流了出来。

笑笑用了一个扛字，他听了心里也多了些悲壮的成分，这些困难若是放到以前，他自己连想都不敢想，可这次他硬是扛住了。虽然他也动摇过，恨不能一头扎到海里。可他觉得，此时不是一个人在战斗，他身后有战友，有妻子，还有即将出生的孩子，再难也要挺住。此时他变成了一个战士，坚守在一个人的阵地上。

他不想让有孕的妻子有压力，便故作轻松地说：只要把这些饲料出手，挣的钱你都想不到。

她呻吟似的在心里叫了一声：老天哪。

刘天右辞职下海她是支持的，可没想到，这么多玉米堆在码头上。此时她的心比刘天右还要绝望。

那次，葛笑笑在这里住了三天就强行被他送到了车站。两人分手时，他笑着说：笑笑，不论发生什么事，你都要把孩子生下来。此时的她已没有了眼泪，麻木又绝望地望着站在车下的他，咬着嘴唇点了点头。她的脸又苍白起来。他说：我要在这战斗到最后一刻，与这些玉米共存亡。他是笑着说的，她内心流着血在听。

列车启动了，他冲妻子挥了一下手，调皮地还给妻子敬了个礼。妻子隔着车窗最后看了他一眼。他们谁也没想到，这将成为他们的永别。

一天，他正在码头上翻晒着玉米，码头上的张管理员又找到他，站在玉米堆下面冲他喊：天右，这两天要来台风了，你得想办法把这些玉米盖上。要是不盖，几场大雨下来，都得被泡了。

这些天来，他最担心的就是下雨，这阵子，下了几场雨，好在雨量不大，已经有一些玉米发霉了。他看着那些发霉的玉米心疼又无奈。这座海滨城市，每年总会有几场台风经过。台风大时，机关、学校都会放假，关于台风他以前听说过，但从没经历过。他望着眼前的玉米山，想到即将要来的台风，浑身的汗毛都竖了起来。

台风即将登陆的预警，让整个海滨城市都忙碌起来。工厂及中小学生放假安排的通知贴得到处都是，绿化工人在检查街边的树木，码头上的人更是忙碌一片，货物入库，就是停在外面的船只也入港了。眼下天是晴的，刮来的风却突然透着凉气，海水似乎也喧闹起来，风浪比往日大了许多。

刘天右看着忙碌的码头，一遍遍听着码头关于台风预警的广播，他望着眼前山丘相连的玉米，绝望地闭上了眼睛，想保住他这些玉米，得有很多苫布，还需要很多人工。可他早就无力购置苫布和雇请工人了。前几天连下几场雨，他望着裸露在码头上的玉米，就像心里流出的血，台风只要在一夜之间袭来，他眼前的玉米都将化为乌有。可他又有什么办法呢，此时的刘天右脑子里空荡一片，他抬起头望着天空，欲哭无泪。

张管理员又风风火火地出现在他身边，高声喊着：天右，台风预警你没听到？台风下半夜就会登陆。这些粮食你不准备要了？他无助地望着张管理员，突然想起了杨经理，之前杨经理和他说过，他曾在海岛边防服役，这座城市里就有他们战友。他向码头外跑去，张管理员仍冲他大声地喊着：哎，你去哪呀？再晚了，你的粮食可就没有了。

刘天右在电话亭里拨通了杨经理的电话，气喘着向杨经理求救。杨经理在电话里冲他喊着：三营，你去找三营。风突然加大了，吹得他听不清杨经理的电话声了。他只听清了三营。这句话点醒了他，他在军宣传队时，曾来过三营慰问演出，那次他们来过三营营部，也去过海岛。他第一次发现海边防是这么艰苦，有的海岛上只驻扎了一个班的士兵，所有补给都要靠陆地运送。如果碰到天气不好，补给船十天半月也登不上岛，岛上的官兵只能靠吃馒头度日。那会儿他还是新兵，他们一边流泪一边为驻守在岛上的官兵演出。

三营的营部他是知道的，离码头并不远，那次演出时，他们在营部甚至能听到轮船的汽笛声。他辨别方位，拼命地向三营的驻地跑去，他已经远远地望见三营的营区了，风裹挟着海水咸腥的气味扑面而来，他又一口气跑到三营的大门前。他失魂落魄地出现在门口的哨兵面前，喘着气说道：我是杨百刚的战友，我要见你们营长，教导员也行。他说出了杨经理的名字，这是他在来的路上早就想好的。杨经理曾经说过，他在三营当过副营长，这里的士兵应该还记得他。哨兵显然是名新兵，他并没有听说过杨百刚，自然不会放行。刘天右又望了眼天空，大半个天已经被黑压压的乌云遮盖了，他冲士兵说：我以前也是名军人，我是向你们领导求救来了。士兵固执地立在哨位上，把枪横在他眼前。他声音大了起来，一遍遍地喊着：求你向你们领导打个电话，我是你们的战友。士兵的脾气也上来了，同样大声地喊：你说是战友就是战友哇，没有领导同意，你不能进去。两人正争执间，刘天右突然听到似曾相识的声音：怎么回事？士兵和他都抬眼望过去，士兵冲来人敬礼道：营长，这人要闯岗。

刘天右看着眼前立着的军人似乎不敢相信自己的眼睛，他揉了揉眼睛再去看，他终于叫了一声：方连长，老方。刘天右做梦也没想到，眼前的人竟是他在边防十三连时的方连长。他突然想起自己听战友说过一嘴，方连长调到了海岛。没想到他竟然意外地见到了方连长。方连长显然没有马上认出他来，上前一步，他急得大喊：我是刘天右。方连长这才认出他来，大步上前，一把拉住他：天右，你怎么到这儿来了……

三营的紧急集合哨声响了，所有士兵都集合出动了。两辆卡车拉苫布，两辆卡车拉着士兵，风风火火地开进了码头。

刘天右在车上才知道，方连长在刘天右调走后，便提升为副营长，这次军改，边防团的编制撤销，改成旅了。他又从北部边陲调到了海岛营。

码头上所有忙碌的人被眼前的一幕震惊了，这些军人训练有素，动作麻利，他们扑向了码头上那些玉米丘，就像在进行一场生死攸关的战斗。

风开始呜咽着，托着一片片海浪涌上来，又落下去，整个海面似乎在沸腾。

在台风来临前，刘天右的玉米被苫布严严实实地盖上了。士兵又一次登上了卡车，此时的刘天右望着方营长，说不出一句完整的话，方营长拉着刘天右的手道：玉米盖上了，你在这待着也没用，跟我走吧，咱们好好聊聊。

他冲方营长敬个礼道：营长，等台风过去，我会向你报到。

说心里话，玉米虽然盖上了，他还是放心不下。

在他的注视下，方营长带着他的士兵和卡车驶出了他的视线。

那场台风一连刮了两天，大雨倾盆而下，在他的眼里，整个世界都混浊一片了。他蹲在宾馆大厅的一个角落里，透过门窗望着外面呜咽混浊的天地，他想了很多，又似乎什么也没有想。仿佛自己又回到了大风口哨所，风也是这么吹着，被风刮起的大烟炮迷蒙一片，士兵们用背包带把自己和战友们串联到一起，他们艰难地在雪地上爬行着，身边就是界碑，国徽被雪覆盖了，他们用手抠着积雪，让国徽露出来，在茫茫的雪海中，看着鲜艳的国徽，他们的心头总是会为之一振。国徽的颜色成了巡逻路上最美的风景。两天的台风，对刘天右来说仿佛时光静止了，那些战友熟悉的脸庞不断在他眼前闪过。莫名地，心里涌出一种从没有过的对军营、军旅的怀念，耳畔响过军号声，那是他吹响的军号，每次演出，吹响军号都是他的压轴表演。军号声在他的耳边经久不息，泪不知不觉模糊了他的眼睛。

风不知何时停了，雨也不知何时止了，世界又恢复了本来的面目，先是街上有车驶过，后来又有了行人，转眼就热闹起来。他在行人中竟看到了一个熟悉的身影，那人走过马路，在宾馆前张望一下，拉开门走了进来，最后立在他面前。起初那一瞬，刘天右觉得自己在做梦，他立起来，看着那张熟悉的面孔，他嘴唇颤抖着，竟一个字也发不出声来。

那人大叫了一声：师傅，是我，我来看你。

他半晌才道了声：付瑶，你怎么来了？

刘天右的消息，付瑶是通过宣传队的战友得知的。这一段时间，她经历了太多事情，先是离婚，然后从军区总医院转业，她转业的决定惊动了所有熟悉她的人。从军诊部的护士到军区总院的医生，这个位置是多少人奋斗一辈子都无法达到的，她竟毅然决然地放弃了。家里所有人都不同意，母亲曾为她离婚的事闹过，王香梅是在她和宋一达离婚之后才得到的消息。一波未平一波又起，王香梅一边哭一边闹，她决心已下，她只有坚定的一句话：妈，以前我是为你的理想在活，现在我长大了，有自己的理想和活法。妈，你们不能陪我一辈子，最后还要问我想过什么样的日子。

早已退休的王香梅没了当年的威严，她长吁短叹，泪流满面地去求秦军长，秦军长也退休了，他已经习惯了退休后的生活，养起了花，最近又在狗市买回来一只狗，每天遛狗成了秦军长退休生活中的一个消遣。为了付瑶的事，王香梅来求他，希望他出面阻止付瑶这种荒唐的决定。秦军长在客厅里踱步，那只狗寸步不离地随在他的身后，秦军长终于坐到了沙发上，看着王香梅说：付瑶说得没错，咱们无法替她生活。以前咱们干预孩子的事太多了。

王香梅没料到秦军长会这么说话，以前，在付瑶的事情上，秦军长从来没反对过自己，包括她背着秦军长为了付瑶的事给他的部下打电话，秦军长也睁只眼闭只眼，算是对她行为的默认。秦军长有许多短处落在她的手里，那会儿陈三斤带着他的孙子隔三岔五地来家里，要这个拿那个，她虽气愤难消，但为了维护他的面子，也睁只眼闭只眼。王香梅一直认为，秦军长这是对她网开一面的回报。前些年开始，陈三斤很少再来了，年纪大了，走不动了，更重要的是，陈三斤都当爷爷了，他要在老家照顾他的孙子，信还是经常来，是大毛写的，告诉爷爷，二毛已经在部队当排长了。秦军长退休前，是应陈三斤的请求把二毛送到了部队。秦军长在得知孙子二毛当了排长时，他是欣慰的，在二毛的进步上，他没打过一个电话，甚至和儿子陈三斤约法三章，不允许二毛在部队打自己的旗号，也不允许二毛和自己联系，更不允许说二毛是自己的孙子。儿子陈三斤不解，但还是答应了父亲。果然，自从二毛参军后，秦军长没收到过一封二毛的信。他记得上一次见二毛时，二毛那年已经十六了，挺着胸脯站在他的面前，他似乎又看到了自己十六岁时的样子。他感叹时光的轮回，也感叹基因的强大。他生了陈三斤，但一天也没养过他们，儿孙们却在故乡的土地上疯长成林。晚年的秦军长，一次次想起故乡以及故乡的亲人们，心里便多了无限悠长的感慨。

付瑶离婚后离开军区总院的决心已定，王香梅说服不了付瑶，但她仍把最后一丝希望寄托在秦军长身上，恳求道：老秦，你能不能想想办法，别让付瑶转业，她也是你的孩子。

秦军长大怒，拍了一下沙发扶手：王香梅，够了，孩子从小被你管到大，她有她的追求，有自己想要的生活，咱们不操心了，让孩子依据自己的意愿生活行不行？这是秦军长对王香梅少有的发火。

秦友谊的态度让王香梅大失所望，女儿不听她的了，就连丈夫也不再迁就她了。她想到付瑶离婚了，这又要转业了，她精心为女儿设计的人生之路，就这么被毁了，她有满腹的失落和不甘。

秦军长说完牵着狗又出门了，家里留下泪水涟涟无助伤心的王香梅暗自啜泣。她当初不让付瑶再走自己和亲生父亲的路，这是她的心结。自己年纪轻轻就失去了丈夫，她把这一切归结于自己的命不好，因此厌倦了从事的职业。她千百次试想过，要是付瑶的爸不是演员，就不会出这样的事，她是爱丈夫的。付瑶亲生父亲牺牲好久，她仍然不能让自己回过神来。当初嫁给秦军长时，她提出了苛刻的条件，例如不生孩子，想以此回绝他的求婚，没想到，秦军长没犹豫就答应了。为了不让女儿再从事自己的职业，她百般阻挠，潜意识里，就是离文工团越远越好，似乎远离了她才会遗忘。她不仅规划了付瑶的事业，还干涉了她的爱情。一切都是让女儿远离自己的伤心之地。没想到，她精心设计的一切都成了泡影，她悲哀，难过，她觉得自己的人生是失败的。

付瑶见到刘天右时，她也被眼前的刘天右惊吓到了，她几乎认不出他了，在她眼里他就是个民工打扮，又黑又瘦，这是吃了多少苦呀。她叫了一声“师傅”，便再也忍不住了，她大声地说：师傅，我来晚了。

他呆呆地望着她，内心却惊慌失措，做梦也不会想到，在这时付瑶会来。她的一声师傅让他恍若隔世。

外面，台风已过，天湛蓝着，有几抹红霞亮在天际，风不大不小地吹过，在盛夏的傍晚有了些许凉意。

付瑶强迫着刘天右跟自己来到了商场，她为他买了件衣服，又把他带到了一家浴池面前，把手里的衣服连同刘天右一起推进了浴池。她的做派，让刘天右又想到笑笑来看他时的样子。

他焕然一新地出来，发现她就坐在浴池的台阶上，一动不动地望着远方的天际，他有些无措地立在她面前，她又一次上下地把他打量了。此时，她轻松了一些，心也平静下来，笑着说：走，咱们吃饭去，我要犒劳犒劳你。

两人在一家餐厅坐下，她变魔术似的从包里拿出一只信封，推到他面前。他不解地问：这是什么？她说：这是我的转业费，还有这几年的积蓄。他望着信封，没动，又把目光定在她脸上。

她说：师傅遇到了困难，这是我的一点心意，我知道得太晚了。

付瑶说到这眼圈又一次泛红。

你遇到这么大困难，不该瞒着我。付瑶低下头，望着眼前的茶水。

他不知说什么好，心事重重地望着她推给他的信封。她转业的消息他第一次听说，他不知道她为什么要转业。

半晌，他小心地问：做医生，其实在哪里都一样。

她又一次把手放进书包里，拿出一张通知，推到他面前，那是一张省歌舞团录取通知单，还盖有鲜红的大印。他惊讶地说：你考上省歌舞团了？

她望着他说：师傅，你知道这一直是我的梦想。

付瑶一连串的变故让他错愕，他没想到眼前的付瑶竟会做出如此的决定。他想起小时候在老家后山坡上，父亲风雨无阻每天教他吹唢呐的场景，还有文工团，还有宣传队日日夜夜练功的场景。那些日子让他那么充实和快乐。而此时，身在台风后的刘天右，恍惚觉得幸福骄傲的一切都成了遥远的往事。他突然羡慕起眼前的付瑶了。

他只一遍遍地说：好，真好，你终于梦想成真了。

她避开他的目光喝了口汤，头也不抬地小声道：你去了边防三团之后，为什么不给我写信？

他别过头去，望着夜色阑珊的窗外，回想着在边防点时，夜晚听着窗外的风雪，他每时每刻都在思念她，他一次次想提笔给她写信，不知开了多少次头，最后又都把那些信纸撕得粉碎。后来，他也无数次地想过，如果当年有勇气给她写信，他们之间又会是什么结果？他知道是自己的自卑和怯懦让他失去了一段刻骨铭心的爱情。他现在已经拥有了葛笑笑，还有即将出生的孩子，一切都已经没有意义了。他从窗外收回目光道：付瑶，咱们不说这些了。他看见她的眼泪落到汤碗里，就像一块巨石砸到他的心里。他意识到，付瑶现在的一切都和自己有关。他不知自己该难过还是忏悔。

第二天，他把付瑶送走了，这次他站在车下，她站在车上，两人无言地凝视着，车即将开动那一刻，她突然对他说：师傅，别再做生意了，我发现你并不快乐。列车走了，他望着远去的列车想：不论这次生意成败，都是最后一次了。

台风过后，海滨城市迎来了难得的好天。方营长带着士兵又一次出现，他们收走了苫在玉米堆上的苫布。他仔细地把玉米检查了，完好如初，在这场台风中并没有受到损失。他想起了这些战友，一种从没有过的情绪在心底里升起。在部队时，和这些战友之间觉得并没有什么，可当他离开了，才发现这份战友情的情深义重，他几乎承担不起这份厚重的情谊。

几天之后，他迎来了几批商人，他们都是看上了他堆在码头上的这批粮食，直到这时，他才知道，蔓延在东南亚一带的鸡瘟猪瘟已经过去了，他们现在又需要大批进口饲料了。他堆在码头上的这些玉米，一时间又成了抢手货。原来和他签订合同的马来西亚商人也风风火火地找到了他，最后，他还是和马来西亚商人重新签订了合同，价格比原来高出了百分之五。任何一宗生意都是随行就市。

接下来，就开始装船了，望着那些玉米被装进集装箱，他恍若做了一个有惊无险的梦。此时，他不知自己是该哭还是该笑。他在心里一遍遍说：都结束了。他一直看着那艘商船离开码头，鸣响汽笛向远方驶去，突然，也不知怎么，泪水流了出来。

他不知马来西亚商人何时走的，他望着原来堆放玉米的码头，此刻已经空空荡荡。再向远方望去，载满饲料的轮船已消失在他的视线里，眼前的一切似真似幻，仿佛这几个月他做了一场冗长又跌宕的梦。梦终于醒了，他向码头外跑去，他要在第一时间向葛笑笑报告这一个好消息。

他先是拨通了妻子单位的电话，电话响了好久，都没人接。他又拨通了岳父家里的电话号码，仍然没人接。他最后才拨通了大哥葛笑林的电话，葛笑林告诉他一个令人震惊的消息：葛笑笑早产了，已经送到省人民医院了。

他放下电话，打了一辆出租车向火车站奔去。

他心急如焚，他要在第一时间见到自己的妻子，他要告诉她，他挣到了够他们生活一辈子的钱，从此他再也不会离开她了，他们要相守在一起。妻子早产，他不知这一切意味着什么。此时，他恨不能插上翅膀飞到妻子身边。

17

第十七章

原　　点

他赶到省人民医院时，妻子已经躺在了人民医院的太平间里。岳父岳母和葛笑林还没有离去，他们似乎被眼前的现实击晕了，他们都是一副欲哭无泪的样子。

刘天右事后才知道，妻子小产引起大出血，妻子是Rh阴性血型，俗称“熊猫血”。这种血型很稀少，不仅医院没有，血库也没有。医院向全国各地的血库求援，北京的一家血库找到了血源，血浆还没到，葛笑笑便再也坚持不住了。

他记得和葛笑笑最后一次通电话是台风来的那一天，在这之前，他的心思都在抢救码头上堆放的玉米上。那天台风刚刚登陆，风刮得正紧，雨水泼洒得正稠，宾馆窗台外正喧声一片，他大着声音说：这里来台风了，我一切还好，码头上的玉米已经盖上了。虽然环境嘈杂，他还是听见了她的哭声：天右，那些玉米咱不要了，你人回来就行。他望着宾馆窗外的雨，他何尝不想回家呢。他苦笑一下，安慰道：笑笑，我再坚持一下。不知是台风把电话线刮断了，还是别的原因，电话掉线了，他又拨了几次，便再也拨不通葛笑笑的电话了。他只能蹲到一角，望着风雨交加的门外。他不知道妻子早产又大出血是不是和自己有关，可现在说什么都晚了。他有些后悔做这宗生意了，为他担惊受怕的不仅是自己的妻子，还有一切和他有关的人，他又想到了侯队长、吴小红、杨经理……那一张张熟悉的战友们的脸。

妻子躺在太平间的床上，身上被一条白床单盖住了。他小心翼翼地走过去，轻轻地掀开床单一角，妻子似乎睡着了，眉头还紧锁着，最后一刻还在为他担惊受怕。眼前又出现妻子去码头找他的情景，在宾馆里，有几次夜里醒来，他发现笑笑并没睡，他伸手去摸，竟摸到了她脸上的泪，他一惊忙安慰道：笑笑，别担心，我这批玉米一定能出手。自从见到她，他为了安慰她，这句话已经不知说过多少遍了。她转过身来，面对着他，轻声道：我在回忆你呢，你穿着军装，在台上表演，是那么帅气，整个舞台都是你的，你吹的音乐多好听啊。她沉浸在美好的回忆中。听到笑笑的话，他的心被揪了一下，他开始怀念自己曾经拥有过的自信和美好时刻了。登台那一刻，灯光打在他身上，台下所有观众的目光都聚在他身上。当乐器吹响的那一瞬间，他觉得整个世界都是自己的。观众的掌声让他知道了自己的价值。直到那一天晚上，他才明白，自己一直是两张面孔活在这个世界上。一张是属于舞台的自己，那会儿他是自信的，然而现实中他又是另外一个样子，不断地否定自己，怀疑自己的一切。他甚至想，世界上要是有一场永不停歇的演出该多好哇。

在太平间里，他望着眼前冰冷的妻子，他凄厉地叫了一声：笑笑。她不再应答他了，沉沉地睡着。他跪在她的床前，颤抖着手去摸她的脸，最后把头伏在她的耳边：笑笑，那批玉米全卖掉了。以后我哪儿也不去了，活成你喜欢和我自己喜欢的样子，我答应你。他号啕着，声嘶力竭的样子，却发现自己并没有眼泪流出来。

三天后，笑笑火化了。当他抱起妻子温热的骨灰盒的一瞬间，终于泪如雨下，哭成一团。

他把妻子的骨灰带回了昔日的家，房间被收拾得井然有序，床头上立着一只熊玩偶，是他做这批饲料前为她买的。她说：你不在家就让它陪着我吧。地面还是那么洁净，连根头发丝都没有。他和笑笑都爱这个家，刚搬进来时，她嘟着嘴说：半夜再也不会被吵醒了。可有几次半夜时分，他们还是一起醒了，两人透过外面的朦胧光线看清了对方，他们心照不宣地笑了。他拉过她的手，轻声地：想什么呢？她把头偎在他的肩上，低声说：有自己的新家真幸福。他转过身子，用力地把她搂在胸前。他从心里感激笑笑，不仅因为她让他在城里拥有了一个家，还因为她让他找到了自信。她从不干涉他的想法，她在他眼前就如一泓水，他笑她也会笑，夫唱妇随的样子。她的温柔激起了他作为一个男人为这个家遮风挡雨的壮志，可他走了一圈回来，妻子却不在了，只剩下眼前这只骨灰盒。他坐在沙发上，看着眼前的骨灰盒，似乎想了许多，又似乎什么也没想，就那么呆呆地坐着。

刘天右在床上躺了三天，妻子的骨灰盒就在他的眼前放着，不论从什么角度望去，他都能看到妻子。在这三天里，他和她说了许多话，说他们认识时她的样子，还说他想让她过上幸福生活，说到他们未来一家三口的样子，还告诉她，自己并不是孤儿，老家靠山屯还有母亲和弟弟……觉得自己走了一圈又回到了原点，自己应该回趟老家了。自从弟弟的婚礼后他离开家，便再也没有回去，此刻，他异常地思念母亲和弟弟。母亲做梦都想让他在城里拥有一个家，可他曾经拥有过，现在又什么都没有了，他要见母亲，伏在母亲面前大哭一场。他从来没有如此地需要母亲。

他从长途车上下来是个午后，他顺着乡土路向家的方向走去。前两次回家，他就是顺着这条路走回家的，他又想起母亲送他时的情景，他在前面走，弟弟在一旁提着他的东西，母亲随在后面，虽然一句话不说，却能感到母亲的温度。想起母亲，他快步地向家里走去，终于看到家那座房子了，他在心里热热地喊了声：妈……眼眶又一次湿润了。可到了门前，却发现院门被一把锁锁死了。弟弟不在，母亲也不在，他向院内望去，院子有些凌乱，劈过的柴散乱地扔在院子里，以前家里养的几只鸡也不见了，鸡窝已经塌掉，废墟似的倒在那里。他内心涌起一种不安的感觉。

邻居家的半大孩子认出了他，飞快地跑去。他立在自家门前，左右张望着，此时，他多么希望母亲能出现在他面前，叫一声：老大，你咋回来了。然后慌乱地开锁，让他进门。他没有等来母亲，看见邻居家半大孩子引领着弟弟走过来，弟弟更黑了，也更瘦了，弟弟张着手立在他几步开外的地方叫了声：哥……他打量着弟弟，上衣的肩头破了一个大口子，裤管挽起来，一双胶鞋沾满了泥巴。他心疼地叫了声：天左……

天左醒悟过来，抖着手去开门上的锁，开了几次才打开。他随天左走进屋里，屋内锅碗散乱地堆放着，母亲住过的房间，已落了一层灰。他吃惊地问：妈呢？

天左倚在门框上，身子慢慢地滑下去，最后坐在门槛上。他从左兜掏出一片纸，右兜捏出一撮烟，他颤抖着手卷烟，天右立在屋内又大声地问了句：妈呢？！

天左划火柴把卷烟点燃，垂下眼睛：妈几个月前已经不在了。

你说什么？他的声音突然大了起来。

弟弟脸上的肌肉跳了一下，头垂得更低了。

他把手按在天左的一只肩膀上，摇晃了一下问：为什么不告诉我？

弟弟抬起眼睛说：妈不让。

他和弟弟的目光对视在一起。他似乎不相信这一切是真的，耳边又响起母亲说过的话：老大，从今天起，你就是孤儿了。

他痴痴地望着弟弟，嘴唇哆嗦着，用力地推了一下弟弟。弟弟的身子摇晃一下，半晌才说：妈最后和我说的话也是不让打扰你。

他被电击似的瘫在那里，手扶着墙，身子像泥似的堆在墙角。他大张着嘴，喘着，像一条干死的鱼。

弟弟狠狠嘬了一口烟，哽着声音说：哥，你过得好吗？

他突然搂住弟弟，大叫一声：天左，我对不起你和妈。

兄弟俩泣不成声地哭作一团。

在后山坡那棵老榆树下，天右看见了母亲的坟，母亲和父亲合葬在一起，坟包比以前大了许多。他先是扑在母亲和父亲的坟上，双手掘着坟上的土，嘶哑地喊着：妈，妈，我回来了，老大回来晚了……

弟弟蹲在不远处，他在吸烟，一口接着一口，压抑着自己的情绪，泪水在两腮上滚过，鼻涕流到下巴上，弟弟的五官扭曲着。

那天晚上，靠山屯的人们又听到了唢呐声，他们已经好久没有听过这声音了。人们好奇地推开门窗，引颈听着。

天右天左立在父母的坟前，他们齐心协力地吹着唢呐。山野的天空很干净，星星清澈的身影在远天闪烁，唢呐声在夜晚的天空传得很远。

夜里，他和弟弟和衣躺在母亲的房间里。

他说：弟，我对不起你。

天左说：哥，别这么说，妈听了会不高兴。

他的眼睛又一次湿了，说：当年参军，接兵的郭队长只要一个人，还记得那次咱俩抓阄吗？

弟弟“嗯”了一声。

他说：我骗了你，那两张纸条上我啥也没写。说完，他等待着，等待弟弟咆哮，甚至打他一顿。结果什么也没有。

半晌，弟弟才说：多久的事了，说这个干什么？

他说：我不作假，也许参军的就该是你。

弟弟望着暗处的天棚：妈说了，你从小就比我聪明，我要去参军，也许早就复员回来了。她还说，咱家能出息一个是一个。

他听了弟弟的话，又想起了母亲说过的话：老大，你早点在城里安个家，到时我和你去城里享福去。泪水又一次涌了出来。可母亲不在了。

他坐起来，蒙眬地望着弟弟的脸：天左，我要把你带到城里去。

天左并没吃惊，也在暗处望着他，半晌，叹了口气道：哥，妈说过，我们不能拖累你，况且我只会种地，去城里能干啥？

此时，他只有一个心思，要回报弟弟，他已经对不起母亲了，再也不能对不起弟弟了。临出发前，在他的坚持下，弟弟终于同意了，答应和他一起走，但还是说：哥，我这次就当去城里逛一逛，我从小到大还没去过大城市呢。

他带着弟弟从家里走出来，弟弟停下，弯下腰仔细地把院门锁好。又立在院前把房屋看了看，确定一切都好，才转过身子道：哥，咱走吧。

两人走去，还是顺着那条小路，他回了几次头，天左就问：哥，门窗我都关好了，你不用担心。他回头，总觉得母亲还跟在兄弟俩的身后，以前送他离开家时，兄弟俩在前面走，母亲就在后面随着。他没有回答弟弟，在心里苍凉地喊着：妈，我走了，以后还会常回来的。

上了长途车，他又向窗外望去，却空空如也，他似乎又看见母亲忍着泪水在冲他挥手，车越开越远了，他的目光一直没离开上车的地方。突然，泪水模糊了他的眼睛。他抓住坐在身旁天左的手，心里发着誓：弟，我以后一定让你过上好日子……

18

第十八章

迷彩歌舞厅

刘天右带着弟弟天左从老家回来，订了一家饭店，通知了所有能通知到的战友。在聚会前，他单独见了一次侯队长，他告诉侯队长自己要组织一个乐队。侯队长不解地望着他，他说：我要开一家歌厅，地址我都选好了，就是让这些退役的文工团员有个地方演出。侯队长很感动，握着他的手，百感交集的样子。身怀绝技的文工团员，转业后为了养家糊口，大都干上了和自己特长没有关系的工作。他的号召得到了侯队长的支持，两人还列了一个名单。刘天右看着这份前文工团员乐队的名单，他知道这些人组织在一起，胜过任何一个专业演出团体。

刘天右召集的战友聚会，也是侯队长主持的，最后是刘天右上台，先是冲大家敬了个礼，又从人群中把刘天左叫到了台上。天左从没见过这种场面，低着头看着自己的脚尖，脸也涨得通红。刘天右举着话筒大声地说：各位战友，我介绍一下，这是我的弟弟，亲弟弟刘天左。他说完这句话似乎解脱了，一身轻松。

台下便引起一阵战友的议论，在这之前，他们都知道刘天右是个孤儿，现在又多出了个亲弟弟，人们议论着。站在一旁的侯队长也被刘天右的介绍惊呆了，刘天右又把参军抓阄的事说了一遍。天左扯着他的衣角小声说：哥，说这些干啥，都过去了。天右不理弟弟，又把话讲下去。

刘天右说：以前怕人瞧不起我是农村人，家里还有母亲和弟弟，为这，找对象都很难，想着自己的出身，都不敢和女性正常交往。说到这儿的刘天右已经哽咽，他努力让自己平复一下心情又说：今天召集大家在这里相聚，只有两个意思，第一，我告诉大家参军前我有母亲和弟弟，母亲几个月前不在了，可现在我还有弟弟，他叫刘天左。我已经失去了母亲，再也不能失去弟弟了。他哽咽着声音说到这，一种莫名的激动涌上心头。

台下响起了掌声，刘天右的话语又何尝不是这些农村兵的心声呢。虽然他们已娶妻生子，就因为他们是农村出来的，便生出了比别人多的烦恼。

刘天右又说：第二层意思我想说，几个月前，这么多战友帮助我，我今天是来还钱的。每人帮我的数额我都记得很清楚，今天，我要一分不少地连本带利还给在座的每一位。说完，从怀里掏出个日记本，上面记录着每个战友的恩情。他走下台来，饭店的两个服务员走了出来，她们手里端着托盘，托盘上放满了装着钱的信封，刘天右带着服务员一桌桌走着。还回一个，把装好钱的信封递过去，都会认真地为战友敬个礼。此时现场一下子安静了，他们注视着刘天右一桌桌地走过去，递上钱再敬礼，这是刘天右的仪式。

刘天右最后来到了吴小红桌前，这一桌坐着的都是曾经文工团的女兵，刘天右把一扎钱递过去，当初吴小红送给了刘天右十万元钱，是所有战友中最多的。刘天右把十万元一捆的钱递过去，又拿着装利息的一个信封，吴小红站起来，大声地说：天右，咱们是战友，当初给你这些钱我就没打算要回来，难道战友情还不值这十万元钱吗？如果你真想还，那我只收回这十万，什么狗屁利息，你这么做是瞧不起战友。说完接过那扎钱，又把装利息的信封给推了回去。掌声又一次响了起来。

侯队长又宣布了刘天右要组织乐队的事，掌声又一次响了起来，他们当场踊跃报名。散落在各地的文工团员，终于又找到了组织。那天所有人都把这一天当成了自己的节日。许多人都喝多了，天右也喝多了，是天左把他背回到楼上，在失去意识前的那一瞬间，他还在心里说：今天是我参军以来最高兴的一天。

刘天右看上的做歌舞厅的房子是在市中心餐饮一条街上，是个独立的两层小楼，他已经考察好几次了，紧挨着这栋房子还有几家歌舞厅，之前这栋小楼是开公司的，因为这里被市里规划成了餐饮歌舞厅一条街之后，他们嫌吵便搬走了。他很快租了下来，又马上请了一个施工队，昼夜不停地装修起来。有一天，他正在装修现场，看见楼下一辆车驶来，停在楼下，车上下来珠光宝气的吴小红。他忙迎了出去。吴小红离很远就喊：天右，你太不够意思了，不是说好了，开歌厅算我一个吗？怎么你自己偷摸干上了。

他有些愣怔地望着吴小红，以为当初吴小红就是句玩笑话，他有些无措地冲吴小红笑着。吴小红到了近前，一本正经地说：天右，我没和你开玩笑。他只能认真地望着吴小红。吴小红拉着他胳膊往外走，那天，他们在一个茶馆里签了协议，这家歌舞厅两人各投百分之五十。

歌厅很快装修好了，侯队长也过来参观，他和吴小红就站在刚落成的歌厅门口起名字，大家你一言我一语地说了几个名字，都不满意，突然他说：叫迷彩歌舞厅怎么样？侯队长和吴小红都说好。迷彩是属于军人的，迷彩和歌舞厅搭配在一起又是那么相得益彰。

接下来，吴小红去跑所有营业的手续，刘天右开始组建乐队。前些日子，他给郭队长写了封信，信里告诉郭队长自己组建乐队要在歌舞厅演出的事。他在这之前，隔三岔五地和郭队长通信，他知道郭队长转业便回到了镇里的文化站上班，平时就写写标语，组织镇里的一些文化活动。郭队长就有英雄无用武之地的惆怅，每封信都和他一起回忆在宣传队时的快乐时光，又说转业到地方的碌碌无为，每次接到郭队长的信，他都百感交集。

乐队很快建立起来了，这些昔日的战友，每天傍晚下班后，都会从四面八方赶来，在尚未开业的歌舞厅里排练。侯队长自荐成了乐队指挥，还找到军区管服装的战友，订制了十几套迷彩服。每次排练时，侯队长都会指挥着众人把迷彩服换上。整个乐队的人再坐在一起，立马就不一样了，仿佛他们又回到了文工团，一曲曲耳熟能详的军乐便一阵阵地响起。侯队长、刘天右、吴小红三人商量过，为了突出乐队的风格和特色，他们以军乐为主，既怀旧又能让人感受到力量。

吴小红终于把所有营业手续都办好了，舞厅开业那天，舞厅门口挂了两条标语：迷彩情怀，战友情深。夕阳西下时，在舞厅门口还热热闹闹地放了一阵鞭炮。鞭炮之后，刘天右立在舞厅门前，举起手中的小号，小号吹响了，他吹的是《战士第二故乡》：云雾满山飘，海水绕海礁，人都说咱岛儿小，远离大陆在前哨，风大浪又高……号声悠长嘹亮，许多人聚过来，他恍似又回到了文工团的舞台上，面对观众表演着，一种久违的感觉在心里蹿升，又通电似的在全身的每个细胞中炸裂，每根汗毛都竖了起来。他深情地吹奏着，夕阳铺洒在他的身上，为他镀上了一层金色。

第一天开业，人竟出奇地多，许多战友都慕名前来捧场，还有许多本来去其他歌舞厅的客人，因为觉得稀奇也都赶了过来。歌舞厅的规模只能容纳三百人。三百人一到，刘天左便不再往里放人了，此时的刘天左已经成了歌舞厅的一名保安了。他身穿保安服堵在门口，挥着手冲还没来得及入场的人说：今天客满了，想来明天就早点来吧。

有乐队的歌舞厅在全省也只有迷彩歌舞厅一家，又是这么专业，整齐划一，训练有素。乐队在舞池中央，在侯队长的指挥下，演奏了一曲又一曲。许多慕名而来的战友，如痴如狂地听着这些熟悉的乐曲，仿佛又回到了军旅岁月。

刘天右也没料到，歌舞厅的生意竟出奇地好，连续半个月了，场场爆满。一天下午，刘天右和刘天左正往吧台里搬运酒水，吴小红来了，也一起搬运了会儿酒水饮料。完事之后，刘天右拿了罐饮料递给吴小红，吴小红就说：来瓶酒吧。刘天右就拿过两瓶啤酒打开，放在吴小红和自己面前，吴小红拿起酒瓶和刘天右碰了一下，喝了一大口，哥们儿似的说：天右，你不能一个人这么单着啊，以后是怎么打算的？

吴小红这么说，他的情绪便有些低落，这几个月来，他从没忘记葛笑笑，他一直想给葛笑笑一个好生活，可好生活还没到来，笑笑却离开了他。直到现在，他们家里的摆设还是葛笑笑走之前的样子，他一样也没动过。自从歌舞厅装修好之后，弟弟天左便搬到了歌舞厅的一楼值班室里住了。每天不论多晚回到家，他都会把所有房间的灯打开，自己坐在客厅里，他一直觉得葛笑笑就躲在家里的某个角落里在静静地看着他。每天这时，他都要把一天发生的事自己絮絮叨叨地说上一遍，就像以前，他每天回家，都会把一天发生的事说一说，不论好坏。葛笑笑静静地听，有时插话说上一两句，有时什么也不说，自从结婚之后，这种交流成了每晚的必修课。

笑笑走了，他这一习惯仍没改掉，说完了，他开始洗漱，然后依次把灯关上，回到卧室，那只棕色的小熊玩偶就立在床头，他躺在床上，把小熊玩偶抱过来，她给它起了个名字叫“小东西”。他抚摸着小熊在心里说：小东西，咱们睡觉了。他甚至认为，小东西是没娘的孩子，他要加倍爱护它，这么想过了，心里便一塌糊涂了。

在这之前，他真的没有想过别的什么，他独自沉浸在对笑笑的思念之中。有几次，他去看岳父岳母，像笑笑在时一样，他会顺便在街上买些水果，有时也会买些菜，提过去。他在客厅里坐一坐，陪岳父葛厅长说上一会儿话，岳父岳母自从笑笑离开后，明显地老了，情绪似乎也没那么高涨了，人一下子蔫了。有一次，岳母做完饭，又习惯地喊了声：笑笑，天右吃饭了。话喊出口自知失语了，一个人又躲到厨房里肩膀一耸一耸地哭了。他走过去，站在岳母身后，他知道自己说什么都不合适，久久，他伸手扶住岳母肩头道：妈，笑笑不在了，我还在。

岳母把脸上的泪擦去，转过身，挣扎着冲他笑一笑道：天右，来，咱们吃饭。岳父岳母的饭量比以前少了。哥哥笑林终于等来单位分的房子，已经搬出去住了。岳母就说：天右，方便时就回来住，这么大房子空着也是空着。他点头应了，岳母又说：你和笑笑，一天也没住过家里，委屈你们了。岳母这么说又一次流泪了。他眼睛也潮了，便潮湿着声音叫了一声“妈”。岳母这么说时，岳父不说话，咬着牙强忍着什么。

后来有一次，岳母说：天右，你结婚再找一个吧，早点生个孩子，让妈看一看。

岳母说完用手捂住了脸。

他低下头。

岳母又哽咽地说：要是你和笑笑的孩子生下来，都快一岁了。

他在心里长叹一声。

吴小红这么说完，便真诚地望着他，他没说什么，只是勉强笑一笑，举起酒瓶喝了一大口。

吴小红又说：天右，和我说实话，你到底喜欢什么样的？

吴小红这么问，他脑子里下意识地闪过付瑶和葛笑笑，付瑶是他的初恋，葛笑笑是他的妻子。按理说，付瑶和葛笑笑的性情风马牛不相及，但他却爱上了她们。和葛笑笑结婚后，他也想过这个问题，是谁更合适做爱人呢，他想不清楚，只觉得感情这个东西太奇妙，只要有爱就会包容对方的一切。

吴小红见他不说话，便说：天右，你得走出来，过正常人的生活。

他心想，自己是该走出来了，感情上的东南西北，他又要往哪里走呢。

几天后，吴小红又是在一个下午来到了歌舞厅，刘天右正在擦拭乐器，长短乐器摆在吧台上。

吴小红后面跟了个女孩，眉眼和她有些相似，吴小红一进门便大咧咧地坐在吧台上，自己摸过一瓶酒打开，冲刘天右说：天右，这是我妹妹。说完又强调一下道：亲妹妹呀，今年刚从大学毕业。说完冲妹妹挤了下眼睛。妹妹就上前一步大方地自我介绍道：天右哥，我叫吴茵红，刚从省城大学毕业，我学的是财会专业。

刘天右听到财会专业几个字，马上想到笑笑就是会计，抬起头认真地把吴茵红打量了一番。妹妹长得没有姐姐那么野，她脸上带着文气，甚至还有几分羞涩。

他礼貌地冲吴茵红点点头道：妹妹你好。

吴小红笑道：天右，她有名字，叫名字。

他知道吴小红的心意，只是浅笑一下，拿起一件乐器又擦了起来。经历了付瑶和笑笑后，觉得自己的心已经被叫情感的东西掏空了，看任何女人，目光都寡淡得很。

从那以后，吴茵红经常会来歌舞厅里坐一坐，有时也会在吧台上帮忙记账。几次之后，吴小红冲他说：天右，怎么样？他茫然地问：什么怎么样？吴小红用拳头在他胸前砸了一下：别装糊涂，当然是我妹妹了。他只能笑一笑，说心里话，此时，他心思真没放这上面，一想起逝去的笑笑，就想大哭一场。

吴小红又附在他耳边半开玩笑地说：告诉你，我妹妹连恋爱都没谈过，她可是个黄花闺女。

他说：你妹妹是个好姑娘。说完，他用目光瞟了眼正在吧台上算账的吴茵红。

吴小红就拍了他一下肩膀：那你就快追呀，告诉你，我妹妹单位几个男孩子天天围着她转，你不下手就是别人的了。

他看着吴小红不知说什么好，只能咧开嘴笑一笑。

吴小红依旧做着化妆品生意，只是偶尔到歌厅里转一转。歌厅第一个月就有了利润，分红时，刘天右把记账单和一捆钱递给她，她连看都没看，推回来说：我这份先放到账上，歌厅还要运转呢，急什么，以后再说。说完转了一圈就走了，刘天右到门口来送她，她转过身说：我来这里是喜欢这儿的氛围，能见到这么多战友觉得自己又回到了文工团，别以为我不放心。吴小红说完，一边笑着一边离去。刘天右望着她的背影，心里热热的。

郭队长是一天中午时分出现在歌厅的，他穿着一身旧军装，背着行囊，就像当初复员离开部队时的打扮一样。刘天右抬起头望着他，呆怔了足有几秒钟，惊叫一声：郭队长。郭队长立在刘天右面前，如释重负地说：我归队了。

郭队长早就接到了刘天右的信，他早就想来了，只因为家里要安顿，单位还要辞职，所以就来晚了。

那天，刘天右为郭队长接风，天左也去了。郭队长看着哥俩一起出现，就感慨道：那年见到你们哥俩，真想把你们都带来呀。那会儿你们那么年轻。天左在一旁陌生又憨憨地冲这个笑笑，望那个也笑笑。

郭队长的话又勾起了往事，刘天右突然很想家，虽然父母都不在了，只有一个锁起来的老屋，可不知为什么，总有一个东西在牵扯着他。时不时地就会想起靠山屯。

晚上，刘天右就陪着郭队长住在了歌厅一楼的一间宿舍里。两人躺在床上，刘天右问起了郭队长以后的打算。郭队长把烟按灭在烟缸里道：接到你的信我想了好久，如果这次出来半途而废，还不如不出来。当初我答应你嫂子，要把她从小镇上带出来，可惜在部队时我没能如愿。人挪活树挪死，我们镇上许多年轻人都到外面闯荡去了。我看着一拨拨年轻人出去，我心不甘呢，这次我下定决心了，把工作彻底辞了，我和你嫂子说了，这次一定把她带出来。刘天右听了这话，又似乎回到了宣传队，他经常陪郭队长散步，那会儿的郭队长向他袒露最多的心声就是要争取家属随军，离开老家那个小镇子。此时郭队长是出来了，可愿望仍在路上，他心里就沉甸甸的。

歌厅因有郭队长的加入更热闹了，有几个当年宣传队唱歌的队员也加入了歌厅，现在歌厅不仅拥有了乐队，还有一群能歌善舞的人，他们把迷彩歌舞厅当成了演出的舞台。夜晚一到，许多人慕名而来，一时人满为患，有许多人排了几次队才看上一场演出。

迷彩歌舞厅热闹非凡，其他家的歌厅自然就冷清了下来。尤其是对门的帝豪歌舞厅几乎无人问津，这些日子几乎所有的客人都挤进了迷彩歌舞厅。

一天夜半，歌舞厅打烊了，刘天右正和服务员一起打扫卫生。门外进来一个人，刘天右头也不回地说：打烊了，明晚再来吧。那人把手搭在刘天右的肩膀上，他回过头，这人他有印象，就是对门帝豪歌舞厅的老板，平时出入时，总会看到这人站在自家歌厅门口，叼着烟卷向这面打量着。那人自来熟地自我介绍道：我姓张，对门帝豪就是我开的。

刘天右礼貌地伸出手，那人却不和他握手，而是凑近说：我知道你的底细，以前是军区文工团的。

刘天右看着姓张的，姓张的脖子上戴了条粗金项链，手上也乱七八糟地戴了几枚黄金戒指，在灯光下，他人一晃就闪闪发亮。

张老板拉过一把椅子坐下，指着另一把椅子说：刘老板，你也坐，咱们商量个事。刘天右就坐在他对面，审视地望着他。

他说：我的生意都让你抢走了。

刘天右说：我没想抢你的生意，门开着，是大家伙儿自己走进来的。

张老板一笑，手指在半空中画了个圈道：在这条街上，没人不认识我，我们帝豪歌厅都在这开三年了。

刘天右不知眼前这个人要卖什么关子，冷冷地望着他。

张老板掏出盒烟，递给刘天右一支，刘天右摆手拒绝了。他独自点上，吹了口烟雾道：你们的乐队很不错，我来听过两回，要不这么的，你呢，分出一半人，去我那儿演出，工资待遇一分都不会少，你看咋样？

刘天右说：战友们来这儿演出不是冲钱来的，而是这个集体。

张老板把烟按掉：就是他妈的你们这个破集体，把我生意弄黄了。

刘天右也冷冷地道：没人搅你生意，你们想组建乐队，可以自己招人呢。

刘天右抬起头时，看见天左带着两个保安出现在楼梯口，正向他这里望着，他冲弟弟挥了下手，示意他们不要过来，弟弟和保安并没走，仍立在那儿看着。

张老板拿起茶几上的烟盒冷着声音道：这么说，就没得商量了呗？

刘天右也冷着声音说：想拆散我们这个集体就没商量。

张老板站起来，冷笑一下道：那你可别后悔。

刘天右立在那儿没说话，这事如果放在以前他也许会妥协，此时，他觉得背后站着这个集体，他现在不是为了自己在做事，而是为了圆梦，在梦想面前他半步也不会让。

张老板向门外走去，在楼梯口看见了天左和另外两个保安，他找茬地用身体向刘天左撞过去，不料刘天左没动，他却捂着肩膀吸着气狠狠瞪了眼刘天左，噔噔噔下楼了。

刘天左冲他说：哥，这人我一看就不是什么好人。

刘天右挥下手说：时候不早了，你们把门锁上，休息吧。

第二天，歌厅像平时一样，傍晚时分又正常营业了。开业不到一个小时，外面又有人排队等座了。

突然有一桌客人大声嚷嚷了起来，刘天右走过去，笑着问：几位，怎么了？

其中一个穿黑衣服的人说：乐队奏的什么歌，难听死了。我们是来开心的，不是来受气的。

刘天右从服务生手里接过歌单递过去道：想听什么歌自己点。

那黑衣人一把扔掉歌单，说：什么破歌，我们一首也不爱听。

刘天右知道这一定是来找茬的，便挺起身子伸出手道：既然几位不爱听，今晚的酒水免费，几位请吧。说完做出驱赶动作。没料到，那个黑衣人一抬手把茶几掀翻了，桌子上的酒水洒了一地。其中一个人捡起一个啤酒瓶子向刘天右砸了过来，刘天右几个人争执时，郭队长已经站到了不远处，见一个人捡起啤酒瓶向刘天右砸去，他一下子奔过来，把那人扑倒了。顿时整个歌厅就乱了起来。那几个来人，见什么砸什么，不少人向歌厅外跑去。

刘天左带着保安从一楼冲上来，刘天右已经和黑衣人厮打在一起。刘天右把黑衣人压在身子下，黑衣人突然从兜里掏出一把弹簧刀刺中了刘天右的大腿，刘天右本能地去夺他手中的刀，终于夺了下来。黑衣人趁势挣脱了刘天右的掌控，抓过地上的酒瓶，刘天右见势不妙，挥起手中的刀刺了过去。黑衣人大叫一声，此时刘天左扑了过去，两人扭打在一起。

楼下警车声响起时，楼上才安静下来，刘天左看见刘天右还握着那把弹簧刀，忙一把夺过来，又一次扑向正欲逃走的黑衣人。

天左在派出所，把扎伤黑衣人的责任都揽到了自己的头上。任黑衣人怎么乱咬，他就一口咬定，刀是黑衣人的，自己为了自卫才夺刀反抗的。

刘天左和那群闹事的人都被关进了拘留所。

十五天后，天左从拘留所里出来了，刘天右和郭队长去迎接他。十五天的拘留生活似乎一下子让天左的脸孔白净了许多。从拘留所里出来，天左冲哥哥笑笑道：哥，能为你做点事我高兴。

事后，刘天右埋怨弟弟不该独自把责任承担下来，进拘留所的人应该是自己。天左说：哥，妈要是在，也会让我这么做的，咱刘家就出息你这么一个人，就是我搭上条命，也不会让你有任何闪失。刘天右把弟弟拥在怀里，他狠狠地拍着弟弟的后背道：天左，哥对不住你和妈。

这起风波之后不久，一天晚上正在营业时，吴小红带来了一个客人，刘天右见吴小红身边的客人有些面熟，却记不清在哪见过了。

那人望着刘天右笑着说：天右你想不起我来了，但我认识你。

来人伸过一只手用力和他的手握了握，他发现来人的手很有力度。

郭队长在一旁惊叫一声道：马处长，你怎么来了？

刘天右想起来，这人正是军部军务处的马处长，刘天右刚参军在新兵连时，马处长到新兵连验收过新兵训练成果，还在队列前讲过话。在军部时，他们也碰过面，但没打过交道。

吴小红就神秘地说：马处长现在是公安分局的局长。

刘天右看了眼吴小红，他当然明白吴小红这时把马局长请来的用意。马局长和乐队的人见了面，挨个握手，后来，马局长提议让刘天右表演个节目，刘天右就用小号吹了一曲《驼铃》：送战友，踏征程，默默无语两眼泪，耳边响起驼铃声……马局长一曲听完，已是满脸泪花。他握着刘天右的手，打量了一下歌厅道：这里真好，我有时间会常过来，听听军歌，就像又回到了部队。

不久，对门的帝豪歌舞厅关门了，又过了不久，一家餐厅开业了，名字叫老兵餐吧。餐厅开业时，对面餐厅老板来歌舞厅发请柬，刘天右这才知道，餐厅是一群边防五团的战友开的。

一天晚上，歌厅歇业了，打扫完卫生，天左找到了天右说：哥，我想回家了。

天右吃惊地望着天左。

天左低下头道：家里的地还得有人种，老房子还得有人照看，外面虽好，可我还是舍不得家。你生活的样子我看到了，也放心了。

他本想把弟弟留在身边，他刚参军时就在心里发过誓，要让母亲和弟弟过上好生活，如今母亲不在了，他只有弟弟这么一个亲人了。这段时间，他通过观察，觉得弟弟经常走神。他也问过弟弟，弟弟就轻叹着说：想家了。在刘天右心里，家就是那几间锁起来的旧房屋，母亲不在了，还有家吗？天左却说：爸妈都在呢。天右就想起了后山那棵老榆树下的父母，心里就一激灵。天右知道，父母也该有人陪，天左再说回家时，他便不再说什么了。

天左走之前，天右把一个存折递给了天左道：回家把老房子翻盖了，别心疼钱，要建一个最好的房子。

天左怔住不解地望着哥哥。

他说：别忘了，不仅你住，还有爸妈。

天左听了，扭过头哭了。

在靠山屯人们都知道他出息了，可他为母亲做过什么，又为弟弟做过什么？母亲已经去了，他不能再辜负弟弟了。

他一直把弟弟送到了火车上，他站在月台下，火车上弟弟探出头，哽着声音说：哥，早点给我找个嫂子，还有常回来看看爸妈。

他含泪点着头。列车载着弟弟驶远了，他仍望着伸向远方的铁轨，他知道，铁轨另一头连接着老家靠山屯。他立在月台上，从靠山屯到现在，他从一个少年即将步入中年，身体的变化还是次要的，从部队转业到下海经商，到现在把战友们聚在一起，他现在不是为了过上好日子在奋斗，而是为了他从小的梦想。从父亲第一次把唢呐放在他手上开始，这个梦想就在他心里扎下了根。他从迷失到清晰，从自卑到自信，一切都源于又找回了自己最初的梦想。现在不是梦了，而是现实。那天弟弟走后，他似乎一下子想明白了以前没想透的问题。通透的刘天右浑身上下一下子就轻松下来，似乎又换了一种人生。

19

第十九章

开　　始

迷彩乐队的名声越来越大了，省里一些著名公司开业或庆典，还有一些机关学校搞大型活动，都来邀请迷彩乐队演出。

随着乐队的名声远播，越来越多宣传队的老兵和前文工团的演员，都投奔到了迷彩乐队。刘天右看着人越来越多，歌厅已经容纳不下他们的演出了，便找到侯队长和郭队长商量要成立一支演出队。侯队长毕竟见多识广，挥着手说：我们这支队伍就叫迷彩文工团吧。侯队长的提议得到了刘天右和郭队长的肯定，名字就定了下来，人员是齐备的，接下来就准备排练节目。

吴小红把联系演出的事承担了下来。

八一建军节那天，迷彩文工团在体育馆搞了一次几千人的演唱会。他们演出的所有节目都是和军人有关的，最初他们对节目内容并没有多少信心，因为当下的社会各种流行歌曲泛滥，大家对演出老歌和老音乐心里没底，没想到却反响热烈，不仅上了电视，各种媒体也纷纷前来报道。一时间，他们的名声远播。

几天后的下午，刘天右正站在迷彩歌舞厅门外接受几家电视台采访，他看见马路对面走过来一个熟悉的身影，他中断了采访，迎了上去，付瑶走过马路，小跑着奔过来，她叫了一声：师傅。

付瑶又从省歌舞团辞职了。此时的歌舞团已经市场化了，一些知名的演员都走穴去了。以前集体演出的形式已经不复存在，所有团队都自负盈亏，单位便鼓励所有人各谋出路。付瑶望着刘天右说：师傅，我来晚了。他望着眼前的付瑶，一如第一次见到付瑶的样子，眼里闪着光芒的女兵。

台风过后的那天下午，是刘天右最后一次见付瑶。此后，虽然经历了这么多事件，但他一刻也没忘记她。有一次他和郭队长吃宵夜，郭队长突然说：付瑶的事你知道吗？付瑶离婚、转业还是去了省歌舞团，他不知郭队长指的是什么，便盯着郭队长。郭队长这才说：她还是单身呢，前几天我见到她了。郭队长是他和付瑶爱情的见证人，此时，郭队长这么说自然带着另一层意思。他也知道付瑶心里一直有他，可他忘不了葛笑笑，在他人生最低谷时，是笑笑给了他温暖和力量。后来郭队长拍着他的肩膀说：

天右，你该走出来，人要往前看。

自从吴小红把妹妹介绍给自己，吴小红曾逼着他和吴茵红又见了几次面，一次在公园里，还有一次两人看了场电影。大多时候都是吴茵红自己说话，聊她的新单位，也说自己上大学时的趣闻轶事，他都听得心不在焉。吴茵红就说：天右哥，我的话是不是多了？他忙摇头笑笑说：没有，你说。吴茵红就俏皮地说：听我姐说，你在边防巡逻过，能看到对面的士兵，你给我讲讲巡逻的故事呗。他想起了大风口，还有那漫天的大雪，他又一次想起了巴哈罗夫少尉，那个脸上长着雀斑的邻国军人，就是他偷偷地把他遗失的付瑶的照片塞到他的手心里。他依稀还记得少尉脸上瞬间掠过的俏皮表情。少尉认准照片就是他的，巴哈罗夫少尉目光中甚至透着几分羡慕和妒忌。当初他觉得在边防巡逻是生活对他的告诫和惩罚，可自从离开大风口，他又无时无刻地不在牵挂那里的一切。此时，他突然明白，大风口哨所是他人生的一个转折点，让他学会了忍受寂寞，也学会了坚强。人生从这个驿站又到另一个驿站，每个驿站都是人生的标点。

后来，他便不再和吴茵红联系了。吴小红找到他说：天右，你是不是没看上我妹妹？他望着吴小红说：茵红是个好姑娘，是我不适合她。

吴小红挥下手大声地说：别把话说得这么好听，看不上就是看不上，得，当我没提这茬。

付瑶来了之后，郭队长分别找他们聊过。他们的爱情郭队长是见证人，在他们的关系上更有发言权。

郭队长和他说：天右，你和付瑶得重新开始。

他明白重新开始意味着什么，可他不知如何开始，只是在暗中默默注视着付瑶的一切，寻找着当年在军部小树林里的感觉。

又是一年的“八一”前夕，吴小红带来了一条消息，省里的老干部局欲邀请他们迷彩演出团搞一次老干部慰问演出。这种演出他们当然没理由拒绝，他们推了几场商演，全力以赴地备战这次为老干部的慰问演出。

“八一”头天晚上，在省委礼堂演出如约开始了，第一个节目便是合唱《人民军队忠于党》：雄伟的井冈山，八一军旗红，开天辟地第一回，人民有了子弟兵……从演出开始到结束，掌声经久不息，一次比一次热烈，身穿迷彩服的所有演出队员也被这种热烈情绪感染了，所有人都倾情投入。

刘天右在舞台上看到了秦军长和王香梅，也看到了葛厅长和岳母，他们的眼里都噙满了泪水，他们又回想起了青春？还是经历过的光荣岁月？

最后的演出是大合唱《我们来自五湖四海》：我们都是来自五湖四海，为了一个共同的革命目标走到一起，建设新农村，改变穷和白，革命重任担肩上，世界风云在胸怀……刘天右在乐队里伴奏，他听着歌词泪如雨下，仿佛这首歌唱的就是自己。一穷二白的穷小子，从靠山屯里走出来，和来自五湖四海的战友走到一起……

歌声响起时，老干部们也站立起来，先是小声和唱，后来台上台下一起唱了起来，歌声嘹亮，整个礼堂沸腾了。

“八一”过后，天右收到了天左的来信，信里面夹了几张盖好的新房子照片。是个二层小楼，灰砖红瓦，院子被一条白色的栅栏整齐地围住了。天左在信中说：哥，房子盖好了，是咱们十里八村最好的房子，许多人都来参观，都夸咱们的房子好。哥，二楼留给你住，想家时就回来看看……

刘天右接到弟弟的信心里便长草了，他又想到提干后回家时的样子，那会儿有母亲在，现在母亲不在了，他从来没有这么想母亲，也从来没有这么急切地想过家，他要和弟弟一起去后山父母的坟前看看，把他们建新家的消息告诉他们。

他登上了开往家乡的列车，列车启动了，城市在他的眼前向后退去。他想起从参军离开家乡，回家的次数太少了，以前他那么渴盼自己把根扎到城里，甚至羞于对人提起老家。他努力着奋斗着，现在终于在城里有家了，可他却又开始思念生他养他的那个远方的家了，在小小的靠山屯有他的父母，有他的亲人。

列车行驶着，他又想起若干年前，付瑶送他去边防团的情景，她在车下跑着，呼喊着：天右，我会等你。她的声音又在他耳畔一遍遍响着，他迷离地望着车窗外，似乎付瑶一直在车下奔跑。

突然，他的耳畔响起了一个熟悉的声音：师傅……他以为是自己的幻觉，目光仍望向窗外，幻想中的付瑶在遥远的站台上仍在向他挥舞着手臂。

现实中，他的耳边又响了一声：师傅，我在这里。

他扭过头，看见付瑶站在车厢的过道里正在冲他微笑。他一时没有反应过来，她说：师傅，你不会再丢下我了吧？

他怔住了，望着她那张笑脸，依稀又回到了那片小树林里，两人面对夕阳，音乐回响在耳畔。他伸出手，和她伸过来的手握在了一起。他又想起那首歌的歌词：我们都来自五湖四海……他们凝视着，望着对方脸上闪过的幸福的泪水。

图书在版编目(CIP)数据

五湖四海 / 石钟山著. -- 长沙 : 湖南文艺出版社,
2021.2
ISBN 978-7-5404-7746-2

Ⅰ. ①五… Ⅱ. ①石… Ⅲ. ①长篇小说－中国－当代
Ⅳ. ①I247.5

中国版本图书馆CIP数据核字(2020)第191675号

五湖四海

WUHU-SIHAI

石钟山/著

出版人　曾赛丰
责任编辑　汤亚竹　张文爽
责任校对　徐　晶
书籍设计　肖睿子

出版发行　湖南文艺出版社
（长沙市雨花区东二环一段508号　邮编：410014）
网　址　http://www.hnwy.net
印　刷　湖南省众鑫印务有限公司
经　销　新华书店
开　本　710mm×1000mm　1/16
印　张　16.25
字　数　234千字
版　次　2021年2月第1版
印　次　2021年2月第1次印刷
书　号　ISBN 978-7-5404-7746-2
定　价　39.80元